U0561252

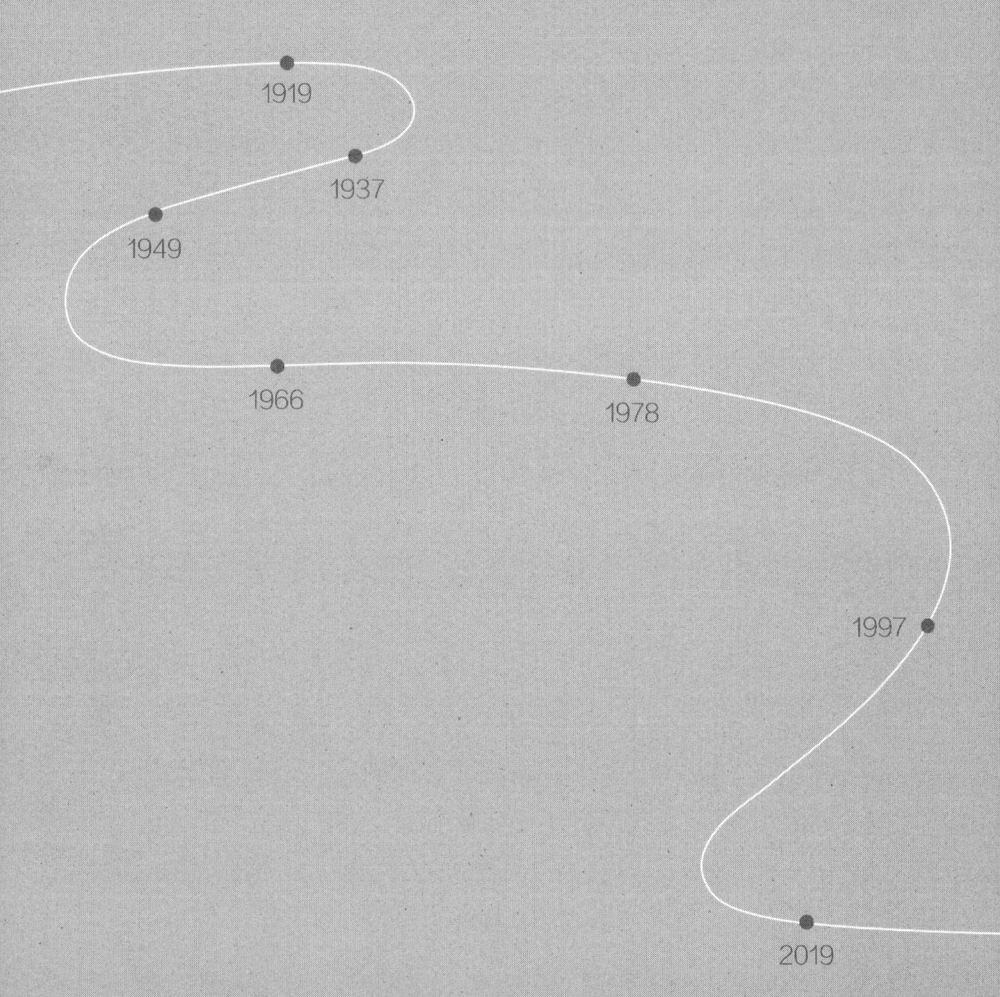
1919
1937
1949
1966
1978
1997
2019

百年内地与香港新文学关系史

以南来作家为考察对象

计红芳 著

国家社科基金项目
苏州工学院中国语言文学省重点建设学科（2016—2021）资助

南京师范大学出版社

图书在版编目（CIP）数据

百年内地与香港新文学关系史 ：以南来作家为考察对象 / 计红芳著. -- 南京 ：南京师范大学出版社，2025.3. -- ISBN 978-7-5651-6731-7

Ⅰ. I209. 6

中国国家版本馆 CIP 数据核字第 2025RK6398 号

书　　名	百年内地与香港新文学关系史——以南来作家为考察对象
作　　者	计红芳
策划编辑	丁亚芳
责任编辑	向　磊
出版发行	南京师范大学出版社
地　　址	江苏省南京市玄武区后宰门西村 9 号(邮编:210016)
电　　话	(025)83598919(总编办)　83598412(营销部)　83373872(邮购部)
网　　址	http://press.njnu.edu.cn
电子信箱	nspzbb@njnu.edu.cn
照　　排	南京开卷文化传媒有限公司
印　　刷	镇江文苑制版印刷有限责任公司
开　　本	700 毫米×1000 毫米　1/16
印　　张	16.5
字　　数	208 千
版　　次	2025 年 3 月第 1 版
印　　次	2025 年 3 月第 1 次印刷
书　　号	ISBN 978-7-5651-6731-7
定　　价	58.00 元

出 版 人　张　鹏

前　言

本书主要以“五四”新文学运动开始至今从内地南下香港的若干批作家（泛称南来作家）的文学活动为重点考察对象，从系统论和整体论出发研究内地与香港新文学之间互动互生、互补互渗的关系，通过对两地新文学关系的梳理与分析来证明香港与内地千丝万缕的联系，证明任何试图割裂这个整体的做法都是不恰当的。

秉承政治历史因素和文学自身发展规律相结合的原则，考察南来作家作品以及跟文学有关的文艺活动、报刊出版社等综合性的文学生态环境，本研究把一百多年来以南来作家为经纬的内地新文学与香港新文学之间的关系分为六个时期。

第一，催化促进与萌芽发展（1919—1937 年）。“五四”时期，内地与香港新文学就有初步互动，再加上二十世纪二三十年代鲁迅、胡适、许地山等南下香港的演讲和相关文学活动某种程度上对香港新文学的诞生起到了催化促进作用，并使之萌芽发展起来。这期间两地作家开始相互在香港和内地发表文章，开启了两地新文学交流互动的先声。

第二，打通与融合（1937—1949 年）。全面抗战及国共内战时期犹如过客暂时避难于香港的茅盾、戴望舒、叶灵凤、夏衍、萧乾、萧红、黄谷柳、楼适夷等作家所开展的各种文学活动尤其是文艺副刊的创办或复刊等，把香港几乎变成中国南方的另一个文化中心。这时期产生的文学作品和进行的文艺批判运动在现当代文学格局的变化和转折中起了极大作用，有些甚至成为中华人民共和国成立后当代文学的先声。同时，南来作家也间接培养了一批香港本土作家，推动了香港新文学的发展。

第三，疏离与拓展（1949—1966 年）。一方面，中华人民共和国成立前后到港的如徐讦、徐速、曹聚仁、赵滋蕃、李辉英、刘以鬯、马朗、金庸、梁羽生等的创作大多具有怀乡文学、“绿背文学”等特征，造成内地与香港新文学之间的疏离。另一方面，在“左右对抗”中香港现代主义文学、通俗文学的异军突起拓展了内地战后二十年新文学发展的单一空间，延续了内地被迫中断的通俗文学、浪漫主义文学和现代主义文学的传统。

第四，分流与互补（1966—1978 年）。当内地文学受“文革”一元化意识形态影响出现公式化概念化的文学之际，香港文学真正与内地文学分流，开始出现真正意义上的本土声音。此时移居香港的陶然、东瑞、白洛、颜纯钩、张诗剑等受本土文学的反作用，以真正现实主义的叙述姿态，逐渐摆脱身份焦虑，完成中原心态向本土化的转变，成为香港都市书写的重要创作力量，补充了内地现实主义和都市文学的不足，形成互补格局。

第五，多元与互渗期（1978—1997 年）。内地改革开放的宽松政治环境迎来了严肃文学流派的众声喧哗；而金庸、梁羽生的武侠小说，倪匡的科幻小说，亦舒的言情小说等通俗文学流行内地，反过来刺激着内地的文学市场和通俗文学研究，促进雅俗文学的互渗和文学观念的新变革。在众多南来作家中，王璞、黄灿然等以其对人性孤独的深入探析颇为引人注目。同时，两地关于“九七”回归的不同文学叙述客观呈现了多元共存的汉语新文学空间。

第六，互动与共享期（1997—2019 年）。随着香港回归祖国，两地文学交流全面铺开，频繁互动，南来香港的新老作家如陶然、潘耀明、张诗剑、王璞、蔡益怀、廖伟棠、葛亮、周洁茹等频繁来往于两地，共享文学空间，共同关注人类精神家园的建构，实现了中国香港、内地与世界文学文化的多元融合。

总之，一百多年来内地与香港新文学之间是互动互进、互补互渗、互生互依的有机整体，而不是互相割裂、单向发展的个体。几代南来作家南下北往的文学活动更使二者在中国现当代文学史框架中凝结为一个整体，从而为中国乃至世界性的华文文学提供可资借鉴的发展经验。以南来作家为纽带，内地与香港新文学密不可分、互补共生的关系也再次证明香港与内地不可分割，不仅表现在地理版图上，更是体现在文学空间上！

目　录

绪 论

一、研究历史和动态

本研究所涉及的南来作家是指近百年来内地南下香港、并对香港文坛产生相当影响的作家。内地有关南来作家的研究大概始于20世纪70年代末80年代初，至今为止，潘亚暾、饶芃子、杨匡汉、刘登翰、袁良骏、黄曼君、谢常青、王剑丛、施建伟、汪义生、易明善、黄万华、古远清、陈学超、王光明、吴义勤、袁勇麟、方忠、乐琦、赵稀方、赵小琪、白杨、朱崇科、侯桂新、凌逾、徐诗颖等新老学者就此有不同的研究成果；而港台的南来作家研究则比内地要早十年左右，卢玮銮、郑树森、黄继持、胡从经、陈智德、王璞、张咏梅、蔡益怀、王宏志、苏伟贞等学者对此作出了巨大贡献，尤其是在史料建设方面成果卓著，如香港中文大学的“香港文学资料库”。综观内地与香港此方面的研究，南来作家的个体研究不少，但总体研究不多；内地与香港新文学关系的总体考察几乎没有，但阶段性的研究成果倒是不少。

首先，不同时期从内地南下香港的众多作家中，海峡两岸暨香港地区的学者们主要关注的是鲁迅、茅盾、戴望舒、许地山、萧红、夏衍、刘以鬯、曹聚仁、徐讦、金庸、赵滋蕃、陶然等知名作家及其作品，如黄树红的《香港新文学的播火者——论鲁迅对香港新文学的贡献》，李标晶的《茅盾在香港的文学活动》，侯桂新的《许地山的香港书写与家国想象》，张明奇的《由焦虑到自适——论香港南来作家金庸及其小说创作》，林幸谦（香港）、郭淑梅的《短篇题材的重写：萧红居港期间的小说创作》，苏伟贞（台湾）的《南来文人的空间叙事与影像生产——赵滋蕃和〈半下流社会〉》，赵麟的《文化融合——刘以鬯的香港书写》，等等，都是在丰富资料的基础上进行的有深度有创见的论述。至于总体研究，内地的潘亚暾于 1989 年发表的《香港南来作家简论》可以说是较早的一篇，之后有 1996 年卢玮銮（香港）的《"南来作家"浅说》、1997 年王宏志（香港）的《我看南来作家》、1998 年赵稀方的《评香港两代南来作家》，他们的侧重点各不相同，有的侧重于 1949 年之前的作家，有的则侧重于 1949 年之后的几批，因而也就带来视角和观点的不同。

其次，我们可以在内地学者潘亚暾、汪义生、刘登翰、谢常青、易明善、王剑丛、施建伟等人的各类"香港文学史"中的部分章节中零星地找到不同时期的南来作家对香港新文学的产生和发展起了什么作用，也可以在香港学者卢玮銮、王宏志、黄康显、黄继持等的专著中听到一些不同的声音，但是都很少把南来作家的文学活动放在中国现当代文学史的框架中去衡量内地与香港新文学的互动互生关系。

另外，海峡两岸暨香港地区的学者都尝试进行了断代研究，并取得了一定的成果，如侯桂新的《文坛生态的演变与现代文学的转折：论中国现代作家的香港书写（1937—1949）》、郭建玲的《1945—1949 年中国现代文学格局转型研究》、周双全《大陆作家在香港（1945—1949）》

等分别考察了 1937 年到 1949 年和 1945 年到 1949 年的文学生态，他们认为这些中国现代作家的香港书写以及在港进行的各种文艺活动，对 1949 年以来的内地当代文学格局的形成至关重要。还有苏伟贞的《流转人生——香港早期南来文人的文学与电影研究》等，都对特定时期的文学的流动现象做了较为深入的研究，这些都为本研究奠定了相当的基础。但是海峡两岸暨香港地区的学者把焦点主要集中在 1949 年以前，很少关注 1949 年以后以南来作家为纽带的内地与香港文学的互动，更别说对近百年来南来作家这一特殊的群体做一个系统的考察和理论上的提升。内地与香港新文学之间究竟如何互相影响？内地与香港新文学之间互动的基础是什么？其背后的文学生产机制与文学生态环境是什么？不同阶段的南来作家在中国现当代文学格局的形成中是如何发挥作用的？他们的创作心态、叙事策略和话语实践对各个阶段的文学创作、文学批评甚至文学史书写都有哪些影响？这些问题至今都没有得到很好的解决。

二、研究对象和价值

本研究主要针对以“五四”新文学运动开始至今的从内地南下香港的若干批作家（泛称南来作家）的文学活动为重点考察范围基础上的内地与香港新文学之间的互动互生、互补互渗的关系进行研究以及理论考察，兼及汉语新文学史的书写问题。其价值在于通过对近百年南来作家这一特殊群落的综合考察来对内地和香港新文学关系进行整体系统研究，尝试解决以上提出的问题，弥补内地与香港新文学关系史研究的不足，因而具有非常重要的学术价值和应用价值。

三、研究思路和方法

本研究分阶段探讨近百年来南来作家的流变，以南来作家为考察对象探究内地和香港新文学互促互动的规律，思考内地新文学与香港新文学同源异流、互补互生的相互关系。

总体来说，本研究采用历时和共时研究、宏观考察和作家个案研究相结合的方式，融影响研究、平行研究、历史研究、社会文化研究等比较文学研究方法，以及文化身份批评、生态文艺批评、传播学理论于一体，力图厘清南来作家的文学活动和香港新文学的发生、成长与演变的关系以及在两地新文学关系史中的作用。具体来说，本研究梳理内地与香港两地新文学关系时，采用历时与共时相结合的方法，即既要对两地新文学进行长达近百年的历时考察，又要在不同时段内对两地新文学进行共时的考量；在对每个时段的两地文学进行历时和共时研究的时候则采用宏观考察和个案研究相结合的方法，如 1937 年到 1949 年间的文学研究既有对抗战后、内战时期两大批南来作家的宏观考察，又有对个别重要作家如茅盾、戴望舒、萧红、许地山、夏衍、萧乾、叶灵凤等的微观考量；在考察南来作家与香港新文学的关系时，采用影响研究、平行研究、历史研究和社会文化研究相结合的比较文学方法；在考察南来作家的办报刊和图书出版等文学活动与两地新文学关系时，运用生态文艺批评和传播学的有关批评方法。总之，针对不同阶段具体的研究对象运用不同的研究方法，力求多角度、较为全面地进行深入研究，以达到预期目标。

第一章
催化促进与萌芽发展(1919—1937年)

第一节 萌芽期的香港新文学与内地的交流互动

内地很多学者在叙述鲁迅1927年2月南下香港的文学活动时大多认为，他的《无声的中国》《老调子已经唱完》两次演讲犹如启蒙者的呐喊，催生了香港的新文学。1999年出版、刘登翰主编的《香港文学史》代表了这种观点："鲁迅在香港的活动，对于已经初步接受了'五四'新思潮和新文学熏陶的香港文学青年来说，是一次极为深刻的启迪和有力的促进。同时，对于正处于文白消长和新旧交替过程中的香港文坛来说，其实力对比的变化也由于鲁迅的热忱鼓励，更展示出可喜的进步，从而使得香港文坛终于能够冲破旧势力的阻挠和多年的黑暗，迎来了1927年的香港新文学的兴起。"① 其标志性事件为1928年8月被誉为"香港新文坛第一燕"的《伴侣》杂志的创刊。随着香港新文学资料的挖掘和进一步完善，以上观点已经被新的主张逐步代替。我们不再认为1928年是香港新文学的起点，而把时间往前推移，甚至推到

---

① 刘登翰：《香港文学史》，北京：人民文学出版社1999年版，第72页。

五四时期。

其实，享有盛誉的《伴侣》并不是一本纯文学杂志。赵稀方查看中国香港地区以及英国等地的原刊发现，《伴侣》只是一个标准的家庭生活类刊物，主要刊登的是生活类杂文，少有文学作品，从第 7 期开始才变成以文学为主要内容的刊物，可惜持续时间不长。《伴侣》也并非像内地的文学研究会、创造社等文学社团创办的同人刊物，从第 1 期的封底我们可以得知，《伴侣》实际上是一个由中华广告公司主办的综合性刊物。而早于《伴侣》的 1924 年 8 月创办的《小说星期刊》发表的白话小说数量远多于《伴侣》，并且，《小说星期刊》还发表了香港最早的“小小说”和新诗。由于此刊一直被认为是旧派通俗文学“鸳鸯蝴蝶派”的刊物而受到批判，因而遮蔽了它在香港新文学萌芽过程中所起的作用。另外，由于香港特殊的殖民文化环境，“新旧文学之争并非主要矛盾，古典文学反而成为抵抗英国殖民政府有力的文艺武器”①，赵稀方的观点以及论证让我们重新思考香港新文学的源流问题，同时也对鲁迅的香港演讲对于催生当地新文学的重要性进行一定程度的质疑。香港英华书院学生于 1924 年 7 月创办了内部刊物《英华青年》（季刊），中国社会科学院的袁良骏通过对发表在该刊物上 5 篇白话小说和 1 篇四幕话剧进行详细分析后得出结论，认为“《英华青年》季刊，应是香港新文学真正的滥觞”②。香港作家刘以鬯、学者卢玮銮等也都对侣伦先生认定的“香港新文坛第一燕”是《伴侣》的观点有异议。卢玮銮认为：“20 年代中叶，可以说是香港新文艺萌芽期，也可说是本地化的新文

① 赵稀方：《香港文学研究：基本框架还需重新考虑》，《文艺报》2018 年 7 月 6 日。

② 袁良骏：《关于香港文学的源流》，《文学评论》1997 年第 3 期。

艺运动开始。”[①] 而《伴侣》是20世纪20年代后期（1928年）创办的一个杂志。2016年出版的《香港文学大系》主编陈国球更是把香港新文学产生的时间往前推到1919年前后，他在《香港文学大系》评论卷一的“导言”中指出：“早在‘五四新文化运动’时期，已出现香港的身影。”[②] 众多研究资料确实可以证明早在“五四”新文学刚开始的时候，两地新文学的交流就已经展开。在1918年出版的《新青年》第4卷第6号的“易卜生专号”上，有一篇香港人袁振英写的《易卜生传》，这是“五四”新文学革命发起人之一胡适的约稿。袁振英在香港的英皇书院与皇仁书院接受英式现代教育，后从香港考到北京大学就读。此后，袁振英曾两度回到香港从事文艺活动，对“香港文学”的萌芽发展作出了积极贡献。因此我们可以说，香港的新文学一开始就已受到内地“五四”新文学运动的影响，也早在鲁迅之前就开启了两地新文学互相学习、交流的旅程。但由于鲁迅崇高的文学地位以及他亲自到香港做了几场文学演讲，因而其影响力非同常人，对香港新文学的产生与发展当然有一定的催化与促进作用。就南来作家而言，鲁迅南下的文学活动可以说是内地与香港新文学关系史上第一件比较重要的事情，但我们不能据此判定并夸大鲁迅南下香港进行文学演讲所产生的影响。

在内地与香港新文学的交流史上，除了像袁振英这样到内地学习再反哺香港新文学的，还有一些作家把作品投到内地发表之后再对香港新文学产生影响。由于其时香港特殊的政治和文化环境，文艺杂志的创办

---

① 卢玮銮：《香港早期新文学发展初探》，《星岛晚报》1984年1月25日及2月4日。

② 陈国球：《香港文学大系1919—1949·评论卷一》导言，见《香港的抒情史》，香港：香港中文大学出版社2016年版，第155页。

及运营比较困难，这导致香港本土作家发表园地有限，只有一些报纸的文艺副刊有部分发表白话诗歌、散文、小说的空间，文艺园地略显沉闷，因此有些文艺青年将自己的作品寄往相对热闹的内地文学杂志发表（有学者称之为“离岸”现象）。比较突出的有后来成为“岛上社”骨干的作家谢晨光，1927 年他的短篇小说《心声》《剧场里》《加藤洋食店》以及散文《最后的一幕》，文艺评论《谈谈陶晶孙和李金发》等作品，曾在夏丏尊主编的《一般》和上海叶灵凤、潘汉年、周全平等主编的《幻洲》等刊物上陆续发表，1929 年上海现代书局还为他出版了小说集《胜利的悲哀》。这种“离岸文学”现象可以说是内地与香港新文学发表空间的互补互用，某种程度上内地的文学园地为香港新文学的萌芽与初步发展奠定了基础。

1937 年之前的香港新文学的产生与发展中，内地同时期的新文学尤其是“五四”时期的新文学作家作品对香港新文学的影响显而易见。除了之前提到的鲁迅南下香港做的演讲，还有沈从文作品在《伴侣》上的发表，以及很多香港文学青年受到内地新文学启迪，学习模仿郁达夫、沈从文的小说及新月派的诗歌等等，这些都可以表明内地新文学对香港新文学的催化和促进作用；反之，草创期的香港新文学也扩大了内地新文学的一些题材内容。香港与内地新文学之间的关系呈现出比较正常的学习与影响的关系，也就是香港向内地主动学习交流、努力发展自身和内地通过各种方式影响、促进香港新文学的发展之间的初步互相交流的关系。

据袁良骏搜寻考证，现存仅有 1 期《英华青年》（季刊）（1924 年 7 月 1 日创刊）上，发表的 8 篇文章（7 篇小说，1 篇话剧）中只有 2 篇是用文言文写的。从其余 5 篇白话文小说来看，其中有 1 篇邓杰超的

《父亲之赐》，颇有郁达夫《沉沦》（1921年）直抒胸臆式的内心宣泄和忧郁感伤的情调。小说中的“我”身份特殊，是“卖国贼的儿子”，但又是一个热血澎湃的爱国青年，因此人物内心的矛盾纠结和爱国情绪在小说中通过大量的内心独白加以展现。请看主人公“我”对父亲愤怒的责问：“父亲呀，父亲！祖国何负于你？你偏把祖国陷到了这个境界！同胞何负于你，你却把同胞害到这般田地！”读到这里，我们不由想起郁达夫《沉沦》中最后辛酸的呼号：“祖国啊祖国，我的死是你害我的，你快富起来，强起来吧，你还有许多儿女在那里受苦呢。”两相对比，他们的语言表达方式、情感倾诉方式几乎如出一辙；而且文前的作者“按语”中说这是他从前的旧作，因为“五四”风潮，痛恨曹汝霖、陆宗舆、章宗祥三人的卖国行径而作。这些都“不难看出萌芽期的香港新文学与五四新文学之间的一些联系”①。

再看《伴侣》杂志。如果说《英华青年》上发表的作品已经初步可以说明香港与内地新文学之间的密切联系，那么1928年8月15日创刊的第一本白话文综合性刊物《伴侣》则更是证明了内地新文学对香港新文学的支持、鼓励和促进，反过来也可以说，香港新文学确实是承继了“五四”新文学的精神一步步发展起来的。《伴侣》的发刊词《赐见》中有这样一句话：“一花一世界，一叶一如来。”与“五四”新文学的主要内容十分契合，即对现实世界和社会人生的关注。在《伴侣》的创刊号上，编者还重点介绍了内地新文坛10多位重要的女作家，如冰心、庐隐、白薇、冯沅君等，还提及了凌叔华、陆小曼、陈衡哲、景宋、昌英等女士，可见香港新文学对“五四”新文坛的密切关注。另外，为了促

① 袁良骏：《关于香港文学的源流》，《文学评论》1997年第3期。

进香港新文学的发展，《伴侣》还向内地新文坛的一些知名作者约稿，而内地作家也非常支持，不仅供稿，还对香港新文学的发展、刊物的销路等提出了一些建设性的意见，为沉寂的香港文坛营造了一些热闹气氛。在《伴侣》的第 7 期上，曾发表过甲辰（即沈从文）的《看了司徒乔君的画》。编者在该期编后记《再会》中如此写道："甲辰君的稿是从北方寄来的，他的名字是我们所熟知的了，尤其是他的长篇创作《阿丽思中国游记》出版之后。他来信答应我们继续寄些短篇来，这个从沉寂到知名的南方文坛，怕将会有个热闹的时期的到来吧！"接着，在《伴侣》第 9 期的《伴侣通信》栏目中，又摘抄发表了沈从文的来信："《伴侣》将来谅可希望大有发展，但不知在南洋方面推销能否增加？从文希望《伴侣》能渐进为全国的'伴侣'。"① 这些信件内容都是 1927 年以前香港文坛与内地文坛关系密切非常有力的佐证。

1927 年之后，紧跟着《伴侣》而来的文艺刊物不少，1928 年到 1937 年间创办的大概有《字纸簏》（1928 年）、《铁马》（1929 年）、《岛上》（1930 年）、《激流》（1930 年）、《新命》（1932 年）、《晨光》（1932 年）、《红豆》（1933 年）、《春雷》（1933 年）、《时代风景》（1935 年）、《南风》（1937 年）等，由于经济原因以及香港文学环境的压抑和沉寂，刊物的生存发展比较艰难，但尽管如此，还是有很多文艺爱好者想尽一切办法办刊，屡败屡战，为香港新文学的萌芽与发展尽心尽力。在以上这些刊物中，张吻冰主编的《铁马》受内地新文学第一个 10 年的影响较深，态度比较激进，反映出了新旧文学之争的激烈程度。在目前仅存的第 1 卷第 1 期的《咖啡店》栏目中，一篇玉霞的文章《第一声的呐

① 袁良骏：《关于香港文学的源流》，《文学评论》1997 年第 3 期。

喊》中如此写道："青年文友，这是香港文坛第一声的呐喊……虽然，香港已经有了新文艺的作者，已经出了一些杂志，可是终于不能鲜明地标起改革的旗帜，终于被根深蒂固的古董们暗暗地殒灭了……他们是时代的落伍者，是人间的恶魔，是文学上的妖孽，留得他们，我们永远不能翻身。"① 措辞颇有内地新文学主将钱玄同等人把旧文学称作"十八妖魔""桐城谬种"之偏激。另外，在"编者按"中，我们同样可以看到内地新旧文学之争的某些影子："国语文学在中国（指内地）已经被人共同承认了十余年……而香港这里的文坛，还是弥满了旧朽文学的色调，这是文学的没落状态。以后，我们甚愿如玉霞君所希望的将古董除去，建设我们的新文学。"玉霞的"呐喊"也好，"编者按"也好，语言叙述和情绪表达都比较偏激，但这也正是香港新文学拓荒萌芽期受到内地新旧文学之争以及普罗革命文学影响的表现。另有一个以纯文学为主的杂志《红豆》，1933 年 12 月创刊，一直坚持到 1936 年 8 月第 4 卷第 6 期停刊。这是少有的能在香港文坛维持如此之久，且始终保持文学与学术气息的刊物。南来作家许地山曾经在这个刊物上发表过《老鸭嘴》，为香港新文学助阵。

以上种种材料及其分析论证，都足以证明在香港新文学的拓荒萌芽期，内地新文学的主要倡导者如胡适，重要作家如鲁迅、郁达夫、沈从文，文艺杂志如《幻洲》《一般》等都对香港新文学有扶持指导、催化促进的作用。尽管如此，拓荒萌芽期的香港新文学在学习内地的同时也一直保有本土化的一些特点，也给两地的新文学提供了一些新的题材。

---

① 玉霞：《第一声的呐喊》，《铁马》1929 年第 1 期。

以重要刊物《伴侣》上的作品为例，该刊物是以家庭生活类为主的通俗刊物，因而具有香港早期都市文学的色彩。与同时期的内地新文学相比，香港的都市文学无疑走在前列。另外，从已发表作品的题材主题来看，香港新文学确实提供了一些内地新文学还没有提到议事日程上的一些题材类型，如发表于 1924 年 7 月《英华青年》杂志上的讨袁战争题材小说谭剑卿的《伟影》，学徒题材小说黎利尹的《一个学徒》，心理小说沈锡瑚的《既往不咎》等。[①] 这些题材类型的小说受同时期"五四"文学早期恋爱小说影响不深，却在社会生活其他重要的题材领域做了极为可贵的艺术探索，对于内地与香港的"五四"新文学整体而言，这些小说确实是一个让人惊异的贡献。更重要的是，它们可以说是香港本土小说的良好开端，虽然这些小说的叙事艺术显得有些粗糙，思想表达还比较浅显，但无疑可以将它们看作是香港新小说的初步萌芽。就题材而言，香港的早期话剧也有它独特的贡献，1924 年的《英华青年》上就有谢新汉用广东土白话创作的一个四幕话剧《洋烟毒》。洋烟就是鸦片，话剧主角烟屎二吸食鸦片导致倾家荡产，甚至到了卖妻买烟的地步，但最终被妻子悲痛的嚎啕大哭感动而幡然悔悟。虽然话剧的矛盾冲突太过简单，且烟屎二的转变过于突然，但在中国现代话剧史上，用方言剧的形式反映禁烟题材极为罕见。以上这些文学实例虽少却也足以说明萌芽期的香港新文学在学习传承内地"五四"新文学传统之时，努力开创香港新文学的都市生活等题材，初步补充内地新文学之初还没来得及展开的某些题材的写作领域。

---

① 袁良骏：《新旧文学的交替和香港新小说的萌芽》，《中国社会科学》1997 年第 4 期。

第二节　鲁迅、胡适、许地山之于香港新文学

虽然从1919年到1937年香港与内地的新文学之间有较多的互动交流，但作为从内地南来香港并对香港文坛产生重要影响的主要还是鲁迅、胡适和许地山。他们停留香港的时长不同，前两者是香港匆匆过客，后者却是移居香港6年之久把香港当作自己安身立命之地并最终逝于此地的作家。也正因为此，他们对香港新旧文学的理解和态度有所不同，对香港新文学的作用也有所不同。

关于鲁迅以及胡适南下香港演讲的史料在卢玮銮的几部著作中都有所记载。1927年2月18、19日，受香港基督教青年会邀请，鲁迅在该会礼堂分别作了《无声的中国》和《老调子已经唱完》两次演讲。在鲁迅看来，很多人都无法理解古文，殖民政府的"愚民政策"大行其道，这种无声中国的状态急需改变，那就是不读古文，提倡白话文；抛弃中国古文化的旧思想、旧文章，主张大胆说话，把中国变成一个有声的中国。另外，针对港英政府别有用心地利用中国的旧文化收买人心，奴役中国人的现象，鲁迅毫不留情地加以批判，认为这种老调子早就应该唱完了。显然，当内地的"五四"文学革命渐趋低潮，1927年南下香港的鲁迅的演讲没有顾及当时革命的低落形势，也没有考虑当时香港旧文学在中英对抗过程中所起的积极作用，却重复着数年前"五四"文学革命时期新旧文学你存我亡的对立局面。这种个人认知，再加上鲁迅在现代文学史上地位的不可撼动，新旧文学之争也成为内地版香港新文学史的一条主要发展脉络。而实际上，新旧文学虽然有对抗，但更多的是共存，中英对抗才是当时最主要的矛盾。

如果说1927年的鲁迅持这样的观点我们还可以理解，那么时隔8年之后的1935年1月，受香港大学邀请、获颁名誉博士学位的胡适南下演讲再谈旧文学之弊端就显得有些落伍了。1927年，港英政府兴办官方汉文中学，也在香港大学设立中文系，中国古典文学的教学以及旧文学、旧文化在香港呈现一时的热潮，成为香港居民抵抗英式教育带来的文化殖民有力的文化武器。1935年初到香港的胡适没有具体考察过那时那地香港真实的文化环境，只是看到旧文化盛行带来的弊端，他南下短暂停留约五天期间做的关于《中国的文艺复兴》《中国与科学》等几场演讲，再次指出香港文化已经远远落后于内地新文化潮流，严厉批评了香港的旧文化潮流，呼吁香港要“接受中国大陆的新潮流，在思想文化上要向前走，不要向后倒退”①。显然，不管是鲁迅还是胡适，他们都带有一种内地中心主义的姿态在看待此时此地香港新文学的发展，因而显得有些片面。

和内地“你死我活”的新旧文学之争不同的是，香港的新旧文学基本处于和平共处的状态，甚至在文化殖民的英语环境中旧文学更加能够承担起抵御英国殖民统治的文化重任，所以对鲁迅1927年和胡适1935年南下香港、带有明显内地优越感的心态和新文学革命的领军人姿态进行的几次演讲所产生的影响必须重新加以客观、理性的审视。针对这个问题，大部分人认为，鲁迅的几次演讲催生了香港的新文学。如前所述，在鲁迅演讲之前的一段时间内，香港就已出现新文学的萌芽，所以“催生”一说并不恰当。同时，尽管受到内地新文学的影响，香港的新文学开始萌芽，但是旧体文学的发展势头一直良好，直到20世纪30年

① 胡适：《南游杂忆：（一）香港》，《独立评论》1935年第141期。

代，“文言文占优势，语体文几乎不能为一般人所注意”①，这确实是一个不争的事实。但由于鲁迅、胡适在新文化运动中的威望和领导地位，他们的言行以及文学创作无疑会给香港新文学的萌生一些助力。特别是鲁迅无疑已经成为内地和香港文学界的精神导师，他在香港的演讲，主要是针对晦涩难懂的古典文学久居香港造成的无声状态以及港英政府利用旧文学稳定奴役人民的状况发出呼吁，认为老调子已经唱完，要像内地一样进行文学、思想和社会革新运动，变无声的中国为有声的中国。他的这两次演讲无疑给已经初步接受“五四”新思潮和新文学思想的香港文坛加了把火，因而促发了报纸文学副刊白话新文学的兴盛，以及大量带有文学性质的刊物的创办，为香港新文学的萌芽奠定了一定基础。很多南来文人以鲁迅为榜样，为新文学的发展壮大作出了贡献，许地山就是其中突出的一位，稍后详细展开论述。虽然鲁迅在香港只短暂停留几日，但他的影响力可谓深远，直至 1936 年去世，还有众多为他举行的纪念活动在香港开展。许地山曾经和港大师生一起举行鲁迅追悼会，还做了题为“鲁迅先生对于中国新文学之贡献”的演讲，积极倡导鲁迅精神，扩大“五四”新文学在香港的影响。以后每年鲁迅的忌日，身为香港文协的领导人，许地山都会发起和组织纪念鲁迅的活动，不断以鲁迅精神来指导香港新文化的发展。

在 20 世纪 30 年代南下香港从事文化活动的人员中，许地山是居留香港时间较长的一位。1935 年经燕京大学胡适之推荐，许地山携全家移居香港，9 月 1 日开始就任香港大学中文学院主任教授，直到 1941

---

① 郑德能：《胡适之先生南来与香港文学》，《香港华南中学校刊》1935 年创刊号。

年 8 月 4 日因劳累过度病逝于香港。在这个岗位上，许地山兢兢业业，为香港新文学、内地新文学，也为两地新文学各方面的交流作出了极大贡献。之所以把许地山放在这个时段进行分析研究，主要原因有三：一是他是经胡适推荐到香港大学任职的，并不是因为抗日战争全面爆发南下避乱或者其他原因来港的；二是许地山懂闽粤方言，能很好地适应香港环境，在那里工作生活了 6 年之久直至去世，并没有像茅盾等作家那样因为时局变化而北返，所以虽然许地山也可以算作抗战前后南下香港的作家，但和巴金、夏衍、萧红、戴望舒、施蛰存、郁达夫、萨空了、端木蕻良等却有所不同；三是许地山的身份比较特殊，因而能够使他充分发挥自己的才华和优势，在内地与香港新文学的交流史上占据了重要的位置。

具体来说，首先，许地山是香港大学文学院院长，在职期间利用自己的职权进行了高等教育的某些改革，比如他对港大中文系进行课程改革，由原来的读经和读史为主改为兼读文学、历史、哲学、翻译，此举广为大家所称道，特别是对冲破英国殖民统治下的旧文学、旧势力的重重阻碍方面，许地山的高等教育文科课程改革无疑起了极大作用。其次，他又是内地左翼领导的文协香港分会研究部、艺术文学组主持人，更重要的他还是分会常务理事和总务负责人，实际上就是内地在香港文协的领导之一（另一位是戴望舒）。同时，许地山还是右翼文艺团体中国文化协进会的学术研究委员会主任委员、常务委员会委员和常务理事。另外，由于许地山是基督徒，在政治立场上他是无党派人士，左右阵营都能够接纳他，甚至可以充当左右意识形态冲突中的润滑剂，“努力在统一战线的原则下，联系左、右派，平衡左、右派的利益，在团结中加强抗日斗争工作”①。抗日战争全面爆发以后，大批文人南下，给香港文学文化发展的各个领域带来冲击，许地山又利用自己的中间立场极力协调好内地南来作家和香港本土作家之间的关系。一方面经常主持或参加内地文化人的迎来送往活动，努力协助完成抗日救亡的使命；另一方面还主办文艺讲习会，并亲自授课，培养香港本土的文学青年。除此之外，他还热衷于参加各种社会文化活动，而且始终没有忘记自己的作家身份，在香港继续从事他所热爱的文学创作，创作了剧本《女国士》，小说《玉官》《铁鱼的腮》，还有杂文集《杂感集》等，为香港新文学的开拓发展作出了极大贡献，难怪柳亚子这样认为：“香港的新文化可说是许先生一手开拓出来的。”② 说得一点也不夸张，具体表现在：“一是教育方面，包括高等教育和中学语文教育。其中，他对港大中文系进行的课程改革（由读经为主改为文、史、哲、翻译四项课程）广受称道。二是思想文化方面，在他的一系列文章及演讲中，都努力尝试于殖民或统治的环境下输入许多新文化理念，如现代婚姻观念、中国拉丁化新文字、通识教育观念，以及中西文化的沟通等。三是文学方面，许地山在大学课堂提倡新兴白话文，同时担任文协香港分会和中国文化协进会等的领导职务，以个人创作及理论提倡影响当时的香港文坛。”③许地山6年辛劳，为香港的文学、教育、思想等方面留下了宝贵的精神财富。

就教育层面来考察，许地山是胡适1935年初南下香港接受香港大学名誉博士期间推荐给港大的。胡适的用意很明显，推荐许地山担任港

---

① 余思牧：《许地山对香港文学的贡献》，《香江文坛》2004年第3期。

② 黄庆云：《落华生悄悄播下的种子》，《香江文坛》2004年第1期。

③ 侯桂新：《许地山的香港书写和家国想象》，《华文文学》2012年第4期。

大中文系主任教授，希望许地山参与港大中文系的课程改革和教学计划的修订等①，打算把香港打造成南方的新文化中心。在这之前，1922 年的香港海员大罢工及 1925 年的省港大罢工带来的剧烈社会动荡及强烈的反英情绪，使得港英政府对中文教育的发展不得不采取一些比较积极的态度。1927 年，港英政府就在香港大学设立中文系，全部筹建经费来自香港富商绅士以及南洋的爱国华侨。聘请的教师都是具有很深国学造诣的宿儒，他们讲授中国文化经典，某种程度上大大张扬了中国传统文化的学习风气。可以说，中文中学、大学中文系的设立等是中国人民长期反抗殖民政府、中国传统文化在与英国殖民文化的不断斗争中得来的成果。在这个层面上，旧文化与旧文学起着对抗英国殖民文化的正面作用。但是旧文化、旧文学一直盘踞文坛成为香港新文学发展的障碍却也是一个不争的事实，因此，许地山 1935 年 9 月来到港大以后，希望“在英式大学一展所长，把新的文化观念带来，帮助港大中文系脱离‘旧式科第文人’的手，承接内地的中文教学大潮流”②。许地山雷厉风行，半年多时间一方面举行了“新文学运动之今日”等多场有关新文学、新思想等方面的演讲，另一方面把讲授古代中文经史的中文系逐渐改革变成现代意义的文、史、哲、翻译为主的中文系，招生考试用语也由文言文改成白话文③；而且还在港大的其他院系如医科、工科开设国语课，进一步扩大新文学在香港的影响，为香港新文学的萌芽发展打下

① 胡适：《南游杂忆》，见卢玮銮：《香港的忧郁——文人笔下的香港（1925—1941）》，香港：华风书局 1983 年版，第 55—61 页。

② 卢玮銮：《香港故事：个人回忆与文学思考》，香港：牛津大学出版社 1996 年版，第 115 页。

③ 卢玮銮：《香港文学散步》，香港：商务印书馆有限公司 2007 年版，第 43—44 页。

了坚实基础。

许地山在香港教育领域确实是不可或缺的独特存在。撇开这些，我们再从文学、文化层面来做具体深入考察。他在香港完成的小说《铁鱼的腮》《玉官》，剧本《女国士》，以及发表在《大公报》《大风》等杂志上的许多杂文，一方面表达了作者对包括香港岛在内的国土的现实关注和民族国家想象，另一方面保留了其作品特有的对爱、慈悲、宽容、执着等宗教问题和中西文化不同的普遍思考，既革新又传统，文学性与宗教性、思想性与艺术性俱佳，是香港与内地新文坛不可多得的作家。他的《女国士》(1938年) 借用唐代薛平贵的故事外壳，讲述了其妻子柳迎春如何力劝丈夫在国难当头从军报国、保家卫国的故事，突出描绘了女主人公柳迎春"贤明的女国士"形象。在抗日救亡的集体语境中，擅写《缀网劳蛛》一类宗教情怀小说的许地山却在这篇小说中作出了如此大的改变，这也正说明了面对强权、面对侵略时每个公民所激发出的正义力量与人道关怀。如果说《女国士》是借古代题材说事，那么小说《铁鱼的腮》(1941年) 却是以抗战为背景的现实题材。早年被派到外国学习制作大炮的雷老先生回国后一直抑郁不得志，国内没有制炮的兵工厂，虽然发明了潜水用的"铁鱼的鳃"，但抱有满腔爱国热情的他却绝不会献身他服务的外国海军船坞。随着日本侵略者步步逼近，雷老先生带着他的蓝图和模型一次次避难，最后随着掉进海里的装有模型的小木箱一起沉在海底，完成了他爱国主义的悲壮之举。这部小说很有抗日救亡、报效祖国的思想意蕴，但同时又不是单纯的抗日文学。许地山通过细腻的笔触、丰满的形象塑造婉转批评了即使是全民抗日阶段也存在的某些军事当局的官僚作风、若干研究院以及造船厂的拉帮结派的状况，导致爱国人士如雷老先生等报国无门的委屈与怀才不遇的愤懑。这需要作者深邃的洞察力和清醒的现实主义头脑，这样的佳作在当时并不多见。

再看《玉官》（1939 年），这是一部许地山风格的宗教小说。小说的背景由 19 世纪末延伸至 20 世纪 30 年代，作者讲述了一个孀居的寡妇玉官带着年幼的儿子如何在基督教的引领和帮助下一步步度过艰难困苦，最后儿子学业有成回国谋得一官半职，而她自己则在中国传播基督教的过程中经过为己谋利到无私奉献的心态转变，其思想和灵魂都得到了升华。玉官几十年里一直随身带着三件老古董，《易经》《天路历程》和白话《圣经》，在她身上中西文化的剧烈冲突体现得非常鲜明。她一方面对基督教从不信转为虔信，另一方面又不时受到中国传统文化的影响，种种矛盾心理的刻画使得许地山对这个女性形象的塑造极其丰满，表达了他对中国式基督徒的理解，以及对宗教信仰、中西文化的思考。许地山本人年轻时就已经加入基督教，笃信宗教的他认为宗教是人类普遍需要的精神支柱，因此在他的作品中常常会出现浓烈的宗教色彩以及基督教教义的形象化表达。抗战全面爆发，身在香港的他当然被卷入抗日救国的洪流中，他也以实际行动和自己的部分作品投入这场保家卫国的战争中，以文协香港分会的主要负责人身份努力完成抗日救亡的使命。

可贵的是，这种政治色彩浓、时代使命感强的氛围并没有淹没许地山作品的独特品格，《铁鱼的鳃》也好，《玉官》也罢，还有相当数量的杂感，都表现出了他对现实社会清醒的批判意识，以及对宗教信仰、价值观念、中西文化等的形而上思考。难怪夏志清给予《玉官》及其作者许地山高度评价："所关心的则是慈悲或爱这个基本的宗教经验……他给他的时代重建精神价值上所作的努力，真不啻是一种苦行僧的精神，光凭这点，他就已经值得我们尊敬，并且在文学史上，应占得一席之地了。"[①] 就这样，许地山不仅因为其作品质量高，而且还由于其人热心、交游广，职位高、学问精、名气大，为香港的文学、教育和文化事业留下了极其宝贵的财富。可以说他是20世纪30年代南下香港的文人中为数不多的对香港本土文学的拓展与壮大具有推动作用的作家，曾被胡从经誉为"开辟草莱的拓荒者，耕耘莳刈的垦殖者，荷戈执戟的捍卫者"[②]，这样的赞誉一点也不为过。

本章小结

我们通过鲁迅、胡适、许地山等南下作家的各种文艺活动以及《英华青年》《小说星期刊》《伴侣》《铁马》等刊物的文学生产与传播的生态进行了比较详细的分析，并对内地和香港新文学的关系进行了初步梳理，认为两者之间的文学交流互动已经开始出现好的苗头，特别是许地山移居香港以后的本土性贡献，使得内地与香港新文学的关系不单单是即时性的，而且鲁迅、胡适等南下作家的中原过客心态与许地山南下后"以港为家"的本土文化关怀之间的冲突也开始初步显现。这种互相促进、共同发展以及正确处理外来与本土、过客与属民的关系是内地与香港新文学关系中最重要的部分。

---

① 夏志清：《中国现代小说史》，刘绍铭，等译，香港：香港中文大学出版社2001年版，第72页。

② 胡从经：《鲁迅、胡适、许地山——1930年代香港新文化的萌蘖与勃兴》，《文学世纪》2000年第3期。

第二章
打通与融合(1937—1949年)

许地山是横跨抗战前后的一位重要作家。在抗战全面爆发、文化中心南移香港后，移居香港后的他成为非常重要的领导人物。1937年7月抗战全面爆发，以及抗战胜利后的国共内战，迫于形势大批文人只能南下从事各种文艺活动，这导致香港的文艺环境发生了很大的变化。从汉语新文学发展的整体进程来看，由于这两次战争暂时南下避难客居或中转至南洋各地继续从事文学与文化活动的作家，某种程度上打通了内地与香港文坛的空间，实现了互补共通、融合互构的局面。著名文学史家王瑶在《中国新文学史稿（下册）》中提到，抗战期间，自从上海、武汉失陷以后，“重庆、桂林、延安、香港等城市，就都经常发挥着文化中心的作用”①。特别是在1937年到1941年底香港被日军攻占之前，由于香港的文化环境有很大的包容性，因此这里无疑是内地延伸过来的临时文化中心，左右文艺阵营都可以在这里找到生存立足之地。萨空了也认为：“这个文化中心，应更较上海为辉煌，因为它将是上海旧有文

---

① 王瑶：《中国新文学史稿》（下册），上海：上海文艺出版社1982年版，第361页。

化和华南地方文化的合流，两种文化的合流，照例一定会溅出奇异的浪花。”① 抗战期间避乱或者由中国共产党安排而来的内地作家主要有茅盾、萧红、夏衍、萧乾、徐迟、戴望舒、叶灵凤、端木蕻良、萨空了、阳翰笙、陈残云、冯亦代等，直至1941年底太平洋战争爆发，香港沦陷，好多南来作家又纷纷北返。1945年国共内战开始之后，内地国统区左翼进步作家和文化人士在共产党的安排下先后避居香港，香港再次成为20世纪40年代后期的左翼文化中心。此次南来的作家有茅盾、夏衍、郭沫若、冯乃超、邵荃麟、袁水拍、周而复、聂绀弩、司马文森等。除了作家之外，还有大批的文化人南下，这两次南下的队伍中包括了新闻、电影、音乐、美术、戏剧、教育等各方面的人才，总共有近千人，他们的活动频繁、影响深远，在文学界、电影界、戏剧界、新闻出版界、文化教育界等诸多领域产生了极大影响。就汉语新文学的角度来看，抗战及内战时期南来作家所开展的各种文学活动尤其是文艺副刊的创办或复刊等，把香港几乎变成中国南方的另一个文化中心，某种程度上是内地新文学的异地开花。这时期产生的文学作品和进行的文艺批判运动在现当代文学格局的变化和转折中起了极大作用，有的甚至成为1949年开始的中国当代文学的先声。同时，南来作家也间接培养了一批香港本土作家，推动了香港本土文学的发展。不可否认的是，这一阶段香港本土的作家尝试发出自己的新声，确实取得了一定成绩，但因此企图割裂内地新文学与香港新文学的联系，以及忽视南来作家对香港新文学发展的影响都是不科学的。

---

① 萨空了：《建立新文化中心》，《立报》副刊1938年4月2日。

第一节　报刊云涌

抗战时期南来作家的到来在香港新文坛很重要的活动就是创办刊物或者内地刊物在香港的复刊，四大副刊和众多报刊的出现，把香港暂时变成了远离内地战争灾难的另一个文艺宣传阵地。

1938 年 4 月 16 日，茅盾主编的半月刊《文艺阵地》(后由楼适夷接手）开始出版发行，影响巨大。我们在中国现代文学史上熟知的张天翼的《华威先生》(第 1 期)、姚雪垠的《差半车麦秸》(第 3 期）等就发表在这个刊物上。同月 1 日，茅盾还主编发行《立报・言林》副刊（后由叶灵凤主编)，共同为抗战时间的文艺宣传和文学发展作出了极大贡献。1938 年 8 月，戴望舒主编的《星岛日报・星座》副刊开始发行，除此之外，他还与金仲华等合编《星岛周报》，与艾青等合编《顶点》诗刊，与叶君健、冯亦代等合编对外宣传刊物英文版的《中国作家》，这些报刊在香港文坛的影响力不可小觑。香港沦陷期间，戴望舒曾一度被日军拘押。出狱后，他又编辑《香港日报・香港文艺》《香岛日报・日曜文艺》《华侨日报・文艺周刊》等文学副刊，1945 年抗战胜利后还主编了《新生日报・新语》《星岛日报・读书与出版》等副刊。1938 年 8 月，《大公报》在香港复刊，萧乾主编的《大公报・文艺》副刊，后由杨刚接替。副刊一方面坚持纯文学路线，另一方面配合抗战形势积极宣传抗战民主文化，也发表了一些延安文学。1941 年 4 月，廖承志、邹韬奋等领导筹办中共海外机关报《华商报》，夏衍主编《华商报・灯塔》文艺副刊，并兼任《大众生活》编委，根据党的指示从事统战工作，并在此发表长篇连载《春寒》，直至太平洋战争爆发报刊停办。

抗战期间出版和复刊的刊物杂志还有萨空了主编复刊的《立报》、陆丹林主编的《大风》、周鲸文主编的《时代批评》、楼适夷和叶君健等人合编的画报《大地》、叶君健和金仲华等合编的《世界知识》、端木蕻良与萧红编辑的《大时代文艺丛书》、端木蕻良主编的《时代文学》等等。南来作家们在文化界的不同领域开展活动，使得临时文化中心热闹非凡，一度寂寞的香港文坛不断升温。在以上这些报刊中，茅盾主编的《立报·言林》副刊和半月刊《文艺阵地》、戴望舒主编的《星岛日报·星座》副刊、萧乾主编的《大公报·文艺》副刊、夏衍主编的《华商报·灯塔》文艺副刊尤为重要，号称四大副刊。很多热爱文学的香港青年在这些南来作家主持的刊物和副刊上发表作品，因此某种程度上带动了香港本土新文学的发展。1941年12月太平洋战争爆发，香港沦陷，日本军政府统治香港直到1945年8月的日军投降。在这近四年的时间里，曾经一度热闹的香港文坛由于南来作家的纷纷撤离又陷于沉寂，报刊几乎全部停刊。1945年抗战胜利后，香港重回英国殖民政府的统治，由于相对自由的言论出版和政治环境，《华商报》《星岛日报》等一些报刊又开始复刊进行文学活动。

1946年国共内战打响，原来已经北归的作家又纷纷南来，再加上一大批为了躲避战乱和国民党迫害的内地作家，规模空前。这些作家中，除了“五四”时期的老作家茅盾、郭沫若、叶圣陶等，还有很多在抗战期间历练成长起来的新作家。他们办刊复刊、办学校、搞出版社、组织读书会、举办训练班等等，再次吸引大批香港本土青年投身于文化、文学事业。据黄康显统计①，从1946年5月《青年知识》创刊到

① 黄康显：《香港文学的发展与评价》，香港：秋海棠文化企业1996年版，第61页。

1949 年 8 月终刊，香港共有 12 种期刊，它们是《青年知识》半月刊、《文艺丛刊》、《野草》月刊、《文艺通讯》、《文艺生活》月刊、《新诗歌》丛刊、《野草》文丛、《中国诗坛》、《大众文艺丛刊》、《海燕文艺丛刊》、《小说》月刊、《新文化丛刊》等。从主阵人员来看，除《中国诗坛》是由广州地区的黄宁婴、陈残云等任主编以外，其余都是由粤港之外的内地南来作家主持。在这些刊物中，其中偏重理论探讨的《大众文艺丛刊》（邵荃麟、周而复等主编）、重视报告文学刊载的《文艺生活》（司马文森、陈残云等主编）、侧重现实主义小说发表的《小说》（茅盾等主编）尤为突出。由于内战时期国共双方矛盾激烈，因此这些刊物大多表现出较强的为人民大众、为现实政治服务的倾向，茅盾、郭沫若等都程度不同地表达了这种观点。茅盾在《小说》创刊词中明确指出："我们都是深信文艺就应当为人民服务，而中国人民今天正在创造自己的历史，我们不敢妄自菲薄，决心在这伟大的战斗中尽我们应尽的力量。"① 为此，针对当时文艺"主观论"的代表人物胡风、路翎等人，《大众文艺丛刊》等刊物进行了较为激烈的理论论争，胡乔木、邵荃麟发表《文艺创作与主观》《论主观问题》等理论文章对胡风所谓的小资产阶级主观文艺思想进行了严厉的批评，指出只有把它彻底干净地淹没掉，作家的"革命主观"才能真正地建立起来。冯乃超和茅盾就"革命主观"问题还做了进一步解释，即应该和革命战争、生产、土地改革、群众斗争等紧密结合起来，并用人民的语言反映这伟大的时代，表现新的人和新的生活。这种在特殊政治环境下的新的文艺观念不仅在此期间发挥着相当程度的战斗作用，同时也无形中对 1949 年后当代文学的文艺斗争、

---

① 茅盾：《创刊词》，《小说》1948 年第 1 期。

文艺观念有相当大的影响。在这个层面上，我们也可以再次看出内地新文学与香港新文学之间密不可分的关系。

除了文艺期刊以外，还有一些在香港沦陷期间已经停刊的报纸，如《星岛日报》《大公报》《文汇报》《正报》等纷纷复刊，各种副刊高招频出，如《华商报》副刊《热风》（后改为《茶亭》），显然旨在继承发扬鲁迅的战斗精神，该报还专门为文协香港分会和青年记者学会开设专刊，间接培养了一批香港的青年新闻人才。《大公报》延续了萧乾“文艺”副刊的编辑路子，同时还开辟了专门刊登杂文小品的《大公园》副刊等。

总之，抗战和内战期间南来作家创办、复刊、主持的文学期刊和报纸副刊，不仅为在港的南来作家提供了创作和发表的园地，也为刚刚崛起的香港新文学爱好者提供了展现文学热情的舞台。比如香港本土作家、老前辈舒巷城就是在南来作家创办的文艺刊物上投稿发表后慢慢成长起来的，还有被誉为“文坛双璧”的侣伦的《穷巷》与黄谷柳的《虾球传》，也是在夏衍等人的鼓舞下在《华商报》文艺副刊连载的。由此可见，南来作家不仅自身在香港继续创作，从事文艺活动，影响了很多热衷于看书写作的人，还热心扶持本土的文学青年，为之铺路搭桥，从而促进了香港新文学的发展。当然也有一些学者认为，南来作家的大量活动阻碍了香港本土新文学的发展脚步。香港学者王宏志就认为：“在大量成名作家南下后，香港文学本身的发展，在某一程度上说，其实是受到了牵制，或甚至是窒碍的。”① 针对这个问题，我们认为评论者的情感倾向会决定他所做出的价值判断。王宏志站在维护香港本土的立场

① 王宏志：《我看“南来作家”》，《读书》1997年第12期。

上，片面看待南来作家的活动对香港新文学发展产生的消极影响，而舒巷城他们同样是站在香港本土的立场，却理性客观地看到南来作家的活动对香港新文学发展的正面影响。就像一个铜板的两面，有积极就有消极。在我看来，虽然那个时候香港在英国政府殖民统治之下，但香港始终是中国的一部分，只是由于它特殊的地理位置、特殊的政治身份带来相对自由的发展空间，南下也好，北返也罢，哪里的空间适宜发展文学就在哪里。抗战时期，香港成为全国的临时文化中心；内战时期，香港又成为除延安之外的又一个左翼文化活动中心。也正因如此，我们才说这个时期内地新文学与香港新文学之间的关系是处于打通和融合的阶段，而当我们在考察汉语新文学史的时候，完全可以把 1937—1949 年的内地与香港新文学作为一个整体来衡量考察。

第二节　文艺运动纷争

随着大批南来作家到港，他们配合内地抗战热潮和国共内战残酷的政治环境而展开了一系列的文化活动，其中有很多文艺论争，如“民族形式”论争、“方言文学”讨论、“反新式风花雪月”论战、对“反动文艺”的批判等等，对中国现代文艺思想和文艺理论的发展有不可磨灭的贡献，特别是 1948 年《大众文艺丛刊》上对“反动文艺”和“小资产阶级作家”的批判，更是中华人民共和国成立后各种文艺批判运动的先声。

一、关于"民族形式"的论争

"民族形式"的论争是抗战期间在不同政治领域被广为关注的话题，不仅在内地延安等解放区和重庆等国统区，而且在英国殖民统治下的香港也同样得到热烈关注，所以在这个层面上我们也可以说这场论争体现了内地与香港新文学的某种相通与融合。

论争时间大概从1938年到1942年，影响非常大。1938年10月，毛泽东在延安发表了《中国共产党在民族战争中的地位》的演讲，针对中国革命或党内政治与学习的问题提出了"民族形式"理论。于是，从1939年1月开始，延安文化界与文艺界人士就此连续举行讨论，不仅针对党内政治与学习问题，而且还针对文艺问题，范围也从延安进一步扩大到国统区的重庆和英国殖民统治的香港等地，他们就文艺界和文化界的创作实际发表了一系列相关文章开展讨论。侯桂新通过时间和事件的爬梳认为："香港的讨论就成了延安以外的第一站，在后来的重庆、桂林等地的讨论中，可以听到它的回声。"①

具体说来，香港关于文艺"民族形式"的讨论大致分为两个阶段：第一个阶段从1938年春到1939年夏，主要讨论"旧形式"的利用与文艺大众化的问题，既是"民族形式"论争的前奏，也是整个讨论的重心；第二个阶段从1939年夏到1940年初，主要探讨"民族形式"的创造等问题，主要讨论文章发表在《大公报·文艺》副刊上。参与讨论的

---

① 侯桂新：《文坛生态的演变与现代文学的转折：论中国现代作家的香港书写(1937—1949)》，北京：人民出版社2011年版，第162页。

有杜埃、茅盾、李南桌、林焕平、施蛰存等，他们都是南下香港的文化人士。

“大众文艺委员会”早在20世纪30年代初左联时期就已成立，就文艺大众化问题展开过几次讨论。随着抗日战争形势的逐步严峻，为了激发广大民众积极参与到抗战中去，关于用哪种语言进行创作以及旧形式的利用与改造等问题的论争特别引人注目。1938年4月，胡风主持的《七月》杂志社与顾颉刚在“九一八”事变后在北平发起组织的“通俗读物编刊社”（后迁往重庆）就“旧形式”问题进行了论争，它们的主要观点基本对立。《七月》杂志社认为旧形式只是过渡的形态，只有新文学特别是革命现实主义文学才是文艺运动的主潮，为此专门召开了题为“宣传、文学、旧形式的利用”的座谈会进行探讨；而“通俗读物编刊社”则指出只有民间文学才真正属于大众，主张利用旧形式，用“旧瓶装新酒”，为了争夺话语权，他们还召开了题为“关于‘旧瓶装新酒’的创作方法”的座谈会。显然，两者的观点针锋相对。

在香港，这种讨论基本同步进行。早在1938年3月，杜埃在《大众日报》上发表《旧形式运用问题的实践》一文，他认为：“对于一般已识字的落伍的小市民，我们就不能不要在现阶段加紧运用旧形式，通过旧形式去争取这类读者到新文化的领域里来，巩固新文化的发展基础。”① 杜埃的观点显然和“通俗读物编刊社”成员的观点比较一致，都认为必须加强利用旧形式，同时，杜埃又指出要辩证地利用、批判地接受旧形式。1938年来港的青年批评家李南桌也指出：“若想完成现阶段的‘大众化’必须要继承过去的遗产，利用活着的民间作品，

① 杜埃：《旧形式运用问题的实践》，《大众日报·大众呼声》1938年3月20日。

用他们的语言来写作，——不过有一点是不可不强调的，就是要谨防其中有害的毒素。利用旧形式是可以的却千万不要反为旧形式所利用。”①

茅盾就以上讨论进行了一些总结归纳，基本肯定“旧瓶装新酒”的必要性，并认为“翻旧出新”和“牵新合旧”是利用旧形式的最高目标。当然在这个问题上也有不同的声音。1938年8月途经香港的施蛰存正好赶上了这次论争，他应戴望舒之邀写了《新文学与旧形式》《再谈新文学与旧形式》等文章，对新文学利用旧形式表示异议，他认为：“我们谈了近二十年的新文学，随时有人喊出大众化的口号，但始终没有找到一条正确的途径。”②“文学应该大众化，但这也是有条件的。一方面是要能够为大众接受的文学，但同时，另一方面亦得是能够接受文学的大众。”③因此他提议新文学作家们不必强求一致故意大众化，应该各走各的路。政治上左翼、文艺上自由主义的施蛰存在当时一股较为狂热的“文艺大众化”“利用旧形式”浪潮中能够并坚守纯文学立场，清醒地指出文艺发展应该和政治要求分开，这无疑是一股清流，需要极大的勇气。但在左翼主流意识形态为主的文坛上，尤其是一切为了抗战服务的特殊时期，施蛰存提出的这些问题和思考显得有些不合时宜，因此当林焕平用《论新文学与旧形式》④一篇长文对施蛰存的观点进行批评后，香港文坛上就再也没有出现反对的声音了。其实内地文坛有关旧形式利用的争论也同样如此，这种几乎一致的论调再次证明了香港只是

---

① 南桌：《关于“文艺大众化”》，《文艺阵地》1938年第3期。

② 施蛰存：《新文学与旧形式》，《星岛日报·星座》1938年8月9日。

③ 施蛰存：《再谈新文学与旧形式》，《星岛日报·星座》1938年8月12日。

④ 林焕平：《论新文学与旧形式》，见《抗战文艺评论集》，香港：民革出版社1939年版。

战争特殊时期的另一个比较稳定的文化中心，它的所有文化活动要么同步于内地，要么是内地的延伸。

香港新文坛和内地新文坛的融通还体现在内地部分作家也将他们的实践经验写成文章投到香港的报刊发表。由于香港特殊的殖民文化空间赋予的较为自由的言说和发表空间，关于大众化和旧形式的讨论展开得比较充分，吸引了内地像穆木天、赵景深这样比较资深的文化人参与，他们也纷纷撰文在香港的《大公报》和《国民日报》上表达自己的观点。穆木天的观点比较接近胡风《七月》派，认为大众化只是一个过渡，并指出，“中国化”和“欧化”在中国的民族革命的文艺建设之路上同样重要，而且是相互辅助的。[①] 而赵景深则比较接近茅盾等人辩证利用旧形式的观点，主张克服欧化倾向和文言成分，“应该每一句都像老百姓自己的口吻，那才能算是真正的成功”[②]。

当文艺“大众化”以及利用“旧形式”的讨论达到一定程度时，必然提出“民族形式”的利用与创造的问题。在香港，“民族形式”这一词汇真正出现是黄文俞在 1939 年 7 月 24 日的《立报》上有关“通俗文学座谈会”讨论发言中提出的，他认为香港的通俗文艺不能只有地方形式，必须有全国性民族形式的东西。紧接着，1939 年 10 月 19 日《大公报·文艺》副刊为了纪念鲁迅逝世三周年举办了一次题为“民族文艺的内容与技术问题”的座谈会，杨刚、宗珏、黄文俞、林焕平等都发表了自己的看法。其中黄文俞的思考比较深入，他指出民族形式相当于

① 穆木天：《欧化与中国化》，《大公报·文艺》1939 年 6 月 2 日。

② 赵景深：《通俗文艺的讨论》，《国民日报·新垒》1939 年 10 月 17 日。

"中国化"，并认为民族形式要落到实处，必须经过各种文学实践。[①] 经过前期各种酝酿和小规模的座谈，以及《大公报·文艺》副刊的"民族文艺"的征文，终于在1939年12月中旬的《文艺》副刊专门开设了"创造文艺民族形式的讨论"专栏，集中5天发表了共8篇论文，掀起了一个关于"民族形式"讨论的小高潮。在这些专栏文章中，黄文俞的《旧瓶装新酒》、杜埃的《民族形式创造诸问题》、宗珏的《文艺之民族形式问题的展开》等[②]，对民族形式各方面的问题进行了较为充分的讨论。这个专栏除了刊发南来评论家们的文章，也刊发了来自内地延安安适的《文艺下乡与民族形式》的论文，指出民族形式不只是理论问题，还是实践问题，因而还特别推荐了延安鲁迅艺术学院的实践经验。

香港《大公报·文艺》副刊的关于"民族形式"的讨论颇为热闹，遗憾的是犹如昙花一现，突然发布的《结束讨论启事》，虽有点措手不及，但在不久之后的1940年春内地国统区的重庆、桂林等地向林冰、葛一虹等人关于"民族形式"中心源泉的讨论中都可以看到香港讨论的痕迹，这更加证明了内地与香港新文学的延续性和融通性。

二、关于"方言文学"的讨论

南来作家们的方言文学运动离不开"民族形式"的讨论，黄继持经过详细的考察分析得出："战后华南的大众文艺与方言文学再度蓬勃，

---

① 黄文俞:《文艺上的"新形式"》,《立报·言林》1939年11月13日。

② 宗珏:《文艺之民族形式问题的展开》,《大公报·文艺》1939年12月11日—13日。

与这场在香港沦陷前的讨论，应有一定的历史关系。”① 其实方言问题讨论的前奏在1938年以后的“民族形式”争论中经常被提及，比如黄绳曾主张“批判地运用方言土语，使作品获得一种地方色彩，使民族特色从地方色彩里表现出来”②。随着抗战形势的严峻以及国共内战期间发动民众的迫切需要，刺激了一批批南来左翼作家开始注意创作语言的口语化和方言化，还有具有方言色彩和地方特色的香港小市民作品的畅销，再加上战后毛泽东的《在延安文艺座谈会上的讲话》（以下简称《讲话》）在香港的刊发与传播，文艺的普及与大众化思想深入作家的头脑，争夺话语权与文学出版市场的竞争压力也迫使他们重新考虑作品书写语言的方言化。

1947年10月11日，林洛的《普及工作的几点意见》一文在华嘉主编的《正报》第57期上发表，明确反对“方言文学”，引起了主张纯方言写作的主编华嘉的强烈反对，由此方言文学的讨论开始热闹起来。华嘉深受毛泽东《讲话》有关普及、大众化等政治性和革命性要求的影响，认为作家应该改造自己的小资产阶级意识，主张创作时不仅对话要采用民间口语，叙述语言也要运用群众语言，并且可以拿到工农大众中去朗诵和表演。从华嘉的语气和行文表述我们可以看出，他是《讲话》精神在香港文坛的忠实执行者，有时难免有政治化色彩过浓的嫌疑。茅盾、郭沫若、冯乃超、邵荃麟等人的观点则相对温和，他们普遍认为运用方言创作不仅是出于政治需要，同时也是艺术本身发展的需要，因为欧化的语言和普通的国语都不足以表现民众的现实生活，只

---

① 黄继持：《文学的传统与现代》，香港：华汉文化事业公司1988年版，第141页。

② 黄绳：《民族形式和语言问题》，《大公报·文艺》1939年12月15日。

有各地民众的方言，才是表现他们生活、战斗和思想情感的最有效的手段。当然也有论者主张取消“方言文学”这一说法，认为既有“方言”说法，就有相对的“正言”，因此不应该自轻自贬，认为方言文艺是地方化的东西，这些观念应赶快抛弃。① 各路作家围绕着方言问题各抒己见，非常热闹。

为了扩大方言文学讨论的影响，文协香港分会还成立了专门的“广东方言文艺研究组”，于 1948 年夏天由达德学院任教的钟敬文任首届会长的“方言文学研究会”成立，其主要任务是推动方言文学的创作、研究、出版等工作，他们还从 1949 年 3 月 9 日开始在《大公报》开辟《方言文学》双周刊，接着又于 3 月 13 日及 6 月 3 日在《华商报·茶亭》推出了两期“方言文学专号”。在这些刊发的作品中，我们可以看到部分广东籍作家尝试进行了各类文体的方言创作，如薛汕的潮州话中篇小说《和尚舍》、丹木的潮州话叙事诗《暹罗救济米》、楼栖的客家方言长诗《鸳鸯子》等等。但现实往往和理论有差异，那些曾经极力主张方言写作的南来作家面对自己的方言作品时也觉得不尽如人意，早已离开农村多年的他们一方面对大众语言不熟悉，另一方面也不甚了解农村的真实生活，因此流露笔端的文字也就显得生硬。这些作品本身无法完全证明方言文学的成功，更别说它们将要面对的大量读者群体是香港的小市民。黄继持在考察这次方言运动后说：“这次方言文学运动，看来不从香港文学本位考虑问题，而以华南文学为本位……‘意’想中的接受者（华南工农群众）与实际的接受者（香港读者，包括一些工友）也

① 严肃之：《取消“方言文艺”的称谓》，《华侨日报·文史》1948 年 5 月 22 日。

有一定距离。”①

可见，“方言文学”的实践者们在创作方面显然不甚成功。随着内战形势的急剧变化，国共双方实力悬殊，最终中国共产党以压倒性优势成为执政党，许多南来作家纷纷北返，方言文学讨论与创作的热闹暂时告一段落，因而讨论热度也就慢慢冷却下来。

三、关于“反新式风花雪月”论争

除了以上两次由内地波及香港的规模比较大的论争之外，由南来作家主导的论争还有“反新式风花雪月”论争、对所谓“反动作家、小资产阶级作家”的批判等等，这些论争成为中华人民共和国成立后20世纪50年代内地文坛反对小资产阶级思想文艺运动的先声。

“反新式风花雪月”的论争是1940年10月由文协香港分会所属的“文通”主办的《文艺青年》发起组织的。这个杂志本身是中国共产党领导下的南来左翼作家创办的文艺半月刊，而“文通”的主要任务和目的就是团结和组织香港本土的文艺青年，开展文艺运动，配合全国范围内的抗战文艺活动。“反新式风花雪月”主要是针对国民党右翼和汪精卫派文人主办的《国民日报》《香港日报》和《南华日报》等报刊推动的软性风花雪月的文风提出批评，从而引发了一场较大规模的论争。所谓的“新式风花雪月”之文是指当时全国一片抗战浪潮中香港出现的某些怀乡散文。《大公报·文艺》的主编杨刚认为，当时出现了很多“除了对祖国

① 黄继持：《战后香港“方言文学”运动的一些问题》，见《文学的传统与现代》，香港：华汉文化事业公司1988年版，第161页。

的呼唤在某方面能够引起相当的共鸣而比较有意义以外，别的都可以风花雪月式的自我娱乐概尽。风花雪月，怜我怜卿，正是这类文章的酒底。不过改了个新的样子，故统名之曰‘新式风花雪月’”①。针对杨刚抛出的这个问题，左右翼文人各抒己见，左翼文人主要侧重文艺的战斗性，而右翼文人则注重文艺的抒情性，这在1940年11月24日文协香港分会主持的“反新式风花雪月座谈会”上得到了集中体现。杨刚、黄绳、乔冠华等认为，只有加强生活实践和社会实践，多读多看关于马列主义的学说理论，才是现实主义写法的最好出路，在此基础上提出了“新民主主义的现实主义”创作方法；而曾洁孺、胡春冰、黎觉奔等人则从创作倾向、创作题材等角度论证了风花雪月作品存在的合理性。这场论争最终以左翼作家的观点占上风为结果，《文艺青年》第7期陈杰的总结性文章明确指出曾洁孺、胡春冰、黎觉奔等人“共同犯着认识上的严重错误”，右翼文人的文艺势力在20世纪40年代初期的香港显然无法和左翼的相匹敌，随着共产党在内地的全面胜利更是如此。其实这一场左右翼“反新式风花雪月”论争的影响力不仅波及20世纪40年代初的香港，而且一直延续到抗战胜利之后，1946年上海的《文艺春秋》杂志上还刊发了《扫荡文坛新风花雪月的趋向》② 的文章，可见这次论争的影响是相当久远的。

如果说“反新式风花雪月”已经初步具有共产党对左右翼作家的创作观念、创作趋向、创作方法等一元化指导的痕迹，那么1948年的《大众文艺丛刊》开展的对所谓“反动文艺”“小资产阶级思想”的批

① 杨刚：《反新式风花雪月——对香港文艺青年的一个挑战》，《文艺青年》1940年第2期。

② 李白凤：《扫荡文坛新风花雪月的趋向》，《文艺春秋》1946年第5期。

判，更是具有左翼文艺批评论争的话语强势。1946 年 3 月新民主出版社大量印刷出版了因香港沦陷而暂时耽搁传播的毛泽东《讲话》等主要理论文章，于是香港工委文委决定组织各个党小组学习讨论《讲话》精神，并且要求“向文化界大为宣传介绍这个《讲话》，使党的文艺方针政策从香港向海外，特别是东南亚一带扩散开去”①。在这个过程中，香港南来作家以及 1948 年 3 月创办的以理论为主、创作为辅的《大众文艺丛刊》无疑起了很大的作用。为了较好地实践毛泽东《讲话》中“文学为政治服务”“文学为大众服务”“深入生活、深入群众”等的文艺思想，南来作家们以及左翼文人邵荃麟、冯乃超等在《大众文艺丛刊》等刊物上曾一度发起对沈从文、朱光潜、萧乾等在当时被认为是“反动作家”的批判，还批判了左翼文艺阵营内部的胡风、路翎等作家的“资产阶级和小资产阶级”思想，强调文艺的阶级性和革命性，以此来实现文艺意识形态的一体化。这些论争的文风和批判者的思维模式、批评模式为即将到来的“十七年”文艺的批判运动和左翼意识形态的强化做了铺垫，也为 1949 年以后左翼南来作家北返后因香港文坛右翼势力抬头而引发的“战斗文艺”等口号的提倡提供了理论依据。洪子诚也曾这样认为：“《大众文艺丛刊》作者群所代表的左翼文学主流力量对当时文学力量所作的类型描述和划分，是实现四五十年代文学转折的基础性工作。这种描述成为政治权力话语，深刻地影响了四五十年代之交的文学进程。”② 不仅如此，钱理群、贺桂梅、

① 周而复：《往事回首录》（上部），北京：文化艺术出版社 2004 年版，第 245 页。

② 洪子诚：《中国当代文学史》，北京：北京大学出版社 1999 年版，第 9 页。

侯桂新①等学者都撰文论证了中国现当代文学转折期《大众文艺丛刊》在其中所扮演的角色的重要性。

第三节 代表作家及其文学活动

如果说以上两个章节是对文学作品得以发表的报刊媒介的产生和文学观念形成、作家思想改造、文艺批判运动等进行了较为详细的考察，从多个层面论证了内地新文学与香港新文学之间的密切关联，那么以下的章节试图以一些重要作家及其代表性作品的分析来梳理内地与香港新文学之间的一体化，说明它们只是新文学在特殊时期不同空间的位移。

就南来作家在港期间创作发表的作品来说，很多作家发表了他们具有代表性的作品，小说领域有萧红的《呼兰河传》《马伯乐》，茅盾的《第一阶段的故事》《腐蚀》，许地山的《玉官》，夏衍的《春寒》，黄谷柳的《虾球传》等；诗歌领域有戴望舒的《灾难的岁月》等等，这些都是公认的现代文学经典或者香港文学经典，我们在中国现代文学史和香港文学史中都可以找到作品的介绍分析以及它们在文学史中价值和地位的评判。如果我们把内地与香港新文学打通，把它们看作一个完整的新文学史板块，那么这一叙述应该就是一个大文学史范畴内的内地、香港等不同地区文学发展面貌在时间和空间上的集合融通。

从目前所见到的中国现代文学史和香港文学史的叙述中，作为香港

---

① 钱理群：《1948：天地玄黄》，济南：山东教育出版社 1998 年版；贺桂梅：《“当代文学”的构造及其合法性依据》，《海南师范学院学报》（社会科学版）2006 年第 4 期；侯桂新：《文坛生态的演变与现代文学的转折：论中国现代作家的香港书写（1937—1949）》，北京：人民出版社 2011 年版。

这一特殊区域的文学确实有它独特的发展道路，因此香港新文学的本土诉求也是需要我们深入考察的。在众多的南来作家中，许地山是比较突出的既有内地中心意识又有香港本土色彩的作家，而且他对香港本土文学青年的扶持以及对香港本土教育等方面的贡献也是有目共睹的，关于这些在第一章的第二节已经做了较为详细的论述，可做参考。之所以把许地山放在1927—1937年这个时间段中去考察论述，主要是因为他到港的时间为1935年，而且其在港活动对香港早期新文学的萌发与拓展有着非常积极的作用。当然许地山在抗战期间的文艺活动和领导工作对两地文学的交流和香港新文学的发展同样起着很大的作用，所以我们在论证需要的时候会再次提及许地山。

抗战期间以及内战以后南来香港的作家，侯桂新根据他们的民族想象和与土地的关系分为三大类："第一类如萧红，在香港感觉寂寞，因而回望故乡，或借童话式的乡土抒情获得心理安慰，或描绘流亡旅途，表达对国民性与男性中心文化的批判。第二类如许地山，对现实中的香港有一些不满，但意识中还是把香港看做大中国的一部分，并考察其历史文化以作证明。第三类如徐迟、楼适夷，他们会书写香港的某些现状，但大多持批判态度，过客心态比较明显。"① 这样的分类大致正确。考察所有南来作家的生活与创作的心态，除了许地山（1935年到港，1941年在港病逝）、叶灵凤（1938到港，1975年在港去世），其他大部分南来香港的作家多多少少带有"过客"心态，由于外环境的种种压力，香港只是他们在文学之路和人生道路上的一个临时中转站，一旦时

① 侯桂新：《文坛生态的演变与现代文学的转折：论中国现代作家的香港书写（1937—1949）》，北京：人民出版社2011年版，第123页。

机成熟就会设法离港北返，如茅盾、夏衍、郭沫若、戴望舒、邵荃麟等，而萧红因病滞留并最终于 1942 年初在香港病逝。在香港写出《呼兰河传》《小城三月》等佳作的萧红是很想回到内地的，然而时局和病体却让她留下了终生遗憾。

在这些南来作家群中，黄谷柳与他的《虾球传》是个异数。很难说得清他是内地南来作家还是香港本土作家，因为他的经历太过于传奇。但是在我们所能看到的大部分内地和香港新文学史中，都可以看到黄谷柳的身影，如前所述，打通内地与香港新文学的人为障碍，把它们放进一个时空里进行考察，很多问题将迎刃而解。因这一时段的南来作家实在太多，只能遴选具有代表性的、对中国新文学产生较为重要影响的作家作品及其文学活动进行梳理和论证。

一、四下香港的茅盾

不管是在内地还是香港的文坛上，茅盾都是一个无法忽视的重要存在。且不说他的长篇代表作《子夜》史诗般的宏大结构、细腻精练的语言，以及用精明强干而又自负软弱的吴荪甫形象化地叙说了民族资产阶级道路在二十世纪三四十年代的中国走不通的主题所引起的文坛震动，还有新文学重镇之一“文学研究会”的领导工作以及重要刊物《小说月报》的改版与主编，都说明了茅盾在中国内地现代文学史上的重要性。时局的变化导致茅盾前后多次南下香港，或长居或短居歇脚过渡，但不管居港时间长或短，茅盾始终没有忘记积极参与文艺界的各种活动，发挥应有的作用。据资料记载，茅盾大概前后四次到过香港：第一次是 1938 年 2 月底到 12 月底，第二次是 1941 年 3 月到 1942 年 1 月，第三次是 1946 年 3 月到 4 月，第四次是 1947 年 12 月初到 1948 年 12 月底。茅盾在港期间所有的文艺活动、报刊的编辑以及文学创作对中国现代文坛都有很重要的影响，这也是他文学创作的第二个勃发期。关于《立报》副刊《言林》以及《文艺阵地》杂志，前面第一节中有所涉略，可做参考。

（一）文艺活动

虽然许地山和戴望舒是战时文协香港分会的实际负责人，但由于茅盾在新文学运动中的影响以及他在 20 世纪 30 年代突出的创作成就，无疑是当时重要的文坛领袖，即使到了香港也依然如此。抗战时期也好，战后国共内战也罢，由于香港相对自由的文学空间，茅盾把香港作为新文学的另一个重要阵营，积极开展各种文艺活动，为香港新文学以及中国新文学的发展作出了巨大贡献。

第一次南下香港，茅盾很快进入状态，于 3 月 12 日晚出席了中华艺术协进会主办的座谈会，并发表了重要演讲，演讲稿发表在 3 月 21 日的《大众日报・大众呼声》上。他认为，作为抗战时期的文艺工作者，并不一定要投笔从戎上火线，或者天天做群众运动，只要对真理忠实、对自己忠实，做事一丝不苟，嫉恶如仇，敢于同恶势力抗争，这样用口或者笔的生活也是战斗的生活。① 第二次南下香港后不久，茅盾又于 1941 年 4 月 17 日参加了《大公报・文艺》副刊主编杨刚主持的“香港文艺界联欢会”，并向大家汇报了抗战以来的文艺运动情况以及有关民族形式、大众化论争等问题。之后他一直参与香港新文艺的各种活

---

① 茅盾：《茅盾先生的一封来信——关于“抗战后的文艺的一般问题”》，《大众日报・大众呼声》1938 年 3 月 21 日。

动，直至香港沦陷之后离开。第三次南下是茅盾于1946年4月13日途经香港去苏联访问学习。虽然只有短短几天，但茅盾出席了文协香港分会的欢迎会和香港文化界的公宴，并做了题为“现阶段文化运动诸问题”的演讲，内容刊登在1946年4月19日的《华商报》上。第四次南下是战后的1947年底，在香港居住长达一年。作为内地新文坛的核心人物，茅盾自然参与了香港文化界的各种活动，无形中也成为香港新文坛的核心。抗战后毛泽东的《讲话》在香港的刊发和传播，使得文艺大众化再度成为大家十分关注的话题。针对“五四”文学革命以后“大众化”没有得到彻底解决等问题，茅盾于1948年5月1日在《风下》周刊上发表了《反帝、反封建、大众化——为“五四”文艺节作》一文，指出当前文艺应该配合全国反帝反封建思想斗争的民主运动，塑造一批农民和工人的典型，彻底完成民族独立解放的伟大任务。1948年5月29日，新歌剧《白毛女》在香港普庆戏院上演，茅盾观看后随即在《华商报·热风》上发表了《赞颂〈白毛女〉》一文，他指出这是一部真正具有民族形式的新歌剧，是一部歌颂农民翻身解放的新歌剧，值得大家学习。

总之，茅盾几次南下香港，都积极参与活动，发表演讲，撰写论文，鼓励青年，促进了内地与香港新文学的交流与发展。

(二) 报刊

第一次南下香港的茅盾在报刊方面的贡献是主编了《立报》副刊《言林》和杂志《文艺阵地》。1938年2月，茅盾应萨空了之约去香港主编《立报》副刊《言林》，并开始创作在港的第一个长篇小说《第一阶段的故事》（原名《你往哪里跑》），连载于4月1日复刊后的《立报·言林》第1期，一直到10月31日全部刊载完毕。显然，这部长篇连载是支撑《言林》副刊的重要基石，再加上五花八门、雅俗共赏的栏目与内容，《言林》受到内地和香港读者的广泛好评。

于1938年2月底，茅盾还受到生活书店的邀请主编《文艺阵地》。4月16日《文艺阵地》创刊，这是一本高调宣扬抗战文化的刊物，重视抗战文艺创作和理论探讨，强调文艺的战斗和各式武器的使用："我们现阶段的文艺运动，一方面须要在各地多多建立战斗的单位，另一方面也需要一个比较集中的研究理论，讨论问题，切磋，观摩，——而同时也是战斗的刊物。"① 该刊的创刊号就发表了国统区的讽刺小说代表作张天翼的《华威先生》，第3期又发表了姚雪垠的《差半车麦秸》，这些都是中国现代文学史上极其重要的抗战代表作。

第二次南下香港的茅盾于1941年9月1日创办了一份文艺性的综合刊物《笔谈》，文字短小精悍，风格庄谐并收，谈天说地，翻译、创作、杂谈皆有，前后一共出了8期。刊物的作者范围广泛，有柳亚子、郭沫若、叶以群、戈宝权、徐特立、董必武、胡风、杨刚、胡绳等，茅盾自己也常用各种笔名发表书评随想、杂感评论之类的文章。第四次南下香港的茅盾主编了文学杂志《小说》月刊和《文汇报》的《文艺周刊》。他的第三部长篇小说《锻炼》就连载于1948年9月9日到12月29日的《文汇报》，而《小说》月刊则发表了他的短篇小说《惊蛰》《春天》《一个理想碰了壁》等以及部分译作。

从以上资料的梳理和描述中我们可以发现，茅盾自抗战以后的创作多多少少与他创办或者主编的刊物之间关系密切，可以说，茅盾的作品

---

① 茅盾：《发刊辞》，《文艺阵地》1938年第1期。

支撑起了他主编的报纸副刊和文艺杂志，它们互为因果，共同推进了中国现代文学史的进程，也丰富了战时的香港新文坛。

(三) 代表作品

茅盾是内地左翼新文学的重要代表作家，几次南下香港，他都没有间断过创作，据统计，从 1938 年 2 月第一次南下到 1948 年底返回内地，他前后共逗留香港四次（第三次是途经香港去苏联），居港时间总共约 3 年，却留下了约 100 万字的作品，其中有 3 个长篇，若干个短篇，还有约 200 篇散文、论文、译作等，是南来作家中产量较为丰富的作家。

作品的发表离不开刊物的支持，茅盾的三部长篇分别是他三次南下香港的重要作品，刊发在当时香港重要的刊物上。由于他在文坛的领导地位，这些作品往往是受邀配合政治形势而写，具有相当的政治性。第一部长篇《第一阶段的故事》（原名《你往哪里跑》）是受萨空了之邀而作，连载于茅盾自己主编的《立报·言林》(1938 年 4 月 1 日到 10 月 31 日)；第二部长篇《腐蚀》是受邹韬奋之邀，连载于邹韬奋主编的《大众生活》(1941 年 5 月 17 日到 9 月 27 日)；第三部长篇《锻炼》是应《文汇报》之约而作，连载于 1948 年 9 月 9 日到 12 月 29 日的《文汇报》。这些作品都是临时受邀，虽有好的构思但囿于报刊边写边载形式的局限，加之战时、战后特殊的政治环境使得茅盾无法从容打磨作品的内容与形式，留下了很多遗憾，但这些并不妨碍茅盾在内地和香港新文坛中的崇高地位。

我们来简单分析茅盾这三部长篇小说的主要内容，可以发现内地和香港新文学之间打通融合的样貌。从内容上看，写于 1938 年的《第一阶段的故事》类似于报道文学，对上海“八一三”抗战做了全景式正面描写，对抗日战争初期各阶层人民生活和思想的剧烈变化与复杂动向也做了比较深刻的反映和揭示，包括国民党抗战的一些正面描写，一致对外、共同抗敌等思想，这十分有利于抗日民族统一战线的形成。而写于1941年的《腐蚀》取材于皖南事变，矛头针对国民党特务机关，意在对国民党反动统治进行批判。写于1947年的《锻炼》从上海沦陷一直写到1945年抗战胜利，虽然故事的背景、人物的安排和《第一阶段的故事》有所相同，但不同的是经过10年左右的时间后，人们逐渐认清国民党假抗日、真反共的阴险狡猾，因此小说侧重于通过全景式的爱国与卖国、抗战与投降之间斗争的描绘，揭露国民党的腐败统治，揭穿民族罪人的真正面目。通过内容分析可以看出，茅盾的这三部长篇完全可以纳入内地新文学框架之中，也就是说从抗战到内战，内地与香港文坛之间是打通的，作家们只是换了一个相对宽松自由的环境从事文学创作，至于在哪里发表并不重要，重要的是作品产生的影响力是全国性的。

但我们不能忽视的一点是，为了赢得香港人民对内地的支持，在文艺战线上很多作家非常注意香港本土通俗化的文艺环境，在形式上、语言上尽量贴近粤语文化氛围，“民族形式”“方言文学”等都是作家们考虑的文学要素。比如茅盾第一次南下香港的长篇小说《第一阶段的故事》，其创作初衷是写出具有香港本土性的作品。为了适应香港的读者，茅盾有意采用了“通俗小说”的形式，在小说的行文和楔子等方面有意模仿说书体，语言表述上也尽量通俗易懂，贴近民众。但茅盾又认为形式上可以尽量从俗，内容上切不能让步，他的初衷是写一部既能顾及当时香港的读者水准，又能提高读者水平的作品。为了更好打通与融合内地和香港的新文学环境，茅盾放弃他惯常的新文学创作路径，敢于尝试新的创作形式，实属难能可贵，但遗憾的是他的尝试失败了。这些资料无疑给我们考察内地与香港新文学的关系时提供了一个不一样的视角。

二、戴望舒的诗歌

“现代派诗”代表戴望舒于 1938 年 5 月到港，他主编的《星岛日报・星座》副刊于 8 月开始发行。这是抗战时期的四大文学副刊之一，作者阵容强大，刊发作品的质量很高，在战时香港文坛的影响力不可小觑。另外，他南下后久居香港（戴望舒 1938 年到 1949 年居港近 10 年，中间 1946 年到 1948 年回上海小住），和南下后在港大中文系任职的许地山一起成了文协香港分会的实际负责人。徐迟在《江南小镇》中回忆，1939 年以后的文协领导工作主要落到了戴望舒肩上。茅盾远行了，名义上许地山当家，手中高举精神火炬的是胡乔木，抛头露面的是戴望舒，而且《星座》副刊是一个全国性的权威文学副刊，“大家自然而然地围绕着他”①。香港沦陷后，由于各种原因戴望舒没能及时返回内地，后被日军关押，受尽折磨，身心俱损，但是他在狱中仍坚持创作，爆发出了强烈的爱国主义情绪，写下了《灾难的岁月》《我用残损的手掌》等佳作，完成了他诗歌创作中思想和艺术层面的又一次飞跃。就报刊编辑而言，戴望舒是一个不可多得的人才，除了沦陷前的《星座》副刊，沦陷后被捕出狱后他又投入《香港日报・香港文艺》《香岛日报・日曜文艺》《华侨

① 徐迟：《江南小镇》，北京：作家出版社 1993 年版，第 250 页。

日报·文艺周刊》《大众周报》等报刊的编辑中，战后还主编了《星岛日报·读书与出版》《新生日报·新语》等副刊。从前到后10年左右的时间里，戴望舒个人或和他人共同负责了如此多的文学副刊，其能力和才华有目共睹。文学副刊的繁盛给予南来作家和香港本土作家很大的发表空间，戴望舒的报刊编辑活动，还有他个人的诗作、诗论及文艺活动，在很大程度上影响了香港诗歌的发展。黄万华用详尽的资料证明："正是在戴望舒的影响下，此时期的香港新诗创作有了相当可观的进展，其现代都市诗的传统初步形成。"①

在抗战形势紧张之前，香港的很多青年诗人与上海联系比较密切，因为当时出版物较少，诗人们喜欢向《现代》《新诗》等刊物投稿，象征派诗人李金发和现代派诗人施蛰存等对香港诗人的影响较大，有些诗人如李金发等还给新出的诗集写序，无形中扶持了香港诗人的成长。现代派诗人戴望舒南下香港，在香港本土主持若干文学副刊之后，原本"离岸"投稿到上海的青年诗人们可以在本地找到发表的空间，而且戴望舒本人的《诗论零札》等有关现代主义诗歌艺术的论断直接对青年们产生指导性的作用。以香港本土前卫实验派语图诗人鸥外鸥为例，香港独特的都市环境，诗人自身的敏锐，加上内地现代派诗人意象、象征等手法的影响造就了独特的鸥外鸥，其作品中诗歌与图像、数字等的自觉联姻产生的陌生化效果使得读者们逐渐意识到，在战争危机之外还有一个现代城市文明背后的种种异化的危机。香港沦陷后鸥外鸥曾一度在内地桂林等地流浪，他一方面坚持"为抗战而歌"的现实主义方向，编辑了《诗》等刊物，另一方面又继续他的前卫诗歌实验，被称为"战时左翼诗

① 黄万华：《百年香港文学史》，广州：花城出版社2017年版，第12页。

潮中独特”① 的存在。鸥外鸥把自己的诗作分为“香港的照相册”和“桂林的裸体画”两大类，他的诗作在内地与香港新文学打通与融合的道路上意义十分重大。“抗战的现实环境使得五四时代的浪漫抒情重回诗坛，而20世纪30年代现代诗的追求被削弱，甚至可能中断。鸥外鸥流落到内地后，以其在香港环境中孕育成的语图敏感展开的创作，和其他相近诗人的创作一起，构成抗战时期延续30年代现代诗追求的重要脉络。”②

回到现代派重要代表诗人戴望舒，我们也可以发现他诗歌创作的后半段主要是在香港完成的，其风格的变化也是在香港工作、生活的种种以及外在政治形势的压力造成的。因此戴望舒一方面用他的报刊编辑、文艺活动等联结内地与香港的新文坛，同时他自己诗歌创作前后期的变化、艺术风格的成熟离不开香港这一独特的时空给予的滋养。戴望舒以1927年创作的《雨巷》一举成名，以哀怨、彷徨而又执着于“逢着一个丁香一样的姑娘”的“雨巷诗人”声名远扬，带着些许新月派音节美、建筑美、绘画美的特点，加上“雨巷”“丁香”等独特的象征意象，诗人用接近于怨妇式的叙述抒发了自己迷茫、怅惘的情感，形成了他早期代表性的忧郁风格。促成戴望舒诗歌风格从忧郁哀怨向悲愤深广转变的是抗战爆发带来的大时代变化以及他个人小家庭的变故。战争席卷东北、华北，上海沦陷，全国形势严峻，很多文人携家眷南下香港暂避战祸，戴望舒就是其中之一。战争打乱了所有人的生活秩序，戴望舒的第一任妻子穆丽娟的哥哥、中国新感觉派的代表人物穆时英被暗杀，穆母因此

① 严家炎：《20世纪中国文学史》（中册），北京：高等教育出版社2010年版，第149页。

② 黄万华：《百年香港文学史》，广州：花城出版社2017年版，第22页。

伤心离世，而这些都被戴望舒刻意隐瞒，使得原本已有裂痕的小家庭矛盾加剧，穆丽娟决绝地离开戴望舒。痴情、脆弱又敏感的戴望舒自此消沉不已，加上日本侵占香港后，他不幸又被日本人逮捕摧残，虽经好友叶灵凤保释出狱，但身体落下了严重的病根。出狱后戴望舒继续他的编辑工作和诗歌创作，最后终于迎来了抗战胜利，本以为可以重整旗鼓，恢复以前文协香港分会核心人物的盛况，却没想到因为沦陷时期被捕的遭遇而被质疑，这让他如何承受？后来他写下《我的辩白》替自己申冤。虽然文坛领导茅盾等人信任戴望舒，但他不再拥有从前领袖般的文坛地位，难免失落惆怅。戴望舒于 1949 年 3 月回内地投身新中国的建设，重新燃起生活的希望，可惜的是，中华人民共和国成立不久他就因病去世，一代文豪从此陨落。总之，在戴望舒的人生经历和诗歌生涯中，香港是他生命中既亮丽又灰色的一道风景线。通过南来作家戴望舒在香港生活和写作的个案，我们可以进一步了解到南来作家是如何打通内地与香港，铺设文学之路，谱写自己的生命乐章的。

三、萧红与《呼兰河传》

从 1940 年 1 月 19 日离开重庆飞往香港到 1942 年 1 月 22 日不幸病逝，萧红居港只有短暂的两年时间，且其间贫病交加，然而却完成了她生命中极其重要的几部作品：长篇小说《呼兰河传》和《马伯乐》，短篇小说《北中国》《后花园》《小城三月》等等。袁良骏将萧红在港的作品分为两类："一类是如《呼兰河传》《后花园》《小城三月》等对故乡生活、童年记忆的书写，虽然隐去了真名，采用了文学笔法，但却不是严格意义上的小说；一类是如《马伯乐》《北中国》这样严格意义上的小说。”① 我们不去苛求这样的分类是否妥当，重要的是我们清楚地知道萧红在港两年的创作量惊人，据侯桂新统计，排除萧红因病停止写作的时间，她剩下大概一年半写成的作品占据她一生十年写作生涯创作总量的三分之一以上。相对于内地的纷乱战火和颠沛流离，香港给了她相对宁静的写作空间，而且端木蕻良的陪伴也给予贫病交加的萧红很多温暖与依靠。虽然居港的萧红时常感到寂寞孤独，但也正是这种孤独给予她深刻的思考，从对国民性病态的揭露也好，到对男性中心主义的批判，再到对抗战题材的关注，等等，萧红都用她的文字作出了极好的注解。

《呼兰河传》是萧红南下香港期间成就最高的一部长篇小说，也可以算是她整个创作生涯中最有分量也最有代表性的作品，在中国现代文学史上占据一席之地，因此考察萧红居港时期的创作须从《呼兰河传》的文本细读开始。②

这部小说是离家多年的萧红饱受心灵创伤之后，身在香港回望家园时“浸润在关于呼兰河的情绪记忆里”③ 所完成的作品，作者以细腻的散文化笔法展示了呼兰河小城群体的生命形态。《呼兰河传》虽然是小说，但却又像“一篇叙事诗，一幅多彩的风土画，一串凄婉的歌谣。有讽刺，也有幽默。开始读时有些轻松之感，然而愈读下去，心头就会一点一点沉重起来。可是，仍然有美，即使这美有点病态”④，正因为如

---

① 袁良骏：《香港小说史》，深圳：海天出版社 1999 年版，第 79 页。

② 以下关于《呼兰河传》的文本细读参见计红芳，何艮艮：《〈呼兰河传〉的家园建构》，《常州工学院学报》（社会科学版）2012 年第 4 期。

③ 赵园：《论小说十家》，北京：生活・读书・新知三联书店 2011 年版，第 219 页。

④ 茅盾：《茅盾选集》，成都：四川文艺出版社 1985 年版，第 334 页。

此，《呼兰河传》才吸引了人们非常多的关注和评论。这部小说从问世到现在，在思想、艺术、作者等方面都有比较深入的研究，成果众多。纵观学者们对萧红及《呼兰河传》的研究，我们不难发现对萧红及《呼兰河传》的评价褒贬不一，但不少论者都忽略了小说中的小人物，比如一直嚷着回家的小团圆媳妇，一直在家族以外的有二伯，一直憧憬小家的冯磨倌。中世纪著名学院派神学家、神秘主义学派开创者圣维克多的雨果在《世俗百科》中这样叙述："发现世上只有家乡好的人只是一个未曾长大的雏儿；发现所有地方都像自己的家乡一样好的人已经长大；但只有当认识到整个世界都不属于自己时一个人才最终走向成熟。"① 小说中的这三个"小民"有各自的家园观："小团圆媳妇固守缺失的故家，执着于过去；有二伯处处有家又处处无家，栖息于过去与现在的夹缝中；冯歪嘴子身居黑漆漆的磨坊，但他追求的家捆绑了过去、现在和未来，充满了些许希望。这三者又有内在联系，即同属于无家的老青幼三代小民，萧红这位出走的娜拉，用自己饱含乡愁的笔墨书写着小民们的家园故事，给我们展现了其投射在这些小民身上的家园意识。"② 因而我们须重点展开对《呼兰河传》小民们家园意识建构的文本细读。

先看老胡家的小团圆媳妇。中国人最崇拜的是家族主义，钱穆在《中国文化史导论》中写道："'家族'是中国文化的一个最主要的柱石，我们几乎可以说，中国文化，全部都从家族观念上筑起，先有家族观念

---

① ［美］爱德华·W. 萨义德：《东方学》，王宇根，译，北京：生活·读书·新知三联书店 1999 年版，第 331 页。

② 计红芳，何良良：《〈呼兰河传〉的家园建构》，《常州工学院学报》（社会科学版）2012 年第 4 期。

乃有人道观念，先有人道观念乃有其他的一切。”① 可见家族文化对中国人的思想行为产生了深远的影响。它在结构上主要表现出聚族而居、讲究辈分等特征，小说《呼兰河传》中的老胡家“是这院子顶丰富的一家，老少三辈。家风是干净利落，为人谨慎，兄友弟恭，父慈子爱。家里绝对的没有闲散杂人”②，并且家通过命名使家庭成员的身份得以确定、个别化。这个家安安静静的，具有天时、地利、人和的状态，小团圆媳妇的到来，给老胡家的生活掀起了波澜。

小团圆媳妇的出场是未见其人，先闻其名，其实她没有具体的名字，媳妇只是她身份的代号。小团圆的过去一直处于缺失状态，我们不知道她的故乡、她的父母甚至她的姓名。小团圆媳妇初来婆家时大大方方的，她以为找到了一个能容纳自己的地方，但正因为太大方，不知羞，婆婆要给她点下马威，让她像个懂规矩的媳妇样。然而这个媳妇居然不服管教，一被打就嚷着要回她的家，甚至在夜梦中惊醒也嚷着要回去。小团圆媳妇的婆婆为了维持老胡家以往良好的风评自然会以长辈的身份压制，对小团圆媳妇进行所谓的管教。但这种管教却演化成了虐待，做婆婆的打了一只饭碗，丢了一根针，跌了一个跟头，都要把媳妇抓过来打一顿，甚至用烧红的铁烙脚心。因为按照婆婆的观点，打鸡怕鸡不下蛋，打猪怕猪掉了斤两，唯独打这小团圆媳妇一点问题都不会有。小团圆媳妇在婆家像完全变了个人，她处处谨小慎微，常常突如其来地发疯，声嘶力竭地哭叫，然而到最后也只能默默地承受，唯一的反

---

① 钱穆：《中国文化史导论》（修订本），北京：商务印书馆 1994 年版，第 51 页。

② 萧红：《呼兰河传》，武汉：长江文艺出版社 2005 年版，第 143 页，以下未注明的作品引文均出自该版本。

抗姿态就是想回家。

小团圆媳妇过去的那个旧家，早已不是她的家了，而她现在生活的这个空间其实是陌生的、丈夫的家。这种因为结婚而出现的空间断裂，使得小团圆媳妇在本质上无家可归。她的旧家与婆家是冲突的，婆婆越听到她说要回家就越要打她。为人媳，只是个闲散杂人；为人妇，她的丈夫——老胡家的二孙子也就是个称谓而已，没给过她半点关心；倒是热心的邻居给了些许建议。最后被热水烫了三次无力抗争的小团圆媳妇就这么静静地死去了。回家，执着到死的念想，然而就算是死，她也没有逃离苦难，回归家园，真是可怜、悲惨之极！也许小团圆媳妇所说的家根本不存在，她也未曾拥有过那样的家，却固执地坚守，并构建了自己理想中的家，一个孩童心中的愿景，一个可以每天笑呵呵、吃得饱、睡得好的地方。婆家虽是她的安身场所，却不是她的立命之地。老胡家这个家园共同体在散尽了钱财后也随之倾塌：大孙子媳妇跟人跑了，奶奶婆婆死了，两个媳妇一个哭瞎了一只眼，一个半疯了，从此，老胡家不大被人记得了。

其次来看家族以外的有二伯。家是中国社会的基础，它可以维持家族中人与人之间的关系以及外在的行为规范，如父慈子孝、兄友弟恭的家庭伦理等。其实家不仅表现为具体的生存场所与人伦关系，它同时也是人们精神和情感的归宿，一个无家可归的人更多意味着精神上的无所归依。

有二伯三十多岁来到“我”家，现在已经六十多岁了。他活得很困窘，在“我”家是长工，没有工钱，所以他的财产也很少，“有二伯的行李，是零零碎碎的，一掀动他的被子就从被角往外流着棉花，一掀动他的褥子，那所铺着的毡片，就一片一片地好像活动地图似的一省一省的割据开了”[1]。枕头里装着荞麦壳，“有二伯很爱护他这一套行李，没有事的时候，他就拿起针来缝它们”，睡完觉起床后就卷起来，穿的是前清的旧衣裳、掉了底或是缺了跟的鞋子。小团圆媳妇的婆家虽不是她想要的家，但她至少有个容身之处，而劳碌一生的有二伯却没有固定的住处，“狗有狗窝，鸡有鸡架，鸟有鸟笼，一切各得其所”，有二伯却是“今天住在那咔咔响着房架子的粉房里，明天住在养猪的那家的小猪倌的炕梢上，后天也许就和那后磨房里的冯歪嘴子一条炕睡上了。反正他是什么地方有空他就在什么地方睡”[2]，可谓是处处有家。处处有家同时也意味着处处无家，苏联诗人叶赛宁深情呼唤：“你在哪儿，在哪儿，我的家园?”[3] 有二伯不断回望过去寻找家园，但岁月一去不复返，只好又转向现实。首先他表现出性情古怪，“我”家若不给他东西吃他就要骂，给了他又不要，“小民”的自卑心理，使他想以此获得别人的注意，获得家族身份的认可，而这些都是出于对家庭归属感的渴求。被遗忘的有二伯想要在家族中有一席之地，即使一个家族的身份称谓都足以让他笑逐颜开，比如祖父叫他有子，我们叫他有二伯，老厨子叫他有二爷，房户、地户、行人叫他二掌柜的或是二东家的。但是两者都不能如愿，过去被人遗忘，现在又被疏离，于是他只能栖居在过去与现在的夹缝中。有二伯常常和天空的雀子说话，和大黄狗谈天，但一和人在一起就一句话也没有了。半夜三更的，鸡鸭猫狗都睡了，唯独有二伯不睡。他的行李总是卷得好好的，好像他每天都要去旅行的样子。其实有二伯

---

① 萧红：《呼兰河传》，武汉：长江文艺出版社2005年版，第229页。

② 萧红：《呼兰河传》，武汉：长江文艺出版社2005年版，第230页。

③ ［俄］勃洛克、叶赛宁：《勃洛克叶赛宁诗选》，郑体武、郑铮译，北京：人民文学出版社1998年版，第310页。

深知自己的困窘，家族里的人当他是个闲散杂人，一个偷东西的老糊涂，甚至“我”父亲作为晚辈都动手打他。有二伯常常自嘲：“比方那亮亮堂堂的大瓦房吧，你有二伯也有看见了的，可是看见了怎么样，是人家的，看见了也白看。”多么心酸的话语！无家意味着没有生存的物质基础，这导致了有二伯漂泊、游离、困窘的生活：被小孩捉弄，被小辈教训，被同辈嘲笑，处于被排挤的地位。这些都无所谓，但只要听到“绝后”两字，他就彻底崩溃。孟子曰：“不孝有三，无后为大。”中国儒家文化讲究香火传承，最好是子子孙孙无穷也，而有二伯偏偏就是个无家无业、无妻无子、寄居在“我”家的边缘人。“要猴不像要猴的，讨饭不像讨饭的”，“人活一辈子是个白活，到了归终是一场空……无家无业，死了连个打灵头幡的人也没有”。

“小团圆媳妇和有二伯同属无家的小民，小团圆媳妇是年华早逝，有二伯是苟延残喘；小团圆媳妇却到死也没有团圆，有二伯也一直一无所有。其实这不是小团圆媳妇和有二伯个人的境遇，而是呼兰河城里小民们的集体困境。”① 他们和小城里无数的“小民”深陷在传统文化大泥坑的烂泥里，越挣扎陷得越深，所以只好稀里糊涂地活着。

德国著名思想家海德格尔在20世纪30年代就认为，家不是一般意义上的居所，而是精神依托地，人需要诗意地栖居。

在热闹的后花园里，有一座冷清清黑沉沉的磨房，冯歪嘴子就在磨房里边住着。冯磨倌离开乡下到呼兰河小城里拉磨，刚来的那年母亲来看他，说道：“孩儿，你在外边好好给东家做事，东家错待不了

① 计红芳，何良良：《〈呼兰河传〉的家园建构》，《常州工学院学报》（社会科学版）2012年第4期。

你的……你老娘这两年身子不大硬实。一旦有个一口气上不来，只让你哥把老娘埋起来就算了事。人死如灯灭，你就是跑到家又能怎样!”此时的冯磨倌已经 36 岁了，可是“他仍小似的，听了那话就哭了”，因为还没娶媳妇，他想到成家两个字都会脸红。所谓父母在，不远游，没有人会愿意无缘无故地背井离乡。冯磨倌不是不想在乡下陪着自己的老母亲，但是生活的艰难让他只能奔走远方。远离家乡的冯磨倌在深夜时分总是睡不着，母亲过世了，他缺少了一种家的温馨，因此回想起来心中不免苦涩，只有回忆更远的幼小的时候才能安睡。

享受家庭的天伦之乐是大多数中国人追求的人生目标，冯磨倌没有机会让母亲感受到儿孙满堂的生活就去世了，现在他迫切地想要构筑属于自己的小家。对于他这样的“小民”来说，渴望的家园只不过是三十亩地一头牛，老婆孩子热炕头。他对隔壁的赵姑娘一见钟情，但因羞于表达而错过了这份爱情。尽管冯磨倌的小家未成，生活还是给他开了另一扇门，冯磨倌遇到了靠着缝补衣裳过活的穷苦王寡妇，他把心里的憋闷都跟王寡妇讲了，冯磨倌的心境因为王寡妇的疏导变得自由多了，也宽舒多了。就这样心心相印的冯磨倌和王寡妇结了婚，他们俩的结合可以说是小说中最动人的一笔，给我们带来了朴素的温暖。他们俩有了自己的孩子，冯磨倌在磨房打梆子，王大姐在门前绣花肚兜，虽然他们住在冰冷的磨房里，冷得不能站脚，窗子也通着大洞，瓦房的房盖也透着青天，但给我们的感觉却是“他家是快乐的”。可惜快乐很短暂，冯磨倌好似注定要再一次失去幸福。幸福的小日子没过多久，王大姐第二次怀孕难产死了，留下两个孩子，一个四五岁，一个刚生下来，左邻右舍都等着看他的热闹。冯磨倌这一次并不因绝望的处境而失去魂魄，“他照常地生活在世界上，他照常负着他的那份责任。喂着小的，带着大的，他该担水，担水，该拉磨，拉磨”，“要生根的，要长得牢牢的”这个信念一直支撑着冯磨倌。看到他那会拉小驴饮水的儿子，冯磨倌就立刻笑了，他说：“慢慢地就中用了。”“慢慢”这两个字让我们体会到了他一颗执着追求美好生活的坚毅的心，让我们在悲凉中燃起一丝希望。

茅盾先生在《呼兰河传》的序言中写道：“磨倌冯歪嘴子是他们中间生命力最强的一个——强得使人不禁想赞美他。然而在冯歪嘴子身上也找不出什么特别的东西。除了生命力特别顽强，而这是原始性的顽强。”[①] 冯歪嘴子身上的确是有一些特别的东西，他就好像黑暗中的一线光明，给人些许希望。因为自我意识的萌发，冯磨倌与呼兰河小城的其他“小民们”有了本质的区别：小团圆媳妇，犹如一个心性未开的孩子一心把自己的家园固定在某个地方，有二伯则在寻找家园的路上寻寻觅觅却终无所获，而冯歪嘴子深知现实家园早已失去因而始终在睡梦中寻找自己的理想家园。寻找家园的路途艰辛曲折，小说的结尾有点悲凉，却又能从中感受到些许暖意和希望。

对于有着悠久历史的中华民族来说，家就是生命之源，根之所在，情之所归。家园是我们永久的憧憬和追求，小团圆媳妇、有二伯、冯磨倌还有呼兰河小城的所有人对于家都有着独特的感情，萧红也是如此。童年的萧红虽然生活在一个大户里，却感觉到家庭的缺失，父亲、后母都忽视她，只有热闹的后花园和年迈慈祥的祖父是她的慰藉。萧红起初离家是因为对家的痛恨，她以“壮士一去兮不复返”的决绝姿态在外流浪漂泊，不断寻找理想中的家园。萧红一次次地寻找，却一次次地失落，或被抛弃，或主动脱离，她的物质家园最终坍塌，而祖父的逝世则

---

① 茅盾：《茅盾选集》，成都：四川文艺出版社1985年版，第335页。

推倒了她精神家园里的最后一根支柱。那是1940年，这位出走的娜拉感受到了双重的痛苦：身体的无家可归与心灵的漂泊无依。然而呼兰河小城永远是她的软肋，在《呼兰河传》的末尾萧红这样写道："以上我所写的并没有什么幽美的故事，只因他们充满我幼年的记忆，忘却不了，难以忘却，就记在这里了。"① 作者用了两次"忘却"，其实饱含了萧红一种被曾经美好世界遗弃的悲凉以及重返故乡的渴望。身在香港的萧红，处于寂寞无助的境地，不禁回望那个叫故乡的地方，一个和自己既亲又疏的世界，"亲"是因为那是自己生长的地方，"疏"是由于离乡造成的时空阻隔。移居香港的萧红如迷途知返的孩子一样回到呼兰河小城的怀抱里，把对家乡的眷恋都倾注于笔端，正如王德威所说："或缅怀故里风物的纯朴固陋，或感叹现代文明的功利世俗，或追忆童年往事的灿烂多姿，或凸显村里人事的奇情异趣。绵亘于其下的，则是时移事往的感伤、有家难归或惧归的尴尬，甚或一种盛年不再的隐忧。"② 在《呼兰河传》中，萧红以优美抒情的笔调描绘了故乡的自然风光，在回忆的同时萧红还对故乡亲人进行美化想象。《小城三月》里有可亲又开明的母亲，《北中国》中有像萧红父亲影子的耿大先生，此时的父亲被演化成一个参加过资产阶级民主革命的开明人士。一切人物形象自然地在想象中发生变形，让这种虚幻的美化来温暖异地空间寂寞无依的萧红。

萧红一生致力于追求自由美好的精神家园，从年少时候逃婚的身体离家到几番婚姻曲折的身体和心灵的无家，再到对男性绝望后的心灵回

① 萧红：《呼兰河传》，武汉：长江文艺出版社2005年版，第295页。

② 王德威：《原乡神话的追逐者》，见《想像中国的方法：历史·小说·叙事》，北京：生活·读书·新知三联书店1998年版，第225页。

家，萧红兜兜转转最后回到原点，她所追寻的早已不是原来的家，而是构筑在童年故乡回忆中的灵魂栖息地。在《失眠之夜》里她提到："家乡这个观念，在我本不甚切的，但当别人说起来的时候，我也就心慌了。"萧红所努力寻找的精神家园是充满爱和自由的暖意融融的空间，主要表现在她与祖父在后花园的率性的玩闹场景，还表现在呼兰河小城的节庆场面，一些属于"小民们"精神上的盛举，如看野台子、放河灯、庙会等等。"小民们"谈着温暖而亲切的家长里短，出嫁的女儿们凑到一块儿，在台子底下互送礼物，就算没有亲热的言语，但是那种家庭血缘仍然埋藏在心底，呼兰河小民之间的联系显得那样温暖而亲切。萧红在《呼兰河传》中对家乡的怀念更深层地表现在对呼兰河底层小民为家园生活奋斗的生活场景的描写中，最让人记忆深刻的便是冯磨倌，在他身上萧红最终寻找到了由"爱与自由"构筑的与苦难抗争的精神家园，从而完成了漫长的家园书写。

萧红的这种家园书写，不是简单意义上的爱与恨、离去与归来，它包含了萧红自身对故土的背叛性失落和救赎性归依，在这一过程中，她实现了对自我身份的认定。海德格尔认为当代人的无家可归感来自他同存在的历史本质的脱离，所以当个体处于不确定中便要寻求自我认同，萧红便是如此，这同时也代表了整个人类对精神家园永久的憧憬和不断地追寻。

总之，萧红一生都在漂泊，从呼兰河小城到哈尔滨，到北京，到武汉，到上海，再到日本，从异乡奔向异乡，她离家的步履逐渐沉重最后停留在香港，此时的萧红是无家又思家，思家又拒绝归依，为了慰藉自己矛盾的心，她书写了呼兰河小城中以小团圆媳妇、有二伯、冯磨倌为代表的家园故事。呼兰河小城是萧红的心灵寄托，她不禁美化了故乡的人和事，但在美化的同时我们也感受到了萧红“含泪的微笑”①，因为她同时也剖析了“小民们”身上所蕴含的那种愚昧的、病态的心理。在“小民们”的家园传奇以及他们卑琐平凡的实际生活中，萧红完成了自己的精神返乡之旅，而她的《呼兰河传》也成了其文学创作中一个不断被人叙说的经典传奇。

一部居港时期的重要小说《呼兰河传》勾连起了萧红的香港作家身份与东北作家群主力军身份，把香港与内地紧紧联系在一起。《呼兰河传》的写作早在武汉时期就已开始，由于作者后经重庆再到香港辗转流离，最终在香港得以完成。1940 年 1 月底，萧红和端木蕻良离开重庆飞往香港，开始了她创作生涯的黄金时期。从 9 月 1 日开始，《呼兰河传》在《星岛日报》副刊《星座》连载，这部长篇小说完成于 12 月 20 日，27 日连载完毕，历时约 4 个月之久，在战时的香港文坛影响巨大。这部小说并不是以即时的抗战生活作为抒写题材，而是追求人类普遍的乡土情怀和精神依恋以及对生命悲凉和寂寞孤独的感悟。也正是因为如此，这部作品才能超越时空。它曾于 2000 年被香港《亚洲周刊》评选为 20 世纪中文小说 100 强之一，在《呐喊》《边城》《骆驼祥子》《传奇》《围城》《子夜》《台北人》《家》之后排列第九，可见《呼兰河传》在读者心目中的重要地位，它至今乃至将来仍是我们的阅读经典。

20 世纪 40 年代初的香港文坛因为有萧红显得热闹非凡，而内地这一时期的文学也因为《马伯乐》《呼兰河传》的存在而丰富，萧红不仅

---

①　井森：《含泪的微笑——浅谈萧红作品中的幽默元素》，《大众文艺》2010 年第 4 期。

属于香港，也属于内地，是中国的，也是世界的。《马伯乐》是萧红于香港时期另一部重要的作品，也是她创作生涯中唯一的以幽默讽刺见长的批判现实主义小说。和沙汀笔下的“华威先生”、钱钟书笔下的“方鸿渐”等一样，萧红成功塑造了一个战争时期灰色知识分子的形象——自私自利、崇洋拜金、懦弱自卑、奴性十足，从另一个侧面展现了抗战生活中形形色色的生存相，同样丰富了这个时期香港与内地的文学人物画廊。但有些学者认为，《马伯乐》是急就章，萧红所塑造的并非精心制作的典型人物。在我看来，一生执着于追求自由、爱情、温暖的萧红，历尽情感沧桑、人性冷暖，特别是在人生的最后旅程中遭遇缺少男子气和责任感的端木蕻良的情感叛离，那种绝望的孤寂感时刻萦绕在萧红心头，这一切加上身体的病痛使得她对人性善恶的体会更加敏感深刻。精神导师鲁迅改造国民劣根性的思想深深影响着这位东北女作家，当她拿起笔来描摹战争这一特殊时期下的人物样貌时，笔端自然而然流淌出“马伯乐”这个懦弱自私的另类人物。如果没有萧红的马伯乐，钱钟书的方鸿渐、赵辛楣，沙汀的华威，抗战文学人物画廊将会显得色彩单一，正是有了像萧红等这种具有敏锐发掘人性弱点的作家，才使那一时期的中国现代文学更加丰富多彩。

其实，当我们在考察萧红一生的创作成就以及在文学史上的价值时，很难把她在东北、上海、武汉、重庆与香港等不同时期的创作割裂开来，应该加以打通与融合。战争题材的也好，乡土回忆的也罢，只有追溯她独特的情感之路和心路历程，才能更好地客观审视萧红在文学史上的真正价值以及她在内地与香港新文学关系史上的独特作用。

四、黄谷柳与《虾球传》

如果说茅盾的《第一阶段的故事》在融合香港本土性方面失败了，那么黄谷柳写于1947年的长篇小说《虾球传》(11月14日开始在夏衍主持的《华商报》上连载）在内地革命意识和香港本土意识的融合上却是相当成功的，也是文艺大众化、通俗化取得成功的一个样板。

黄谷柳（1908—1977年）既是香港作家，又是广东作家，还是中国作协会员。从他身份的复杂性可以看出内地与香港作家某种程度上的不可分割，更别说他于1947年创作连载的《虾球传》本身的故事场景就是在珠江与香江之间来回切换，因而《虾球传》既出现在中国现代文学史又出现在香港文学史也就不足为奇了。黄谷柳原籍广东梅县，出生于越南海防市，年少漂泊坎坷，1927年到香港，在《循环日报》当过校对等，对香港最底层人民的生活有深切的体验，这为他以后的创作奠定了基础。20世纪30年代初回到内地，亲身经历过北洋政府、国民政府和中华人民共和国政府三个阶段的战争和生活。黄谷柳1946年回香港工作，创作了富有粤港特色的长篇小说《虾球传》，受到普遍好评。1949年参加中国人民解放军，曾任《南路人民报》编辑，1950年调任《南方日报》记者。抗美援朝时曾两次奔赴前线深入部队生活，1953年回国后在中国作协广东分会工作。1977年因病逝世。一生经历坎坷的黄谷柳没有辜负生活赐予他的财富，在香港的生活、工作历练成就了他最有代表性的长篇小说《虾球传》，某种程度上，这本小说就是黄谷柳自身的血泪传奇和在革命熔炉中成长的故事。

《虾球传》是一部中国现代文学史上非常重要的长篇小说，它横跨香港与内地两个空间，着重刻画了虾球如何从一个香港贫穷少年逐步成长为内地游击队小战士的故事。虽然初版至今已经七十多年，但是其思想艺术魅力仍在，小说情节的跌宕起伏、人物的遭际命运时刻揪住读者的内心。撇开人物成长的革命蕴含，更让读者着迷的是作为个体，虾球是如何一步步经过各种磨难，认清自己未来人生的方向，最后实现人生价值，长大成人。《虾球传》称得上是一部成功的成长小说，包括《春风秋雨》《白云珠海》《山长水远》三部曲，它展示的是“年轻主人公虾球经历了某些切肤之痛的事件之后，经过生理、心理、认知和情感的多重考验后，摆脱了童年的天真、困惑、迷惘，在他人的引导下，最终走向一个真实而复杂的成人世界。它的主因素就是虾球在‘他人引导’下，‘历尽考验’终于‘长大成人’，其余的因素都是围绕着这个主因素进行的”①。在《虾球传》中，“成长”和“教育”意味着15岁离开母亲的流浪儿虾球独自闯进纷纭复杂的大千世界，从香江到珠江，误入黑社会当王狗仔、鳄鱼头的马仔，做扒手、搞走私、弄赌博，甚至蹲监狱，历尽磨难与艰辛，不断挣扎奋斗、认清自己，最后终于找到人生的方向，正式加入游击队，成了一名小战士。在这部小说中，我们看到了虾球的“成长”，看到了生活、爱情、战争给予他的“教育”，经历了从香港到广州到东江游击队根据地的风风雨雨，虾球不仅在生理上而且在心理上、情感上，包括对革命的认识、对人生的感悟等世界观各方面都

① 计红芳：《成长的艰辛——重评黄谷柳〈虾球传〉》，《温州大学学报》（社会科学版）2013年第6期。

得到了成长。《虾球传》虽是一部革命题材的成长小说，但它对不同领域的读者的成长之路有着相当有价值的借鉴意义。

不管从何种角度切入研究《虾球传》，都无法回避主人公虾球从一个香港流浪儿成长为革命新人的事实，这非常符合左翼文学的革命叙事框架，小说受到中国共产党领导的《华商报》主编夏衍的赏识并给予发表，在报上连载发表本身就赋予它鲜明的政治色彩。也许由于黄谷柳本人在香港底层摸爬滚打过，精通本土粤语和香港文化，也在战争熔炉中锻炼过，因此他对小说人物虾球的人生道路的描写和情感的体会十分到位，笔下带有浓浓的港味，让香港的市民读者疯狂追读，那么作者是如何进行接地气的叙事的呢？除了小说里面原汁原味鲜活的香江风土人情，黄谷柳向香港旧文学的那些章回小说家学习，巧用“章回小说”的旧形式，活用香港和珠江流域的方言，构建富有传奇色彩的故事情节，把一个出身底层的流浪儿“虾球”塑造得十分饱满生动，这无形中增强了香港市民读者的接受性，小说在刊载当年很快就成为“华南最受读者欢迎的小说”①。它的销量和影响说明了内地革命文学和香港市民文学的融合自洽，某种程度上也是新文学雅俗共赏的一个极好例证。

五、叶灵凤与《香港方物志》

如果说黄谷柳在内地和香港新文学史上是一个比较独特的存在，那么叶灵凤也可以算是两地文学史关系中的一个传奇。

---

① 茅盾：《茅盾论中国现代作家作品》，北京：北京大学出版社 1980 年版，第 304 页。

和许地山一样，叶灵凤南来香港以后就没有离开过，直至1975年去世。香港是他们的另一个安身立命之地，所以他们既有配合内地形势发展的抗战之作，也有在地化写作。但叶灵凤比许地山（1941年8月因病去世）幸运的是，他经历了香港战时、沦陷、内战时期的相互打通和融合的阶段，还目睹了战后香港左右政治交锋、经济起飞、文学本土化拓展过程中的分流与互补，用自己的学者型散文随笔参与到香港新文学的建设当中，成为内地与香港新文学沟通很重要的一环。

曾是创造社重要成员的叶灵凤，在内地主要从事情爱小说创作，因为笔触比较大胆而受到过非议。1938年移居香港之后的他，长期担任《星岛日报》文艺副刊的主笔，笔耕不辍，为香港新文学的发展作出了相当大的贡献。但是叶灵凤在小说创作上成就不大，香港沦陷时期有过一部历史小说《南荒泣天录》（1945年），借助于历史人物郑成功的复杂故事，借古讽今。叶灵凤在香港时期最主要的创作类型是散文随笔，既有如《忘忧草》《吞旃随笔》一类的曲折明志的散文，也有大量香港地方风物志一类的在地化写作。因此他和其他偏左的南来作家不一样的是，叶灵凤是一位中原心态和香港本土意识融合较好的一位。在香港日占时期，叶灵凤没有离开香港，为了生存不得不和日军虚与委蛇，写“自己所不想写又不得不写的文章”①，但他又不愿同流合污，常常借历史人物和故事曲笔表意，实属不易。不熟悉典故、历史的日本侵略者当然不知道其中深意，这也是叶灵凤的随笔能够在香港正常刊发、传播、发挥抗战作用的主要原因。他有一篇影响很大的散文《吞旃随笔》发表

① 叶灵凤：《跌下来的果子》，《华侨日报·文艺周刊》1945年第51期。

于 1942 年 8 月《新东亚》的创刊号上，题目就内含苏武牧羊、吞旃守志的典故，内容涉及伽利略为真理赴死、屈原愤而投江等等的历史故事，曲折表达了自己虽处香港沦陷的恶劣环境，却依然寄沉痛于文字，“这些散文的知识性和现实性交融，而又提升着其思考、审美，不仅表达出香港沦陷时期读书人的抵抗深度，也开启了香港学者散文的写作”①。叶灵凤抵抗日军、智慧生存之举还体现在他编辑的刊物《大众周报》（1942 年 4 月至 1945 年）上。这是一本日据时期依然能够活跃在香港文坛上的重要刊物：从报刊名称上来看，服务于大众，是通俗化刊物；从内容上看，涉及言情、武侠、奇谈、怪闻，同时夹带私货，报道抗战时期大后方作家的活动，还介绍翻译外国文学，其良苦用心可见一斑。

叶灵凤一方面在香港沦陷区为抗战曲折服务，另一方面也是由于自己广博的兴趣爱好，正经的、不正经的书都爱看，移居香港后他一有机会就收集香港的历史风物方志。特别是香港沦陷后，很多珍贵书籍流落民间市场，叶灵凤淘到了不少好书并视若珍宝，在这些书籍里挖掘到很多他所需要的东西，战后也一直保持着对香港历史掌故、风土人情收集考证的浓厚兴趣。叶灵凤居港时间愈久，他对香港的山水人物、草木虫鱼等愈发流露出欣喜的关注和表达的诉求，写出了一篇篇美文随笔。汇集出版的有关香港的著作有《香港书录》《香江旧事》《香港的失落》《香港浮沉录》《香港沧桑录》《香港方物志》等，数量之多、史料之丰富无人能比。其中最出色的随笔是他有关香港掌故和风物的《香港方物志》，融自然科学知识和民俗学知识于当地的鸟兽虫鱼和若干掌故风俗之中，文章写得平易亲切，趣味盎然，深受内地和香港读者的喜爱。对此，赵

---

① 黄万华：《百年香港文学史》，广州：花城出版社 2017 年版，第 45 页。

稀方有着高度评价："叶灵凤以详尽的历史叙事的方式申诉了中国人的立场，打破了西方人对于香港的知识垄断，这是他的香港著述的根本意义所在。"① 研究香港开埠百年的历史，查尔顿·道尔（W. Carlton Dawe）的《黄与白》（*Yellow and White*）、克莱威尔（James Clavel）的《大班》（*Tai-pan*）和《望族》（*Noble House*）可以说是极好的参考，但他们的叙述都极力美化英国的殖民侵略行为和殖民统治，把英国叙述成向中国输入现代文明、催促新生的救世主，这显然带有殖民东方主义色彩。而叶灵凤的著述以详尽的史实戳穿了西方历史叙事中对于自己殖民侵略行为的美化，并揭露和批判了英国殖民主义侵略和殖民统治行径。和20世纪50年代移居香港的左翼作家阮朗等人相同的是，叶灵凤的香港叙述"中原文化心态"比较明显，其写作动机在于揭发英国殖民政府的丑恶面目和犯下的罪行，引发读者对殖民主义的憎恨，但20世纪30年代就已经来港的叶灵凤和阮朗有所不同，由于对香港风物人事的熟稔，因而其香港叙述又有鲜明的"香港本土意识"。特别是对英国殖民政府的司法制度和管理体系，叶灵凤客观公正地如实昭示并加以表扬，以此反衬清政府的腐败无能。虽然叶灵凤不再以小说书写香港，但他对香港历史的客观化的叙述姿态值得肯定。叶灵凤独特的具有香港本土意味的学者化散文在内地与香港新文学的融合、拓展的关系中起着相当重要的作用。

除了以上提到的作家，这时期还有众多南来的文人，如夏衍、徐迟、楼适夷等，都在各自的岗位上发挥作用。曾经发表过《上海屋檐下》的著名剧作家夏衍就是其中一位，他的主要作用就是主持《华商

---

① 赵稀方：《小说香港》，北京：生活·读书·新知三联书店2003年版，第119页。

报》的创办以及内战期间的复刊，扶持文艺新人，做好统战工作。1941 年初“皖南事变”发生后国内形势紧张，夏衍南下香港避难，4 月 8 日，一份由夏衍、邹韬奋、范长江等发起的带有统战性质的报纸《华商报》在香港创刊，可惜由于太平洋战争爆发，该报被迫于 1941 年 12 月 12 日停刊。抗战结束后，《华商报》于 1946 年 1 月 4 日在香港复刊，主要负责人有饶彰风、连贯、夏衍、乔冠华等，其中夏衍为主笔。在夏衍主政期间，曾经支持发表了黄谷柳的《虾球传》等重要作品，该报于 1949 年 10 月 15 日在香港停刊，后主要成员在广州筹办了《南方日报》。负责人夏衍由于熟悉上海文化界，受陈毅邀请进入上海担任上海军管会文管会副主任，主要负责接收上海文教等单位，后担任上海市委宣传部长等职，继续发挥其领导才能。著名作家、翻译家楼适夷抗战期间南下香港，曾协助茅盾编辑《文艺阵地》，茅盾因其他任务离开后，楼适夷还一度代理过《文艺阵地》的主编工作。1947 年内战时期楼适夷再次去香港与周而复创办《小说》月刊，在刊物的编辑出版、作品的遴选发表、内地与香港新文学的交流互动等方面都有较大的贡献。

本章小结

本章重点探讨的是内地与香港新文学在报刊编辑、文艺批判运动、作家文学活动及其创作等维度打通和融合的具体情况，反对孤立看待内地中原心态与香港本土意识之间的关系。综上所述，如果我们把内地与香港的文学场域打通，把它们放置在同一个新文学整体框架中去考察，那么关于抗战与内战时期南来作家的文艺活动是否阻碍了香港本土文艺的发展就不是一个值得探究的问题了。正如前面所谈到的萧红、茅盾、戴望舒、叶灵凤等作家的文艺活动，我们很难说得清楚他们这个阶段的演讲座谈、报刊编辑、文学创作等是属于香港的还是属于内地的，因此，撇开那段时期特殊的战争环境纯粹地去谈南来作家是推动还是阻碍香港本土文学的发展显得很不合适。我们应该把那段时期的香港新文学看作中国新文学在香港的区域文学，它自然具有其独特的发展轨迹，但始终不可能脱离中国新文学的母体，因而也就不可能不具有“五四”以来新文学的某些普遍特征。特别是抗战爆发后及内战期间来港的作家，他们所从事的文学活动主要是为了祖国，而不是香港，因此，如果硬要区分内地新文学与香港新文学，那么这段时期香港的新文学应该是内地新文学史的书写范畴，而不是真正意义上的“香港”的新文学史所包括的对象。

抗战爆发到沦陷前的香港还算是一块“净土”，茅盾、郭沫若、叶灵凤、戴望舒、端木蕻良、萧红、萧乾、杨刚、夏衍等大批知名作家南下，在香港继续从事原来地区的文学和文化活动。《申报》《立报》《大公报》等都是从内地沦陷区迁来复刊的。文协香港分会于 1939 年成立，并组织了“文通”，出版《文艺青年》，从事抗日宣传和文学创作活动。香港成了继北平、上海以后的另一个中国文化中心地，“为了祖国，全在港的同胞，速起来为建设这新的文化中心而努力吧!”① 很显然，众多作家南下，是为了托庇于英国殖民统治下的安定空间，以笔为刀进行抗日。他们并没有打算在香港长住，只是短暂停留，只要时机合适又会北返。果然，1941 年 12 月香港沦陷以后，除了戴望舒、叶灵凤

① 萨空了：《建立新文化中心》，《立报》1938 年 4 月 2 日。

等，他们纷纷返回内地。这一时期，茅盾写了《腐蚀》、萧红写了《呼兰河传》、戴望舒写了《灾难的岁月》、张天翼写了《华威先生》、许地山写了《铁鱼的腮》等。这些作品并不属于香港文学，除了创作地点是在香港外，大多不能与香港挂钩。茅盾的《腐蚀》以重庆为背景，写的是国民党特务组的内幕；萧红的《呼兰河传》是回忆她童年生活的自传性小说；张天翼的《华威先生》讽刺的是那些忙于开会的所谓抗战分子；戴望舒《灾难的岁月》的情感指向的是永恒的中国、广袤的土地。它们并不是香港文学，而只是在香港发生的文学，在香港继续发展的中国新文学。

抗战胜利后国共内战时期的南来作家茅盾、夏衍、郭沫若、司马文森、廖沫沙、乔冠华、邵荃麟、冯乃超、聂绀弩、邹荻帆等，他们利用香港这个比较自由宽松的空间活动，进行反国民党的宣传。这些文人在香港文坛非常活跃，办报刊，组织活动，从事创作，还间接培植了一些香港本土成长的作家，取得了文学创作上的一些成就，如黄谷柳的《虾球传》等。郭沫若在这段时间也写了《洪波曲》，司马文森写了《南洋淘金记》。前者是自传体，写郭沫若自己从日本回国后的经历；后者的故事背景则在菲律宾。所以这些南下作家的文学创作也无法算是香港文学。翻开现代中国文学史，以上所提及的作品都不会被文学史家看作为香港文学，即使如具有本土色彩的《虾球传》，也因为故事发生的地点在香港、广州之间切换，并且主人公最后投身于抗日洪流中，所以有的文学史也把它纳入内地沦陷区的文学创作。毫无疑问，这些南来作家为中国现代文学的发展作出了应有的贡献，但却与具有香港意识的新文学发展关系不太大。

相反，大量成名作家南下后，香港新文学本身的发展在某种程度上受到了一定的影响。香港著名评论家黄康显经过翔实的资料考证指出："如果说1931年到1937年，香港新文学开始有了真正的发展，只可惜昙花一现，那么抗战后到1941年12月香港沦陷，香港的重要文学期刊都是由内地南下的作家所主持，发表的主要是他们的作品。如由端木蕻良主编的《时代文学》，被誉为香港历年来水平最高，作家阵容最雄厚的一份文学期刊，但67位作者中只有一位是香港作家；茅盾主编的《笔谈》，根本就不见香港作家的踪影；文协香港分会的理事及候补理事中，也没有香港作家。"① 内战时期的新文学也大致如此。以1940年9月香港文通理事会的部分南来文艺青年创办的《文艺青年》杂志为例。由于《文艺青年》的编辑队伍主要来自内地，与南来作家们关系密切，因此刊物上发表的理论批评文章其作者大部分是南来作家，而刊发的作品则主要来自本地的作者，因此，"它究竟算是一本香港的文艺杂志，抑或仅仅是内地作家在香港办的一本杂志?"② 郑树森等敏锐地发现早期香港的新文学作品本土色彩很浓厚，同时又指出"它是从左翼的文艺观来处理香港的素材"③，显然这些本土作家的立场和意识比较接近内地的左翼作家。因此内地很多文学史的论述说，内地南下作家在香港的文学活动与创作，影响并培植了本土作家成长，推动了香港文学的发展，使得香港文学进入了一个繁荣期，这样的评述显然不太客观。"推动""影响"毫无疑问，但使其进入文学"繁荣期"好像有点违背

① 黄康显：《从文学期刊看战前的香港文学》，见《香港文学的发展与评价》，香港：秋海棠文化企业1996年版，第37—39页。

② 侯桂新：《南来与本土——简论香港〈文艺青年〉(1940—1941)》，《重庆工商大学学报》(社会科学版) 2011年第5期。

③ 郑树森、黄继持、卢玮銮：《早期香港新文学资料选(1927—1941)》，香港：天地图书有限公司1998年版，第15页。

事实。我们不应该忽视南来作家对香港青年文学爱好者的大力扶持和培养,《文艺青年》的诞生就是一个最好的例证。显然,南来作家们是想培养香港青少年的文学素养的,但由于战争期间文艺为现实服务的特殊文化环境,忽视艺术技巧和形式的训练而注重思想内容方面的挖掘,后由于太平洋战争爆发而中断了作家培训计划,万分遗憾。

另外,抗战和内战时期的大部分南下作家"身在曹营心在汉",其在香港完成的作品不是香港新文学,充其量只能算是在香港延续的中国新文学。这样的区分并不是特意区别香港新文学与内地新文学,反而证明这些南来作家的活动成为香港与内地新文学联系的重要纽带。由于英国的殖民统治,再加上 1949 年中华人民共和国成立后香港左、右派文学的对峙以及国际金融经济中心地位的逐渐确立,造成香港新文学不同于内地新文学的发展轨迹,都市性、现代性是香港新文学最突出的特征,内地与香港新文学的关系也就从二十世纪三四十年代的打通融合逐步过渡到二十世纪六七十年代的疏离与拓展阶段。

第三章
疏离与拓展(1949—1966 年)

第一节　纯文学写作与商业写手的二重疏离

1949 年前后来港的如徐订、徐速、曹聚仁、刘以鬯、张爱玲、赵滋蕃、李辉英、马朗、金庸、梁羽生、慕容羽军、司马长风、黄思骋、倪匡、力匡、黄崖、卢森等人的创作大多具有怀乡文学、“绿背文学”① 等特征，造成内地与香港新文学之间的某种疏离。同时，左右政治思潮对抗中香港现代主义文学、通俗文学的异军突起，拓展了新中国成立后内地近二十年汉语新文学的单一空间，延续了内地因战争等因素而中断的通俗文学和现代主义文学的传统。

在二十世纪五六十年代的内地当代文坛，左翼文学力量占据主流地位，推崇革命现实主义和革命浪漫主义相结合的创作方法，革命历史题材和农村现实生活题材作品流行文坛，因此那些偏向民主主义、自由主义的作家们如巴金、老舍、曹禺、沈从文、钱钟书等，要么被剥夺文学

① 20 世纪 50 年代，美国政府投入大量资金扶持香港右翼文人，由于美元纸钞的颜色是绿色，因此受此资助的文人创作的文学作品往往被称为“绿背文学”。

创作的权利，要么迫于主流意识形态的压力而面临困境，文学创作逐步走向政治化和体制化。由于一切服务于人民大众这种新的美学原则在内地文艺界逐渐取得主导地位，各种现代主义文学流派和武侠、言情、侦探等通俗文学流派遭遇困境，难以生存，理应丰富多元的创作方法、文学流派一个个消失。内地新文学舞台上演的主要是延续了解放区文学为工农兵服务传统的“十七年文学”，有《青春之歌》《林海雪原》等革命历史题材和《锻炼锻炼》等农村生活题材的小说，郭小川等的政治抒情诗和闻捷等的生活抒情诗，杨朔、刘白羽等的诗意散文，老舍、郭沫若等的历史剧，等等，文艺界集体唱响颂歌和战歌，为中华人民共和国政权的初期稳固奠定强大的精神基础。1956 年“百花齐放、百家争鸣”的方针出台，当时内地文坛涌现出一批揭露生活阴暗面的作品，但随着“反右”斗争扩大化，扼杀了本可以繁荣的文艺生机，内地新文学继续在体制化的左翼文艺之路上前行，革命现实主义与革命浪漫主义相结合的创作之外的作家作品慢慢淡出人们的视线，内地与香港新文学的疏离也就成为定局。由于 1949 年中华人民共和国成立后香港特殊的左右对峙政治形势形成，内地新文学的许多流派诸如现代主义文学、浪漫主义文学、新武侠小说等在香港异地开花，延续了文学发展的脉络，其中南来作家起着很重要的作用。

于 20 世纪 50 年代前后南下香港的这些作家，大多“缺乏组织支持，不以香港为家，他们向北望，往昔日想，因此他们的意识形态与表现，是纯中国内地式的，完全不带半点香港色彩”①。虽然黄康显的观点有待商榷，却也显示了这些南来香港作家的过客心态。

① 黄康显：《从难民文学到移民文学》，见《香港文学的发展与评价》，香港：秋海棠文化企业 1996 年版，第 72 页。

二战后冷战意识形态对立中的这些南来作家其实比香港本土作家更加面临商品化的文学困境，加上历史、文化和教育等方面的因素，疏离也就成为这些南来作家的常见心态。从所接受的教育来看，这些南来作家的青少年乃至中年的心理与人格形成时期是在半殖民地半封建的旧社会，有的接受资本主义思想，有的接受马克思主义思想，有的综合吸收。且不管政治信仰如何不同，他们都受到了从"五四"新文学以来良好的文学艺术熏陶，文学观念较为开放。如徐讦在内地大学学习哲学时读了很多马克思、恩格斯、列宁的著作，思想更倾向于社会主义。但在1936年秋赴法留学继续哲学研究和小说创作以后，法国自由民主的政治思想、浪漫多情的生活方式和浪漫主义文学都使得徐讦的文学主张和政治信仰发生了改变，此后，对自由、人性和爱的追求与向往，以及浓郁的浪漫主义气息成为他作品的主要基调。由于西方文化思想教育的巨大影响，徐讦在回国后于1950年移居香港。然而，虽然香港与"十里洋场"的旧上海政治文化环境相似，但毕竟有所不同。香港是个以追求经济效益为主的都市，即使文学也不例外，它同样要面对市场的考验；而作家也不再是受人追捧的明星，只是为了生计的码字工而已。香港严峻的生活现实使徐讦感到浪漫自由思想和人道主义精神的破灭，他既感到失去了内地生活的根，又感到在香港商业社会里文学好像是"卖淫的妓女，打扮越来越俗气，粉越搽越厚，但越显得可怜憔悴与空虚"①，于是，悲观、宿命、孤独等因子逐渐流淌在他的字里行间，而他小说创作中浓郁的哲学氛围、深入细致的心理分析、传奇的浪漫手法等特点都离不开早年的哲学、心理学研究以及法国留学期间浪漫主义文学对他的

---

① 徐讦：《门边文学》，香港：南天书业公司1971年版，第264页。

深刻影响。

从文化因素来看，徐訏、曹聚仁等这批南来作家大多在内地小有名气，在内地政权更迭之际移居到当时还被英国殖民统治的香港。他们大多是无政党派别的自由主义文化人，如刘以鬯、徐訏、曹聚仁等（司马长风是例外，他是当时最年轻的"国大"代表），因此也就无所谓对旧政权的依恋，反而在连年战乱中一直颠沛流离。从文化强势的内地避居边缘小岛香港，大部分作家是想保持旧知识分子自由、闲适、优雅的文人明星的生活方式。"50、60年代香港本土的社会人文环境，与内地尤其是上海极其相似，香港自身的文化和文学艺术也还没有得到充分发展，因此，对这些南来作家来说还感觉不到要与香港文化和香港文学融合认同的迫切性，在相当长一段时间内很多作家处于一种疏离的自在状态。然而香港商品经济社会文学的边缘化使得这些来自文学强势地方的南来作家的心态无所适从，于是逐渐成了一群身居香港却心怀故乡的过客。"① 自20世纪20年代开始，上海逐渐代替北京成为全国文化和文学的中心，而这些南来作家移居香港前大都在上海居住过，而且在内地创作时拥有大量的读者群，而此时香港文坛无论读者数量还是欣赏水平都无法与之相比，流浪到香港的南来作家疏离失落感强烈也就在所难免了。

这些南来作家从中心内地来到边缘小岛，本以为可以得到在内地同样的荣耀和待遇，可以维持优雅自在的旧的文人生活方式，没想到香港的文化环境比他们想象的糟糕得多，文学在这儿根本不值钱，也不可能

① 计红芳：《香港南来作家的身份建构》，北京：中国社会科学出版社2007年版，第58页。

引起轰动效应，因而作家既穷又很没有成就感。“流亡在香港的文化人，大部分都很穷；香港这个商业市场，随着战争到来而萎落的经济恐慌，谋生更是不易；所谓‘文化’，更不值钱。”① 这就迫使南来作家不得不面对残酷的生存环境和文学环境，在是为艺术而写作还是为生存而写作之间进行两难挣扎。香港是个竞争激烈的商业都市，许多文学爱好者都是在工作之余挤出时间进行创作，作家不可能衣食无忧专心致志地写作。因此，像徐讦等最想要的职业作家的地位，在香港绝对无望。长期在上海生活形成的高消费水准很难一下子降低，普遍养成的文人中心观念又特别强烈，因此徐讦很难适应由为艺术而写的“作家”向为市场而写的“写家”角色的变化。更重要的是，他不会因为生活困顿而降低对小说的艺术追求，放弃自己对生命意义的探寻。在香港，徐讦曾当面问过搞出版的专家徐速，为什么不约他写书？为什么他的书卖不动，而那些黄毛丫头写的东西却大有人看？徐速直截了当地回答：“因为我怕赔钱。”② 显然，香港这个现代都市，在当时确实没有徐讦可以容身的各种条件，因此，不能很快对商品化的文学环境作出调整是徐讦和香港文坛逐渐疏离的重要原因。

考察南来作家本身，他们与香港的关系若即若离。内地已经无法返回，商业香港又很难适应，于是只能飘浮在香港上空。表面上看南来作家已经是地理上的香港居民，但实质上他们离精神上的属民还有很大的距离。就拿徐讦来说，他在香港担任香港浸会书院中文系主任兼文学院院长，且发起成立香港英文笔会，并任创会会长，可说是位高权重，但

---

① 曹聚仁：《采访新记》，香港：创垦出版社 1956 年版，第 75 页。

② 徐速：《忆念徐讦》，见《徐讦纪念文集》，香港：香港浸会学院中国语文学会 1981 年版，第 90—91 页。

他的失落感却依然非常强烈，“在生活上成为流浪汉，在思想上变成无依者”①。此外，他也清醒地意识到香港文学不能茁壮，其主要原因在于“过客”现象：“一个地区如果有文化，起码要有‘属民’才行。住在香港的人，大家都是暂住性质，流动性很大，没有人当他是永久居留地，做生意的人眼睛只看五年，年轻学生毕了业有地方去的都走了，这种情况之下，很难产生文化。其实香港不是没有人才，只是全都分散了，变成不属于香港的。”② 这虽是徐讦对于香港人的看法，但在某种程度上不妨也可看作徐讦的“夫子自道”。在很多场合，徐讦反复自称“过客”，而在别人笔下，我们也可以看到徐讦与香港的格格不入：“20多年了，如果是一个孩子，早已长大成人，而他觉得他未曾生根，香港……在他的世界里究竟是怎样的?”③ “然而我总不时见到他眼中那股落寞。大概虽然他在香港住了30年，他与此地的商业社会仍然格格不入吧！即使他近年写了不少以香港为背景的短篇小说，字里行间也嗅不出香港的气息。”④ 也许是他的妻子和儿女都在台湾的缘故，徐讦每年都会到台湾，还打算在那里买地建屋，地址已经选好，就等退休实行计划。这样的决定确实令一般人感到费解，徐讦在香港住了这么多年，却始终不认为此地是可以安身立命的地方，他对香港的疏离感可见一斑。

---

① 徐讦：《回到个人主义与自由主义·道德要求与道德标准》，见陈乃欣等：《徐讦二三事》，台北：尔雅出版社1980年版，第83页。

② 陈乃欣：《徐讦二三事》，见《徐讦二三事》，台北：尔雅出版社1980年版，第29—30页。

③ 心岱：《台北过客》，见《徐讦二三事》，台北：尔雅出版社1980年版，第41页。

④ 钟玲：《三朵花送徐讦》，见《徐讦二三事》，台北：尔雅出版社1980年版，第174页。

除徐讦以外，李辉英也同样没有能够真正融入香港社会。在内地时期，他的创作大都反映抗日战争，移居香港后的整个20世纪50年代的创作重心还是以内地和抗日为主，其“抗战三部曲”的后两部小说《人间》和《前方》就是在香港完成并出版的。除了小说，李辉英笔下的散文也大都是乡土题材，他在1967年出版的散文集就叫《乡土集》①，里面所收33篇散文几乎都与他儿时东北故乡的生活有关，文章的名称比如《故乡的思念》《土和土气》《乡下孩子》《雪的回忆》等，字里行间流露出他浓郁的中原心态。正如评论家所说，李辉英的作品是“一幅幅北中国风土民情的风俗画，表达了作者身居香港心怀故乡的爱国激情”②。李辉英自己也说没有能力去描写英国殖民统治下的香港：“乡土气在我的文学写作中既然成为了一个定型，那么，你想改换了它而去迎合当地的洋场气，看来不过东施效颦和削足适履罢了。”③

还有曹聚仁，他是个形中实左的南来文化人，后来政治环境宽松后他与内地的联系很多，还多次回到内地采访，写了《北行小记》《北行二记》《北行三记》等，向香港和海外介绍新中国的建设事业，曾经受到周恩来等领导的高度赞扬。曹聚仁在港20多年，临终前却嘱咐妻子要叶落归根，把骨灰运回内地，与香港的疏离可见一斑。左翼南来报人罗孚在谈到曹聚仁时说：“人们熟知的上海作家曹聚仁，实际上可以说是香港作家。他一生的著作有五分之四是在香港完成的。而从1950到

① 李辉英：《乡土集》，香港：正文出版社1967年版。

② 马蹄疾：《香港文丛·李辉英卷》，香港：三联书店（香港）有限公司1995年版，第237页。

③ 李辉英：《乡土集》，香港：正文出版社1967年版，第1页。

1972，他在香港生活、工作有二十二年之久。”① 细细分析，虽然曹聚仁在香港住了20多年，但因为他与香港的疏隔人们通常把他看作上海作家。王景山编著的《台港澳暨海外华文作家辞典》② 当中是找不到曹聚仁的条目的，这也说明内地学者没有把曹聚仁当作香港作家，而有些香港学者也没把他看作香港作家。这种身份的困惑和尴尬在曹聚仁及其代表作《酒店》中描写得极其到位，《酒店》中的人物皆为1949年前后来港的作家，这是一群被时局无情抛到荒岛上的南来人，背负着不堪回首往事的“乱离人”，内地记忆时刻提醒并啮咬着痛苦的灵魂。即使M酒店及理发店里的擦鞋童、茶水伙计，也都是来自四川、南京等地的大学毕业生。主人公黄明中住的木屋区里的那个院落，便住了江西省立中学校长及其曾任民众教育馆馆长的太太、河南某行政区的督察专员和税务局局长、四川L县商会会长及县参议会会长等。他们虽都有十分光荣的履历，但流落到这木屋区都已成明日黄花。显然，曹聚仁想借形形色色的人物以及乱世里的灵魂创伤来侧面描写人们远离故土家园的失落感与无奈感，不知何时何地何人的身份困惑给这些边缘人带来的种种内心焦虑，还有难言的辛酸与脆弱甚至放纵，并以此来观照更宽广的国族命运。③

与其他作家不太相同的是，司马长风来港前与国民党关系十分密切，但政见的不同并不能否定其文学价值，也不能抹杀他对故乡的深情

① 罗孚：《南斗文星高——香港作家剪影》，香港：天地图书有限公司1993年版，第14页。

② 王景山：《台港澳暨海外华文作家辞典》，北京：人民文学出版社2003年版。

③ 计红芳：《试论曹聚仁及其〈酒店〉》，《常州工学院学报》（社会科学版）2006年第3期。

依恋。司马长风曾在一篇文章中解释他心目中的乡愁："我们这些黄帝的子孙，都来自海棠叶形的母土。我们的脑海里、心里和血里，都充满黄河流域的泥土气味。"① 到港后，虽然司马长风写了许多风行一时的历史小说，但给人印象最深的还是 20 世纪 60 年代那些充满乡愁的散文，如《乡愁》《心影集》《北国的春天》都是以乡愁为题材。

至于带点"游侠气质"的赵滋蕃，他自我嘲讽是"从游侠列传中踱出来的怪物"，"在香港琐尾流离十五年"。② 多年的流浪生涯，那些艰苦的、非人的生活都表现在他的《半下流社会》中。这是一个由难民组成的社会，因为"它既没有上流社会的自私，冰冷，也不如下流社会的丧失理想"，虽远离上流社会，又与下流社会这么接近，故称为"半下流社会"。这群失去家国的游浪者，他们游离于主流社会之外，承受着贫穷与不幸的折磨，有的流落在调景岭，有的寄居在西湾河的木屋、石塘咀的天台僭建屋，但他们却同甘共苦，顽强生存。在这部作品中，作者真实再现了 20 世纪 50 年代初期香港的难民生活，他们一方面受到地方恶霸和强权的欺凌，另一方面以顽强的意志靠捡垃圾、拾烟头、摆书摊甚至卖血苦苦挣扎为生。沦落调景岭的张辉远，为了夺回被人霸占的两间小房，不得不使用暴力，但同伴郑风却因此死于恶棍之手。社会环境的恶劣，人性的残酷，使得张辉远对人世彻底绝望，最终跳海自尽。可以说，赵滋蕃的《半下流社会》就是一部难民的辛酸血泪史。

总之，无论是徐訏、李辉英、曹聚仁还是司马长风、赵滋蕃，他们

---

① 司马长风：《不求甚解的乡愁》，见《唯情论者的独语》，香港：创作书社 1978 年版，第 149 页。

② 赵滋蕃：《关于我自己》，见《赵滋蕃自选集》，台北：黎明文化事业股份有限公司 1975 年版，1981 年再版。

虽然长期住在香港，但他们的心态始终是香港的过客，甚至是非常无奈的过客。在他们的文学创作中，香港的生活环境虽为他们提供了一定的素材，却激不起他们创作的欲望。因此，很多人把这些在香港住了几十年的作家，仍然看成是内地的作家。比如，黄康显在《旅港作家的流放感——徐訏后期的短篇小说》中认为："徐訏后期的短篇作品几乎没有一点香港色彩，即使是以香港为背景的也是如此。"① 因此他认定徐訏到死都只是一位旅港作家，而不是香港作家。虽然这种观点有待商榷，但却切实说明了一个问题，很多南来作家身在香港，心却漂泊在香港都市上空。至于 20 世纪 50 年代的南来作家中那些带有政治任务的左翼文人如阮朗、罗孚等，他们大多是由内地报社派来在香港《新晚报》《大公报》等左翼报刊工作，有明确的服务对象，无疑更会影响他们居港的心态。

南来作家们努力在严肃文学与文字商品的边缘中求生存，经过最初的被拒和不适应，逐渐辟出了一片自己的天空。曹聚仁、刘以鬯、徐訏、徐速、力匡、夏果、阮朗、金庸等作为小说家、诗人、报人、学者等的身份及地位慢慢得到了肯定。某种程度上，这与他们随着读者群以及读者心态的变化而作出的身份书写内容的改变关系极大。20 世纪 50 年代的香港，南来作家占了香港作家的绝大多数，所以以"过客"的家乡或生活为背景的小说大受欢迎；到了 20 世纪 60 年代，以香港为背景的小说逐渐多起来了，然而"过客"的影子依然存在。虽然这些南来作家的创作心态随时间迁移而有所改变，但在大部分情况下其中的原过客

① 黄康显：《旅港作家的流放感——徐訏后期的短篇小说》，见《香港文学的发展与评价》，香港：秋海棠文化企业 1996 年版，第 131—156 页。

心态依然远远大于香港属民意识。

然而，“疏离”有时候又成为作家创作的宝贵财富。因为疏离、孤寂，南来作家们对人生、人性的思考反而更加接近文学的本质，现代主义文学思潮也就应运而生，冲破了20世纪50年代初期以来“绿背文学”主导香港文坛的局面。倡导并实践现代主义的报刊纷纷出炉，昆南、王无邪、叶维廉等于1955年8月创办《诗朵》，后又于1959年5月创办《新思潮》，马朗于1956年2月创办《文艺新潮》，刘以鬯于1960年2月主编《香港时报》副刊《浅水湾》，1963年3月王无邪、李英豪等创办《好望角》等。这些报刊从事现代主义理论推介、翻译与创作实践活动，一方面以现代主义思潮替代了当时香港文坛盛行的政治文学，另一方面又连接了1949年前内地发展势头很好的现代主义以及纯文学传统。如现代主义代表人物马朗，年少时就仰慕内地现代派代表诗人戴望舒、何其芳、卞之琳、艾青等，还与后来去台湾发展的现代派诗人纪弦等关系甚密，因此在马朗的现代主义的诗歌成长之路上少不了内地现代派作家的各种痕迹。年少时就才气横溢的马朗于20世纪50年代初从上海移居香港后，坚持现代主义的艺术理想，继续从事他喜欢的杂志编辑和文学创作，创办了《文艺新潮》并坚持了三年多，推动了香港现代主义文艺思潮的发展。洛枫曾说：“五十年代马博良对现代主义抱持的理想，带有很特殊的中国经验。”① 显然，洛枫所指的就是马朗本身携带的内地现代主义的因子，由此证明了香港现代诗虽受到20世纪50年代初涌入香港的西方现代主义思潮的影响，但它确与内地五四以来的现代主义诗歌传统关系密切。从《诗朵》到《好望角》，还有后来

① 洛枫：《香港早期现代主义的发端》，香港《诗风》1990年第2期。

的《海光文艺》(1966年)、《四季》(1972年)、《大拇指》(1975年)等，现代主义的几个重要流派如意识流、新小说、荒诞派、存在主义、魔幻现实主义等都被陆续引进介绍到香港，参与了战后香港现代主义文学的建设与发展。黄万华说得好："从五四到1949年，世界文学的窗口主要由内地文学界打开，而1950年以后文学的窗口则被香港文学界首先打开，不仅使得中国现代文学与世界文学对话的传统不至于断裂，也使得香港文学同步于世界文学潮流而开始其本地化进程。"①

除了现代主义文学传统在香港本土的延续与拓展，内地其他的文学传统如浪漫主义小说、新感觉派小说、抒情风俗画小说、批判现实主义小说、武侠言情小说等在内地"十七年"文坛上无法继续生存的流派在香港却找到了合适的土壤，自觉地成为勾连内地与香港新文学关系史的枢纽。二战后的香港再次回到英政府的殖民管辖范围，虽然面临美国资本主义"绿背文化"的渗透与干扰，但总的来说还是一个相对自由的商业港口，可以容纳左中右各派政治势力的并存，因而在文艺园地也呈现出多姿多彩的图画。马朗在担任《文艺新潮》刊物编辑期间，曾在1卷3期编发了"三十年来中国最佳短篇小说选"，刊发了沈从文等人的抒情小说。1964年7月胡菊人的《中国学生周报》推出了"五四、抗战中国文艺新检阅"专辑，专门介绍了冯至、艾青、穆时英、无名氏、钱钟书、端木蕻良等作家，后又开辟了内地的三四十年代文学专栏，介绍更多的名家名作，使得内地多样化的新文学传统在香港得以继承下来。因此可以说，这个时期的香港新文学无疑在空间和精神联系上拓展了内地的新文学，其中刘以鬯、马朗、徐訏、金庸、曹聚仁等南来作家起到

① 黄万华：《百年香港文学史》，广州：花城出版社2017年版，第66页。

的作用很大。

除了以上较有代表性的作家外，还有被认为是香港本土作家的海辛、高雄（即三苏）等，某种意义上他们也可以算作是南来作家。海辛（1930—2011年），原名郑辛雄，出生于广东省中山市，抗战爆发后几度南下香港，落入社会底层，遍尝世间冷暖疾苦，于20世纪40年代末定居香港。海辛是南下香港以后开始文学创作的，从第一部结集《青春》（香港联发书店，1953年）到最后一本《缸瓦陶瓷魔幻缘》（香港文汇出版社，2005年），共计出版作品近60种，有的还被翻译成法文，是香港极其重要的本土作家。海辛从小就喜欢文学，不仅喜欢阅读"五四"新文学老前辈冰心、朱自清、巴金、茅盾等的作品，而且也喜欢大仲马、小仲马、屠格涅夫等外国作品，更喜欢香港当时的作家如杰克、望云等的流行小说，其作品中浓郁的港味深深吸引着他。海辛落入底层的艰苦生活使得他对底层民众生活和世俗人情异常熟悉，因此他的小说朴实动人，透露出一股浓浓的乡土港味。如《男花旦相亲》讲了一位男花旦相亲的故事。主人公"花旦玮"因为职业的缘故举止有些女性化，导致相亲路艰难而曲折，直至40岁且相亲费加到了7万仍然不成，最终与当年戏班的女武生结为姻缘。小说借由相亲故事表达出"顺其自然"的朴素生活哲理，包含了作者对平民百姓生活方式的理解与同情。作为通俗的乡土叙事，海辛始终坚持写香港平民百姓最熟悉的人与事，如《乞丐公主》（1986年）、《塘西三代名花》（1991年）、《缸瓦陶瓷魔幻缘》（2005年）等都紧贴香港底层民众日常的喜怒哀乐，因而受到香港普通大众的欢迎。

高雄（1918—1981年），最为人熟知的笔名即"三苏"，出生于广州，1944年从广州移居到香港，很快融入香港社会，成为香港的本土作家。高雄的创作主要也是在移居香港以后，他是深得香港商业社会精髓的文人，曾经在《新生晚报·晚晚新》专栏以“小生姓高”的笔名每天一篇文言艳情小说，虽通俗却读者众多。如果说刘以鬯还是一个在“娱乐自己”和“娱乐他人”之间矛盾挣扎的作家，那么高雄就是抓住香港文学“娱乐他人”特质的本土作家。高雄的作品轻松幽默，长于煽情又恰到好处，分寸拿捏比较适度，一方面增强了对读者的吸引力，另一方面在叙事结构上又深得小小说的精要。以高雄代表的这类言情通俗小说在1945年后大量出现于香港各大报纸的文学副刊，某种意义上它延续了内地清末民初时期和抗战时期的通俗小说传统，同时也说明战后的香港文学开始形成市井文学的本土传统。1947年开始，高雄开始转入市井商场长篇小说《经纪日记》的创作，小说借经纪人“我”的视角，写尽了二十世纪四五十年代香港人拜金主义的社会风气，其题材内容、语言风格、叙述方式等都颇具香港本土特色，生动形象，深受读者喜爱。主人公“经纪拉”作为香港都市小人物被刻画得栩栩如生，一方面斤斤计较蝇头小利，让人颇生讨厌；另一方面却对朋友特别义气，既好色又有自知之明。由他串起的香港世相描绘是那么有声有色，同时高雄那独特的集文言、白话、粤语于一体的“三及第文字”的叙事语言，将香港社会转型期的世相心态表现得既丰富多彩又自然真实。譬如写到“我”“一肚闷气，到酒家楼独酌，烂醉回家，和阿三扑个满怀，酒气顿消，惜老妻已返，一句话都不说，昏迷睡觉”，把文言表达的简洁、白话节奏的流畅、粤语气息的真切糅合在一起，在烂醉、昏睡、酒醒的过程中将“我”在商场沉浮和家庭纠葛中的无可奈何表现得极其生动形象。这种“三及第”文体在高雄的小说中提供了较多的艺术想象，俨然成为“三苏”作品的标记，而他的《经纪日记》连载了十多年却仍有许多疯狂的读者迷，甚至还被改编成多部以“经纪拉”为主角的电影广为传播，可见这种市井商场通俗小说在香港的受欢迎程度。除了市井商场小说《经纪日记》外，高雄还有《司马夫奇案》（1946 年）等侦探小说、《济公新传》（1951 年）等故事新编、《石狗公自记》（1954 年）等纪传体小说，写作高峰时期曾同时在 14 家报纸发表连载作品，创作力极其旺盛。高雄常常用浅显易懂的文言和简洁明快的白话写言情小说，用怪诞戏谑的粤语写讽刺杂文借此批判香港……多种笔墨几乎囊括二十世纪四五十年代香港报纸副刊所有的文学类型，这样的创作力和才情非一般作家所能。高雄的通俗文学在连接晚清到民国时期社会通俗小说的同时表现出鲜明的香港本土性，一方面详尽描摹香港社会世态人情，另一方面又通过文人从俗卖文为生的无奈与知识分子良心不安之间的矛盾张力传达出香港作家曲线前进的艺术努力，显示出战后香港通俗市井文学从娱乐消费到针砭时弊的多种功能。某种程度上可以说，高雄为代表的市井通俗文学真正拓展了香港文学的战后格局，孕育了真正意义上的香港本土文学，甚至影响到日后的香港电影，等等，成为真正意义上的香港艺术标签。

总之，疏离和拓展是这一阶段香港新文学最主要的特点，一方面由于政治环境的变化被迫与内地新文学相疏离，另一方面也因为远离内地的左翼文艺之路，保留和拓展了多样性的文学形态，现代主义、浪漫主义、通俗文学等文学思潮在香港蓬勃发展。当我们把内地、香港等地区处于这个阶段的新文学作为一个有机联系的整体来看，我们就不会因为内地“十七年”文学形态的单一而感到忧伤，因为香港等地的现代主义、浪漫主义、通俗文学潮流正和内地的新文学拼合互补，共同构成中华人民共和国成立后近二十年丰富多样的文学形态。

第二节　现代主义的实验者刘以鬯

当在内地上海就小有名气的刘以鬯进入商业化与殖民化的香港文艺环境时，种种困惑与挣扎纷至沓来，一方面努力触摸现实，体悟香港，娱乐他人，另一方面在疏离之间执着于“娱乐自己”的艺术追寻，在“白日梦”中拓展自己对现代主义文学的艺术热情。当现代主义文学在 20 世纪 50 年代的内地文坛销声匿迹之时，由内地移居香港的刘以鬯以极大的勇气和独特的方式延续着 20 世纪 40 年代内地的现代主义文学思潮，把内地与香港的文学关系凝结成一个连续性的整体。在中国现代主义文学发展史上，刘以鬯的作用不可小觑，他的《酒徒》① 是中国当代文学史上第一部现代意识流小说，弥补了内地“十七年”现代主义文学缺失的不足。

一、商业语境中的“酒徒”

刘以鬯的《酒徒》是一部无论在哪个时代都可以成为经典的小说，某种程度上，里面的主人公“酒徒”就是刘以鬯。②

（一）直面商业化的文学语境

二十世纪五六十年代金钱至上、享乐主义盛行的香港，国族、历史

---

① 刘以鬯：《酒徒》，香港：海滨图书公司 1963 年版。1962 年 10 月起在香港《星岛晚报》连载。

② 计红芳：《酒徒与刘以鬯的身份同构》，《广东教育学院学报》2007 年第 4 期。

观念较为淡薄，处于这种环境中的作家沦为社会底层，生活极不安定。武侠小说、黄色小说、“四毫”小说①大行其道，几乎没有严肃文学生存的空间。这对于一个以探究人性、追求生命厚度的纯文学工作者来说无疑会有才华得不到施展的压抑和苦闷。从内地移居到香港的作家无法适应这种高度商业化的文艺环境，与环境的疏离更加深了他们内心的焦虑。一种怀才不遇、有劲无处使的苦闷如影随形地缠绕在每个南来香港的作家身上，这些都不免使他们回忆起在内地辉煌的过往。

《酒徒》的主人公是个有较高品位的职业作家，也是小说的叙述者，从 14 岁开始就从事严肃的文艺工作，编过纯文艺副刊，编过文艺丛书，又搞过颇具规模的出版社，出版了一些非常优秀的文学作品。可是国共内战、动荡的政治局势逼迫他到香港，为了生存，只好将二三十年的文学理想全部放弃，开始用黄色文字去赚取可怜的自尊和骄傲。“过去”像一件湿衣贴在思想上，在酒徒几近绝望的时候总是能想起。寂寞孤独的酒徒只有借酒浇愁，到醉乡去麻木自己，暂时忘却这沉重的孤独感和压抑感。然而，酒精的麻醉是有限的，而苦闷焦虑就像幽灵，只要他清醒着就会侵蚀他的心灵，挥之不去。酒徒实在无法适应这个失去理性的、人吃人的可怕的现实世界，任凭自己在醉后虚幻的空间遨游。

酒徒的苦闷是由外部社会环境压抑所造成的内在精神苦闷。商业化的语境中，文学也是商品，也必须按照经济规律运作，谁违背了规则谁就会被淘汰。在酒徒的想象空间中，海明威在香港，如果他迎合读者的口味，满足出版商的要求去写武侠小说，而不是继续像《丧钟为谁而

① “四毫”小说是指 20 世纪 60 年代香港出版的一系列流行小说。由于这些小说大都很薄，约四五十页，四万字左右，售价为港币四角，粤语中将“四角”称为“四毫”，故这类小说被统称为“四毫”小说。

鸣》《永别了，武器!》[①] 的写作，那么他不但不需要用面包浸糖水填饱肚皮充饥，而且还可以马上买楼买汽车。可是倔强的海明威对纯文学的追求矢志不渝，最后只能抱着《老人与海》的手稿冻死在楼梯底下。虽然呈现在小说中的只是酒徒的想象性叙述，但虚幻空间中著名作家海明威的死无疑隐喻着那些在香港坚守严肃文学立场的文学工作者的结局：如果你想努力做一个严肃文学工作者，那么等待你的只有死路一条。当然，在这样的商业社会里愿意做傻瓜的还有，如文学爱好者麦荷门明知办《前卫文学》会亏本，但只要还有一个读者他就会坚持办下去，可是愿意像海明威那样为文学艺术而献身的人恐怕不会再有了。为了生存，即使如酒徒般有着清醒意识的作家也不得不改写夸张神奇的武侠小说，如“通天道人用手指夹起一根竹筷，呵口气在筷子上，临空一掷，筷子疾似飞箭，嗖的一声，穿山而过，不偏不倚，恰巧击中铁算子的太阳穴”，夸张怪诞，却能吸引读者；还有以诸如《潘金莲做包租婆》《刁刘氏的世界》等庸俗的黄色小说来获得生活保障。更不用说那些只讲金钱不懂文学的学阀冬烘，在他们眼里，动作多、能叫座、能赚钱的小说就是好小说，至于人物刻画、结构安排、气氛渲染、叙事手法等都不重要。这样，文学市场充满着大量媚俗的东西也就可以理解了。然而，文学环境对酒徒的压抑不仅在于他无法继续纯文学的追求，更在于即使是写连载小说一类的通俗文学，他也没有创作的自由。情绪不好时要写，病倒时要写，写不出时要写，有重要的事情急需做时也要写，只能把自己当作一架没有情感的写作机器，每天必须定量完成任务才可以下班。这双重的外部压力把酒徒逼得无法安定，现实中的他又找不到生活意义

---

① 在《酒徒》中译为《钟为谁敲》《再会吧，武器》。

的确定性，于是只能到酒国一醉方休。

（二）挣扎于严肃与庸俗之间

酒徒不是一般意义上的酒鬼，犹如《狂人日记》中的“狂人”，世人皆醉我独醒，酒徒醉后吐的真言具有超凡的智慧，很明显小说叙述者采用了戏谑性的反讽手法。每次酒徒喝酒买醉后，思接千载，视通万里，文学和人生的真知灼见汩汩而出。谁说佯醉、佯狂、佯痴的酒徒不是艺术先知呢？正因为太清醒，所以内心才倍觉痛苦和孤独。他明知道黄色小说、“四毫”小说只有商业价格，没有任何艺术价值，却不得不操持这营生来养活自己，这就是酒徒最深重的身份焦虑。

酒徒曾经苦苦挣扎过。文艺爱好者麦荷门对文学的满腔热情深深感动了酒徒，他暗下决心帮助麦荷门办好《前卫文学》，并撰写了发刊词，客观公正地评价了“五四”以来文学的成败得失，以真诚的态度指出今后文艺工作者应该认清的文艺新方向。他主张作家打破传统规则，运用新技巧，探求内在真实，描写“自我”与客观世界的斗争，建立起合乎现代要求而能保持民族作风民族气派的新文学。酒徒自己也为刊物从事一些严肃而有意义的翻译工作，如翻译了格拉蒙的《我所知道的普鲁斯特》。可没过多久他发现，只有依靠“绿背”津贴支持并必须贩卖古董刊物才有生存的余地。如此严酷的文艺环境，再加上那个以贩卖好莱坞电影手法的所谓导演莫雨盗用了酒徒的剧本《蝴蝶梦》却不付稿酬的残酷事实的打击，使得酒徒再度苦闷和焦虑。他清醒地意识到“越是卑鄙无耻的人越是爬得高；那些忠于良知的人，永远被压在社会底层，遭人践踏”①。在

① 李今：《刘以鬯实验小说》，北京：中国人民大学出版社 1994 年版，第 108 页。

香港，友情是最不可靠的东西。莫雨和酒徒曾是十几年的朋友，可最后竟然盗用酒徒的编剧成果还不付报酬。现实是如此残酷丑陋，酒徒决定不再做坚守艺术良知的傻瓜，因为艺术良知无法换来人的尊严和自我价值的认知，于是开始写起黄色小说来了。没想到他竟得到广大读者和报纸副刊编辑的厚爱，稿约接踵而至，一天为四家刊物写这一类庸俗害人的黄色文艺，赢取生存的资本和那点可怜的自尊。这就是酒徒所钟爱的文学给他开的玩笑!

酒徒的内心始终充满着矛盾和困惑："一方面因写黄色小说生活安定而庆幸，一方面却因为被迫放弃对文学的爱好而悲哀。他的内心始终在清醒的现实（写庸俗文学换取生存安定）与混沌的梦幻（应该致力于严肃文学的写作）之间徘徊，这种情感、理想的漂泊无着落更使酒徒焦虑不安，从而坠入人性的炼狱。"① 朋友路汀从英国寄来的小说《黄昏》再次让酒徒兴奋不已，他认为这是一部自"五四"以来不可多得的佳作，因而忍不住约《前卫文学》的主编麦荷门见面，激动地向他推荐，可是酒徒发现麦荷门对文艺的欣赏力并不高，之所以毅然创办明知要蚀本的《前卫文学》，完全是凭着一股文学热忱。当酒徒发现这一点时，内心感到无比的悲哀，这是一件比严肃文学不受重视更让人悲哀的事情。酒徒知道沙漠中连长出几根荆棘的希望都是极其渺茫的了，那他继续生存还有何意义？于是想到了死。也许"死"是逃避现实、寻求灵魂安宁、解决身份焦虑的最好选择，但竟没有死成。一直把酒徒当作自己儿子新民的雷老太太把他从死亡边缘拉了回来，而酒徒也有感于她的善良与真情发誓戒酒，做酒的叛徒，可最终还是没有成功。外部环境的压

---

① 计红芳:《酒徒与刘以鬯的身份同构》,《广东教育学院学报》2007 年第 4 期。

力过于强大，酒徒实在无力独自抵挡，终于又败在“酒”的门下，也最终导致了雷老太太伤心绝望之下的割脉自杀。“酒”实在是毒性极强的麻醉药，酒徒的理性在盐水中浸泡了一下，又继续做着“酒”的奴隶了。

酒徒内心严肃与通俗、喝酒与戒酒的反反复复，实际上体现了商品经济高度发达的香港职业作家的复杂心态。主人公内心的焦灼不安，是纯文学在种种外部压力下的必然反映，也是人物追求生命存在意义的身份焦灼。酒徒用佯痴狂实清醒的姿态对金钱主宰一切的社会中的人性进行挑战和考验。虽然酒徒的思想与内心焦灼完全是香港职业作家式的，具有鲜明的香港色彩，但酒徒又是香港移民作家，在他身上有着挥之不去的内地情结。先不说他对内地良好文艺环境的追忆，那家门前的泥土颜色、家乡的水磨年糕，甚至家乡的猥亵小调都令酒徒留恋。他想融入香港社会确证自己的价值所在，却发现香港不是一个想象中的自由世界，文学只是供大家消遣娱乐的商品，没有什么艺术价值可言。刘以鬯借助于“酒徒”所要表现的正是这些南来香港作家的写作困惑以及内心的焦虑，而这种焦虑又和落入底层却又极想得到香港社会承认的“身份”意识有关。

(三) 坚守一方文学净土

读着《酒徒》，不由得会联想到刘以鬯。他从小就喜欢读书，每当买到和读到好书时内心就萌发一个愿望，那就是创办自己的出版社，出版有品位、有价值的文学作品，因此，抗战胜利后从重庆回到上海的他，虽然有一份令人羡慕的《和平日报》副刊编辑的工作，但他还是辞去报馆的工作，于 1946 年创办“怀正文化社”。经过同事的共同努力，出版社出版了一批好书，如《风萧萧》(徐订)、《差半车麦秸》(姚雪垠)、

《待旦录》(施蛰存) 等，打下了一定的事业基础。不幸的是，国内形势不断变化，又有通货恶性膨胀，“怀正”陷于半瘫痪状态，他的良好愿望顿成泡影。为了实现他的人生理想，刘以鬯下定决心把出版社迁往香港，在香港出书，向海外推销，建立一个海外的发行网络，争取继续经营的条件。于是，刘以鬯提着简单的行李来到香港准备继续未竟的事业。

来港之前，刘以鬯在上海就已经拥有作为出版人的比较巩固的事业基础。本以为到港只是暂住几天，把资金转移到香港这个比较安全的地方，并在这儿准备开设分社。但是，来香港以后，人生地疏，手头资金有限，再加上香港比上海更加商业化的环境，迫使计划流产。正当刘以鬯打算回上海时，国内新政权成立，并且香港一家新开的报馆找他当《香港时报》副刊《浅水湾》的编辑，于是便滞留香港，一待就是半个多世纪 (1952—1957年刘以鬯曾在新加坡等地度过一段办报生涯，其余时间一直在香港①)。当时，香港还是一个读者甚少、几乎只是商业独尊的世界，严肃文学几乎没有生存的空间，这让刘以鬯感到非常失望和迷茫。这条生存发展之路往后怎么走呢？是为报章写通俗小说赚钱糊口，还是坚守严肃文学立场，抑或两者兼顾？刘以鬯痛苦思索着，在“娱乐自己”和“娱乐别人”的夹缝中创作着。

那时的香港，粥少僧多，对一个初到香港的外地人来说谋生更加不易。可以想象一个南来知识分子处境的尴尬，粗活不会做，细活又不容易找到，无路可走的刘以鬯只能拿起自己的笔，开始“煮字疗饥”的生活。更痛苦的是，在香港这样的商业化语境中要想实现自己的文学理想何其艰难，只能扭曲着自己的灵魂去做一些不喜欢做的事，只是为了解

---

① 易明善：《刘以鬯传》，香港：明报出版社1997年版，第54—55页。

决最基本的温饱问题。刘以鬯曾这样说过："香港是一个高度商业化的社会，大部分读者只要求作品具有趣味性、消闲性与流行性，不重视作品的艺术价值、社会教育作用与所含纯度。因此，在香港卖文，必须接受文学被商业观念扭曲的事实，向低级趣味投降。理由是：卖文者要是不能迎合多数读者的趣味，就会失去'地盘'或接受报纸负责人或编辑的'指导'。如果多数读者喜欢看公式化的流行小说，卖文者就要写这一类的小说。如果报馆老板娘要卖文者将她在外地的生活经历写成小说，卖文者就要将她的经验写成小说。如果报馆老板规定小说不可分段，卖文者就要写不分段的小说。如果编辑认为读者喜欢看职业女性的故事，卖文者就要写职业女性的故事。如果杂志负责人要卖文者将缠绵悱恻的电影情节改成小说，卖文者就要将那部电影的情节改写为小说。如果'三毫子小说'出版人要求卖文者在小说中加插政治宣传，卖文者就要在小说中将出版人的政治观点作为自己的观点。如果副刊编辑要卖文者在三日之内将正在连载的小说结束，卖文者就要在三日之内结束正在连载的小说……换一句话说，售字卖文的人企图用稿子换取稿费，在很大程度上需要背叛自己，放弃自己，甚至忘掉自己。"① 为了生存，刘以鬯写过无法统计字数的娱乐他人的东西，散见于各大报纸副刊或专栏中。一天最多写 13 个专栏，少说也要写五六个，每个专栏近 1000 字，从 1957 年一直写到 1985 年《香港文学》的创办。娱乐他人的小说，刘以鬯一写就写了近 28 年，如果收集成书，大概可以出几百本了。然而，刘以鬯任由那些文字淹没在文学历史的风云中，没有整理出版，

---

① 刘以鬯：《自序》，见《刘以鬯卷》，香港：三联书店有限公司 1991 年版，第 3—4 页。

可见他对文学艺术一贯的严格要求。

能忘掉自己倒是一件幸福的事，痛苦的是作为文学工作者的刘以鬯不愿意也不可能把自己全部忘掉。人生最大的乐趣就是意识到自己存在的价值并实现自我，忘掉自己无疑等于行尸走肉。刘以鬯的身份焦灼主要在于“放弃自己”还是“找回自己”?“放弃自己”并不甘心，“找回自己”似乎又不可能，于是就在两者之间徘徊挣扎，承受内心分裂所带来的痛苦，曲折变通地实现自我。刘以鬯认为，将写作视为谋生技能，并不等于放弃对文学的爱好和理想。在大量生产“行货”以求谋生的同时，力求写作一些“娱乐自己”的作品，以此求得内心灵魂的妥帖。但无奈的是在商业利益高于一切、生活节奏特快的香港，要想静下心来创作结构繁复、人物众多的全景式小说不太可能，只能在精力和能力范围内用实验性技巧写一点不落俗套的小说。为了谋生，刘以鬯必须日写近万字的流行文字，根本挤不出更多的时间做好创作前的准备以及小说的整体构思，边写边发表，等小说写成后，往往与最初的理想有很大的距离。刘以鬯的很多娱乐自己的小说首先见诸报纸副刊和杂志，而后才在适当时候结集出版（至于娱乐他人的小说则没有结集出版的需要，在他看来，那不能算是真正的文学，充其量只能算是庸俗文学)。我们常常会发现这样一个现象，几十万字的长篇一变而成十几万字，有的长篇变成中篇，甚至变成短篇。比如他 1972 年写的《对倒》，原计划大约有 12 万字，后来改为短篇小说；1965 年写的连载长篇《有趣的事情》，先改写成中篇，后又改为短篇《蟑螂》。这种现象真实地说明刘以鬯作为一个职业写作人的尴尬、困惑而又不甘心流于平庸、努力找回自己的心路历程。

在香港，娱乐自己的文章必须借助于走通俗路线的报纸副刊而存在，因此不可避免要考虑读者和报纸的发行量而加入一些通俗的因素，一旦有机会结集，很多作家就严格按照文学的价值标准进行删减，以求精致。刘以鬯说："长期在香港卖文的我，总是没有办法统一自己的矛盾，一方面任由自己失去，一方面又要设法找回自己。"① 这就是刘以鬯的身份焦虑。钱超英认为："身份焦虑主要来自于其文化身份的不确定性，人对那张意义之网进行编织、修补和重新建构时遭遇的矛盾、悬挂的不安和定位的困难。"② 从内地移居香港经验断裂的刘以鬯面对比上海更商业化的都市，一下子无所适从，变得十分焦虑，在高度商业化的社会中，刘以鬯只能采取曲折迂回的办法来坚持自我身份的确立。正如黄继持所说："作为文化人的意识与实践，在这个时代与社会中，固不免有若干曲折；作为'文学人'，笔墨驰骋于社会生活，以及对'文学'的看法与信心更不免有所抑扬屈申卷舒。作为在香港的中国文化人，面对香港、中国、世界纷纭复杂的情况，总不能不有所适应，有所抗拒，有所迁就，有所坚持，有所调节。"③

小说《酒徒》主人公的两难处境其实就是刘以鬯的尴尬，也是人类行为的两难困境：酒徒戒酒而不能、醉酒而又不忍的矛盾心态，与刘以鬯想抛弃文学而不忍、欲献身文学而又不能的矛盾心境，与人类在商业化世界中守望精神家园的艰难处境是一致的。酒徒的世界是个绝望的世界，在商业社会中，人的精神意义彻底崩溃。面对这个无可挽回也无法重建的价值体系而崩溃，人在内心中普遍感受到困惑、迷惘、混乱、痛

---

① 刘以鬯：《刘以鬯卷·自序》，见《刘以鬯卷》，香港：三联书店有限公司1991年版，第5页。

② 钱超英：《"诗人"之"死"：一个时代的隐喻》，北京：中国社会科学出版社2000年版，第205页。

③ 黄继持：《"刘以鬯"引论》，见《刘以鬯卷》，香港：三联书店有限公司1991年版，第293页。

苦、煎熬和危机。酒徒就是这样一个在精神炼狱中煎熬的人，理智上他清醒地意识到在现代商业化社会中坚持精神守望已是不可能，但情感上却难以放弃对文学理想和精神信仰的追求，于是在半梦半醒之间进行绝望的挣扎与反抗，折射出酒徒也是作者的不甘与执着。

除了《酒徒》之外，刘以鬯还创作了《天堂与地狱》（1951 年）、《镜子里的镜子》(1969 年)、《对倒》(1972 年)、《岛与半岛》(1993 年)、《陶瓷》(1979 年)、《一九九七年》(1984 年)、《黑色里的白色 白色里的黑色》(1994 年）等，塑造了一系列都市游荡者，如“麻醉自己的遁世者如酒徒、做白日梦的人如淳于白、追逐欲望的人如丁士甫、见到太多自己的人如林澄”① 等。其实，这些人物都是来自上海的冷眼旁观的异乡人，或多或少带有作者的影子。上海是这些都市游荡者的一个原点，回望过去也就成了他们在欲望化的香港排遣乡愁、温暖自己的重要途径。

疏离和认同是一个双重的过程，我们发现，刘以鬯所着力塑造的酒徒、沙凡、林澄、麦祥、淳于白、丁士甫等人物，“他们都是香港社会的异乡人，他们总带着局外人的心态，扮演着冷眼旁观的角色。他们与社会总是保持着一种若即若离的关系”②。正因为如此，内心常怀焦虑不安，面对种种困惑，他们总有一种莫名的、难以释怀的焦虑感。这些人，处于两难境地，一方面想回到过去的快乐时光却又回不去，另一方面想摆脱强大的商业语境却无以解脱，所以只能沉溺在酒色之乡或对邮票、陶瓷等外物的疯狂购买欲中，成为都市的漂泊游荡者，精神废墟中

---

① 蔡益怀：《想象香港的方法：香港小说（1945—2000）论集》，北京：中国社会科学出版社 2005 年版，第 176—194 页。

② 蔡益怀：《浪迹香江——试析刘以鬯小说中的游荡者形象》，《华文文学》2002 年第 5 期。

的流浪汉。考察刘以鬯香港时期的创作，随着居港时间的延长，移民一方面为香港的经济腾飞带来的生活变化感到自豪，心里不免以“老居民”自称，但“潮湿的记忆”像湿布衫一样沾在人身上，时时提醒着这些南来人的尴尬处境以及不能真正融入香港的身份焦虑。

总之，《酒徒》写出了初到香港的作家因无法适应资本主义商业化文艺环境而找不到生存意义的身份焦虑，其实这也可以说是移居异地的刘以鬯自己的身份焦虑。不同的是，在商业化的语境中酒徒无力挣扎只能在酒中继续沉沦下去，而刘以鬯却逐渐找到了解除身份焦虑的恰当方法，那就是在消费文化的空间坚守严肃文学的一方净土，继续现代主义的小说实验。

二、娱乐自己的“西绪福斯”

如同醉酒做白日梦的“酒徒”般，刘以鬯解决身份焦虑的方法有二：一是继续进行现代主义的小说实验，二是竭尽全力利用自己编报纸副刊和纯文学杂志的有利条件，为严肃文学争得一席之地。

（一）小说的现代实验

刘以鬯认为，小说是艺术的一种方式，艺术贵在创新。他的小说创作“力求每篇有创新，或是内容，或是形式，或是表现技巧和艺术手法。写小说的人不求新求异，就无法产生具有独创性的作品”①，而他

① 刘以鬯：《自序》，见《刘以鬯卷》，香港：三联书店有限公司1991年版，第3页。

就是一个始终追求创新的小说家。“实验小说”是刘以鬯毕生追求的目标，这并不是单纯地为标新立异而实验，而是代表了一个真正热爱文学的人对小说艺术永无止境的追求，这也是对有意义人生价值的永恒追求。

对于刘以鬯的实验小说，李今认为：“‘实验小说’不是一种固定的文体，它只能说明创作者的一种态度：同占主导地位的文学传统的常规俗套分道扬镳，探索新的观察和反映人生及社会的方法和技巧。但一个实验的浪潮兴起之后会有第二个实验浪潮接踵而来，作为对先前的浪潮的反动；旧的常规被打破之后，还可能创立出新的成规；此时的新颖手法有可能很快就会在彼时屡见不鲜，成为大多数作家的惯用技巧。打出‘实验小说’的旗帜，不仅意味着标新立异，而且意味着一种永无止境、永无止歇的艺术追求。”① 刘以鬯对小说的现代实验从一开始创作就有意识地进行。“二十多年，当我还在学校读书的时候，我已经写过一些实验小说了！我尝试用横断面的手法写一个山村的革命，题名《七里岙的风雨》；我尝试用接近新感觉派的手法写一个白俄女人在霞飞路边作生存的挣扎，题名《安娜·伏隆斯基》；我尝试用现代人的感受写隋炀帝的荒谬，题名《迷楼》。”② 到香港后，刘以鬯更是如此。可以说，二十世纪六七十年代是刘以鬯实验小说创作的成熟期，他主要是借鉴西方现代小说的表现手法，并把它创造性地运用到创作中。

《酒徒》堪称刘以鬯的代表作，被公认为中国当代第一部意识流小说。其实，刘以鬯的意识流与福克纳的《喧哗与骚动》、乔伊斯的《尤

---

① 李今：《刘以鬯实验小说·编后记》，北京：中国人民大学出版社1994年版，第321页。

② 刘以鬯：《酒徒》，香港：海滨图书公司1963年版，第100页。之后的版本中删去了这段话。

利西斯》、伍尔芙的《浪》有很大不同，只是成功借鉴了如感官印象、内心独白、时间蒙太奇等意识流的某些手法来深刻揭示社会环境对文学理想的压抑以及主人公酒徒无望的挣扎与屈从。在接受江少川的采访时刘以鬯谈起《酒徒》的"意识流"手法时说："我无意临摹西方的意识流小说……我无意写没有逻辑的、难懂的意识流动。意识流是一种技巧，不同的人都可以运用这种技巧写出具有自己风格和特色的小说。"①

刘以鬯借书中主人公酒徒之口指出，现代小说家必须有勇气创造并试验新的技巧和表现方法，表现人物的内在真实。因为以传统的情节为结构核心的方法已经无法表现当今错综复杂的社会了，"只有运用横断面的方法去探求个人心灵的飘忽、心理的幻变并捕捉思想的意象，才能真切地、完全地、确实地表现这个社会环境及时代精神"②。《酒徒》的成功进一步说明了这些主张和要求的正确可行。此后，刘以鬯更加执着于小说的实验与创新。

刘以鬯是一位奉行现代主义创作手法的作家，传统的现实主义小说观念和叙事模式主要是通过人物塑造和故事情节来反映社会生活，而刘以鬯大胆突破传统，对现代小说理论进行创造性的运用，他的小说或没有人物，或没有故事，而只注重小说的形式和结构的创新，这种现代主义的叙事令人耳目一新。在《小说会不会死亡?》③ 这篇论文中，刘以鬯着重探讨了小说的创作方法。他认为："传统的现实主义虽然在黄金时代产生过不少伟大作品。作为创作的方法，缺点很多。"在这种情况

---

① 江少川：《香港作家刘以鬯访谈录》，《世界华文文学论坛》2004 年第 1 期。

② 刘以鬯：《酒徒·初版序》，香港：海滨图书公司 1963 年版。

③ 刘以鬯：《小说会不会死亡?》，见《刘以鬯卷》，香港：三联书店有限公司 1991 年版，第 303—314 页。

下，究竟是固守传统现实主义创作方法，还是开辟新的道路？显然，刘以鬯偏重后者。文章强调，希望小说家努力探寻小说创作的新路向，不断拓展小说创作的新领域，大胆创作具有创新意图的多种多样的作品。刘以鬯还根据对世界小说创作发展现状的考察和研究，指出在世界小说创作领域可供借鉴的一些尝试和探索："有的脱离现实进入幻想，如鲍赫士（Borges），有的将幻想与历史结合在一起，如加西亚·马盖斯（Garcia Marquez）；有的将小说与寓言结合在一起，如葛拉斯（Grass）；有的用小说探求内在真实，如史托雷（Storey）；有的用不规则的叙述法作为一种实验，如褒格（Berger）；有的用两种方法写一部小说：一方面是有规则的叙述，一方面是不规则的叙述，如葛蒂莎（Cortazar）；有的将小说与诗结合在一起，如贝克特（Beckett）；有的透过哈哈镜来表现现实，如巴莎姆（Barthelme）；有的甚至要求更真的真实，剔除了小说的虚构成分，如目前颇为普遍的'非虚构的小说'或'非小说小说'（Non-Fiction Novel）。"虽然他对外国作家的小说实验性探索并非完全赞同，如认为"非虚构小说"与排斥虚构的"传记小说"，不但不能挽救小说，反而会加速小说的死亡。但他的基本出发点非常明确，即小说在面临内外多种挑战的形势下，要寻求发展，必须努力探索和创作具有创新意识的作品。

小说《链》（1967年）、《对倒》（1972年）都没有曲折的故事情节，有的只是几个人物，而人物也不是传统意义上的典型塑造。《链》可以说是展览式的人物素描，有讲究穿着的公务员、有追求时尚的小姐、有担心英镑是否会贬值的商行经理、有自卑谦恭的会计、有不务正业的扒手、穿花衫裤的少女等。小说通过链条状的开放结构把一群心态各异、互不相干的人物联系在一起，形成香港社会的人物链和生活链。这些人物之间没有任何关联，更谈不上发生爱与恨的故事，只不过是在某一时刻某一场合不经意的偶然接触而并置于同一空间而已。人与人之间的关系就是这样的偶然与冷漠，刘以鬯通过这种环环相扣的链状的形式结构为我们勾勒出一幅表面熙熙攘攘、内里却空空荡荡的社会图画，反映了“社会联系之链由血缘、历史的带有时间性的特征向空间性特征的转变，反映了现代人对社会的印象和感觉”①。“链”既是形式又是内容，我们可以看到，没有故事的形式同样可以担当创造意义的重任。

如果说《链》这个短篇是小试牛刀，那么中长篇《对倒》经营得更为巧妙。刘以鬯喜欢集邮，从“对倒邮票”（一正一倒，头对尾的双联邮票）中竟然能找到创作灵感，让人不得不佩服。小说采用双线交错并行发展的形式，淳于白和亚杏，一男一女，一老一少，互不相识，有如两枚相对独立的邮票。他们一个生活在对过去的美好回忆中，一个则生活在对未来的美丽憧憬里，一个向前，一个向后，形式上一正一倒。为了加强“对倒邮票”的整体感，作者有意安排了男女主人公在不同的时空中遇到同样的人和事，比如两人都看到一只胖得像猪的黑狗在撒尿、看到失去母亲的男孩闹着要吃冰糕而被严厉父亲打骂的情形、在戏院里偶然并排坐着一起看电影等等细节来加强这种联系，甚至做着同样性质的白日梦。淳于白在梦中变成了一个年轻小伙与少女缠绵，而亚杏也在梦中与英俊男子体验激情。在这里，作者想说明的是人类的共同本质，不管男女老少，他们受压抑的内容主要是原始生命的冲动。这样，小说

① 李今：《刘以鬯实验小说·编后记》，北京：中国人民大学出版社 1994 年版，第 343 页。

就获得了一套意义相关的双联邮票的形式感。但尽管如此，我们可以清楚地看到，两人的关联是那么偶然和薄弱，犹如文本结尾处一只向东飞、一只向西飞的两只麻雀，在这里，刘以鬯写出了现代社会中人与人之间关系的偶然、孤寂、荒诞的实质。

没有故事的小说照样能绘写人生百态，揭示人性本质，没有人物的小说同样能传达出很多信息，让读者去细细品味。《动乱》（1968年）和《吵架》（1969年）都是没有人物甚至也没有故事的小说，而是用“场景”或“物”来代替。在《动乱》中，作者采用第一人称“我”的叙述角度切入，而“我”都是一些具体的物（吃角子老虎、石头、汽水瓶、垃圾箱、计程车、报纸、电车、邮筒、水喉铁、催泪弹、炸弹、街灯、刀、尸体等）。无生命的物成了小说的主角。作者运用拟人化的手法使得这些物具有了鲜活的生命，它们有着和人同样的感觉、知觉和情感，它们的所见所闻、所思所感构成了香港20世纪60年代后期那场大暴动的混乱情景。而《吵架》则通过房间内凌乱不堪的场景描写，如两盏小灯已破的吊灯、破碎的玻璃杯和花瓶、撕碎的报纸、剪得稀烂的衬衫、被刀子割破的油画、像一堆垃圾撒在地板上的麻将牌等，把吵架的程度、夫妻双方的性格、吵架的原因等显露无遗，暗示一个家庭的破裂。

刘以鬯特别重视小说形式方面的因素，他常常突破传统小说以人物和故事为主的写法。如《打错了》（1983年）采用结构并置的方法，虚构出陈熙接听一个打错了的电话而造成的两种偶然结局，一是偶然死于车祸，一是成为一起车祸的目击者。小说本身并没有什么新颖之处，只是因为两种不同的假设带来的主人公不同的命运而被赋予了哲理性的内涵，即人对命运的无可捉摸感。《黑色里的白色 白色里的黑色》（1994

年）黑白相间的版面形式以及《副刊编辑的白日梦》（1967 年）开头与结尾正反颠倒的排版形式也令人耳目一新。对小说，刘以鬯自有一番看法："有人说没有故事的小说没有价值，所以我尝试写一篇没有故事的小说—— 如《链》。有人说没有人物不能成为小说，于是我又尝试去写没有人物的小说——如《动乱》。也有人说：'小说是通过人物和故事的描写，以反映社会生活'，但在《对倒》中，我尝试以有人物无故事的手法来反映社会的生活。"① 在刘以鬯看来，形式本身就是文学的本质，形式与其背后的内在真实是不能分割的。这不仅表现了刘以鬯非常重视文学的技巧、结构等形式因素的倾向，也表明他把一向被视为手段的形式提到文学本质的高度。虽然这不是刘以鬯的原创理论，但他借用了西方现代主义文艺理论观点，把它活用到香港当代文学特别是小说的理论及实践中，推动了现代主义文学的发展。总之，刘以鬯不仅在他主编的报纸副刊《浅水湾》上大力介绍西方现代主义，还大力推进现代主义运动，并身体力行，借鉴并创新，创作了大量的具有香港特色的现代主义佳作，形成了一套自己的实验小说理论，这不能不说是刘以鬯对香港小说的一大贡献。

刘以鬯小说的实验还在于运用现代主义的表现手法及技巧进行故事新编，大概有《寺内》（1964 年）、《除夕》（1969 年）、《蛇》（1978 年）、《蜘蛛精》（1978 年）、《追鱼》（1992 年）、《盘古与黑》（1993 年）等几篇。故事新编这种形式不是创新，但内容和表现技巧可以不断地翻新下去。刘以鬯认为，用新的表现方法写旧的故事是一条可以走的路。

① 李今：《刘以鬯实验小说·编后记》，北京：中国人民大学出版社 1994 年版，第 342—343 页。

以上小说以现代人的眼光，用现代主义文学技巧，尝试重写传统题材与民间传说，是传统文学与现代意识相融合的较成功的探索。不管是张生与莺莺的故事、逆境中写《红楼梦》的曹雪芹晚景凄凉的故事、许仙与白娘子的传说，还是唐僧与蜘蛛精的故事、金鲤鱼与张珍的爱情、盘古开天辟地的神话，在刘以鬯笔下都别有新意。原来生动曲折的故事情节一概略去，因为它早已家喻户晓，而采用新的手法、赋予它新的内涵，并以此来探讨现代社会里人性的本质。《除夕》写了一代大文豪曹雪芹之死，作者运用大量的意识流技巧、现实与幻境的交织和今昔对比等现代手法，着力渲染曹雪芹晚年的悲凉心境以及复杂矛盾的内心世界。在故事《蛇》中作者主要把白娘子看作是一个普通的女人，着重强调白娘子对幸福生活执着追求的精神，同时从侧面批判了许仙心灵深处的某些人性弱点。《蜘蛛精》主要写唐僧作为男人面对美貌、性感、大胆的蜘蛛精诱惑时的生理反应和内心挣扎，显然作者是借用弗洛伊德的性心理分析来进入唐僧的内心真实世界，写出了人的理智与本能的紧张冲突，本能欲望对人的精神和意义的亵渎和消解，写出了新意，写活了人物，表现出作者对人的本质的看法。

最能体现刘以鬯故事新编创新意识的是《寺内》。从文体形式来看，作者有意创造一种“诗体小说”，用隐喻、象征、意象等诗的语言写小说，活用诗歌的句法分行来排列组合小说的句式。从表现手法来看，采用弗洛伊德“梦的解析”和“性爱理论”来切入张生和莺莺的爱情故事以及老夫人、红娘的心理活动；从文学价值来看，消解和重新解释了流传千年的以“情”为主的爱情神话，显示出现代人对人的本质的思考和对性本能的看法。如小说描写到张生被莺莺的美色打动时，一连用了四句“抵受不了香味的引诱”，这种重复和并置的诗行排列就把一件具体的特殊的事情变成了一件一般的、普遍的事情，从而揭示了人性的普遍意义。再比如莺莺“在梦中追寻新鲜”的描写：“一对会说话的眼睛。红色与绿色。如来佛的笑容。摇扇的年轻人。月色溶溶夜。花阴寂寂春。墙。墙。墙。墙似浪潮。般若波罗蜜多。‘小生姓张，名珙，字君瑞，西洛人氏，年方二十三……’净土。院中有两枝古梅。喝第四杯酒。琴与剑。盘花的对白。红裙。大‘喜’字。拜堂。花烛的火光在微风中跳跃。帐内的调笑。欢乐于一瞬。魔鬼最怕白色与光。”① 各种意象罗列在一起，没有时间上的连续性，但读者通过繁复的意象却能领略梦中莺莺与张生的春情荡漾。《寺内》主要挖掘的就是莺莺与张生潜藏于爱情之下的性本能，因此代表“性”的象征的“梦”以及有“性”的暗示的物体在文本中大量出现。莺莺有梦，张生有梦，红娘有梦，老夫人也有梦。男人宽厚的胸膛如墙，给人以一种坚实的力量感，不妨把“墙”看作是男人的象征，而“墙似浪潮”的涌动也似乎可以看作性行为的暗示。骑马、游泳、钥匙、房间等更是具有性物和性行为的寓意，这样的意象在文中比比皆是。爱情的神圣与浪漫在刘以鬯的故事新编里失去了踪影，只剩下赤裸裸的性欲望，“性”成为推动故事发展的主要动力。总之，刘以鬯以现代人的眼光借用弗洛伊德观点重新打量历史中的人与事，竟然有了别样的解释，这不能不说是刘以鬯现代主义手法的绝妙创新。不仅如此，刘以鬯还创造了一种与一般意义上的“诗体小说”不同的形式。他说：“我写故事新编，是把旧的题材用新的方法写，故事的成分少，最重要的是新。如中篇《寺内》，取材于古典名剧《西

① 刘以鬯：《寺内》，见李今：《刘以鬯实验小说》，北京：中国人民大学出版社 1994 年版，第 217 页。

厢记》，写《寺内》，我是用小说的形式写诗，外国有诗体小说，那是用诗写小说，我与众不同。”①

“诗体小说”是刘以鬯的独创，他喜欢在自己编织的艺术王国里尽情遨游，享受那创新带来的喜悦与成功。他在《不是诗的诗》这本集子中说道：“我常在诗的边缘缓步行走，审看优美环境的高长宽，我写过一些不是诗的诗……我喜欢将想象力当作跳板，跳入另一个思维空间去寻找影子和足迹，用不是诗的诗重编故事，使黑白变成彩色。”用诗的形式写小说比较容易做到，但用小说的形式写诗却很难，刘以鬯喜欢做这种自讨苦吃的事情，因为“创新”是他小说生命的全部，没有创新小说就没有生命力。

总之，刘以鬯的小说创作不论是注重形式创新的现代主义小说，如《蛇》《链》《寺内》《酒徒》《吵架》《对倒》《打错了》《黑色里的白色白色里的黑色》等，还是不刻意追求形式技巧的具有现实主义因素的现代主义小说，如《陶瓷》《犹豫》《蟑螂》《岛与半岛》《他有一把锋利的小刀》等，他所关注的重点有文学如何被金钱所逼沦为文字商品的悲惨命运；现代社会人性的弱点以及对人性的挑战与考验；高度竞争、商品化、欲望化的社会环境对人类的压力以及为反抗人性异化而不断挣扎的凄惨过程；等等。显然，弗洛伊德精神分析学说和萨特和加缪存在主义哲学对刘以鬯影响很大。刘以鬯认为，人类的本质是性，欲望是人类克服不了的弱点，人最终受自己欲望的支配和玩弄而陷于绝望的境地，如《陶瓷》中的丁士甫。但不同的是，刘以鬯仍然执着于对某些传统的价值支撑物，如对爱情和文学的追求。

---

① 江少川：《香港作家刘以鬯访谈录》，《世界华文文学论坛》2004年第1期。

酒徒虽然沉溺于酒乡与温柔乡来麻痹自己痛苦的灵魂，但他从来没有放弃过对文学和爱情的追求，犹如精神病患者雷老太太始终把酒徒当作自己早已死去的小儿子的行为本身，他们之间有着某种程度的互文性。酒徒支持麦荷门的刊物《前卫文学》的创办，洋洋洒洒几千字的发刊词充满着酒徒对文学的挚爱，他还帮助麦荷门组稿、编稿、写稿、翻译。然而在机械复制的商品时代，这样的刊物能存活多久？麦荷门也只是凭着对文学的一片热忱自费办纯文学刊物，而他本身的文学修养却远远不够，这让酒徒颇为失望。渴求爱的滋润也是内心孤寂的酒徒一直追寻的。张丽丽、杨露都是酒徒曾经爱过的女人，她们也并不是对酒徒丝毫没有感情。孤独寂寞的酒徒遇上了年轻漂亮的舞女杨露，她不幸的家庭遭遇使得酒徒产生了一种“同是天涯沦落人”的情感。可是杨露接受酒徒的同情，却不接受他的爱情，与一个有钱的年轻舞客结婚了。

和文学一样，情感也经不起金钱和欲望的腐蚀，酒徒只能继续他没有灵魂的武侠和色情创作，用这“文字的手淫”得来的金钱买醉，在虚无的世界中继续拷问自己的存在。显然，酒徒的内心焦虑不仅在于心灵与商业社会之间的失衡，还在于人的理想、价值和信仰在现实社会中无法得到实现的苦闷，于是对商业社会环境的批判反思和对囿于牢笼的人的本体意义的思考探索成为刘以鬯创作中极其重要的部分。

（二）编辑的逆水行舟

在香港办严肃文学刊物，编纯文学副刊，无疑是逆水行舟。但对于刘以鬯来说，这是文学的理想，也是生命存在的意义。

在内地时，刘以鬯就开始编报纸副刊，于 20 世纪 40 年代在重庆和上海分别编过《国民公报》副刊、《和平日报》副刊、《扫荡报》副刊，南来香港后有着丰富经验的他继续从事副刊编辑，几十年如一日，积极扶持和发展香港的严肃文学事业。他先后编过《香港时报》副刊《浅水湾》、新加坡《益世报》副刊、吉隆坡《联邦日报》副刊、香港《快报》副刊《快活林》《快趣》《大会堂》等。刘以鬯于 1948 年到港时有过暂避风险的念头，但当他意识到内地已经无法回去时，便很快调整自己，致力于体验和描写香港生活，并利用自己已有的丰富办刊经验，在香港报纸副刊领域发挥他的作用，并在权力允许的范围内为香港的严肃文学争取生存和发展的空间。他认为："报纸的副刊和香港文学发展有很大的关系；在这十年间，文学杂志也出过不少，但副刊产生的作用更大。可惜在香港办报的人多以赚钱为第一目的，所以副刊对严肃文学的推动还没有全面发挥作用。尽管如此，仍有不少严肃的文学作品是在副刊上发表的。"①

在刘以鬯主编的同样是走通俗路线的报纸副刊中，他总是努力坚持刊登一些颇有艺术价值和魅力的严肃文学作品，有时甚至不顾报刊老板施加的压力，这种精神难能可贵。他说："我将这一类属于纯文学范围的文章'挤'入版面，根本是违反报馆当局所规定的方针的。报馆当局规定副刊走'通俗'路线，我为了严肃的文学不被商品大潮冲掉，总是将一些具有价值的严肃文学'挤'入副刊，完全不考虑事情可能引起的后果。也斯写的专栏、西西写的小说、施叔青写的专栏，在《快报》副刊发表时，也常常被报馆中人指为'难懂'或'不为读者所喜'。我对那些流传在同事间'闲言闲语'，一直采取'此耳入那耳出'的态度，

---

① 香港《八方》编辑部：《知不可而为——刘以鬯先生谈严肃文学》，香港《八方文艺丛刊》1987 年第 6 辑。

做我自己认为应该做的事情。我有一个固执的想法：一个可以全权处理稿件的副刊编辑，无论压力怎样大，也不能让低级趣味的文字商品将严肃文学冲掉。我在香港编了三十多年副刊，一直在做‘挤’的工作，将严肃文学‘挤’入文字商品中。”① 怀着对严肃文学艺术的那份执着的理想，刘以鬯就是这样在香港报纸商业化的严峻环境中默默地耕耘着，为香港文学的发展作出了贡献。

感同身受，刘以鬯在《副刊编辑的白日梦》（1987 年）中借意识流手法表现了商品社会环境中身不由己的副刊编辑内心的苦闷与自我分裂。作者首先在开头和结尾有意采用颠倒排印的两行文字，犹如对倒的双联邮票（显然爱好集邮的作者是从邮票中得到的灵感），再一看文本，就能明白刘以鬯不是故意卖弄创新的形式，副刊编辑现实与理想脱节的生活内容正好与这种正反颠倒的形式相配合。文本中的主人公内心极度分裂，一个是现实中的“你”，一个是白日梦中的“我”。小说采用“我”与“你”的内心对话和梦幻中的意识流表现了人物内心的争斗。“我”在梦中流连忘返，遨游于中外古今大师们的名作中，兰陵笑笑生、曹雪芹、劳伦斯、乔伊斯、奥尼尔、伍尔芙、托马斯·曼……这是一种绝妙的艺术享受，一种找回自己的通体舒泰的感觉，使“我”沉醉在这个世界中假装没有听见“你”的呼唤而不愿回来。然而现实是残酷的，文人的文字和商品一样，都可以成为讨价还价、廉价出售的货品。梦终有醒的时候，更何况是睁着眼睛做的白日梦呢！排字房的铃声终于打碎了“我”的梦境，只能跌回现实，继续看校样，制造文字商品。这篇小说篇幅短小，构思精巧，形式新奇，手法新颖，意蕴深厚，堪称短篇小

① 刘以鬯：《从〈浅水湾〉到〈大会堂〉》，《香港文学》1991 年 7 月号。

说中的佳作。其实作品中那个副刊编辑的苦闷何尝不是刘以鬯的苦闷呢？他是多么想编排一些有价值、提高文化层次的作品，可惜的是即使是通俗的文学作品也很难挤入副刊版面，更何况是严肃文学作品呢！香港报纸副刊多的是庸俗不堪甚至色情低劣的文字垃圾，这怎能不令对文学怀着神圣理想的刘以鬯等文化人郁闷呢！①

在香港办文艺刊物有许多困难需要克服，办严肃文学刊物更难，办好并能维持下来的则更是难上加难。正如刘以鬯在《香港文学》创刊号编后记所说："在此时此地办纯文艺杂志，单靠逆水行舟的胆量是不够的，还需要西绪福斯的力气。"1985年创刊的《香港文学》就是在这样极其严峻的文学环境下诞生并发展的，到现在已有三十多年的历史了。虽不算久，但在通俗文学流行天下、严肃文学边缘化的香港确实是一个奇迹。可以想象，这蕴含了编辑、作者和各位文学爱好者多少心血和汗水！从1985年1月到2000年8月，《香港文学》一直由刘以鬯主编，由于年事已高，此后由陶然接任，2018年开始由周洁茹接任，继续着逆水行舟的跋涉。②

在《发刊词》中，刘以鬯这样说道：

> 香港是一个高度商品化的社会，文学商品化的倾向十分显著，严肃文学长期受到消极的排斥，得不到应得的关注与重视。尽管大部分文学爱好者都不信香港严肃文学的价值会受到

---

① 通俗文学不等于庸俗文学，严肃文学有时需借用通俗文学的表现手法来引起读者的关注与支持，特别是在经济干扰文学的香港尤其突出，但庸俗文学大都是低劣、浅薄的文字商品。

② 关于两位主编的不同风格，参见计红芳：《改版前后的〈香港文学〉》，《当代文坛》2006年第1期。

> 否定，有人却在大声喊叫“香港没有文学”。这种基于激怒的错误观点不纠正，阻挡香港文学发展的障碍就不易排除。在香港，商品价格与文学价值的分别是不大清楚的。如果不将度量衡放在公平的基础上，就无法定出正确的价值标准。没有价值标准，严肃文学迟早会被摒出大门。
>
> 作为一座国际城市，香港的地位不但特殊，而且重要。它是货物转运站，也是沟通东西文化的桥梁，有资格在加强联系与促进交流上担当一个重要的角色，进一步提供推动华文文学所需的条件。
>
> 香港文学与各地华文文学属于同一根源，都是中国文学组成部分，存在着不能摆脱也不会中断的血缘关系。对于这种情形，最好将每一地区的华文文学喻作一个单环，环环相扣，就是一条拆不开的“文学链”。①

从发刊词我们可以明显看出《香港文学》的办刊宗旨，一是为了坚守严肃文学立场，提高香港文学的水平；二是团结各地华文文学作者与爱好者，使香港成为沟通世界华文文学的桥梁。

就第一个宗旨来讲，在香港要实现它就很不容易。严肃文学的刊物在香港是小众读物，在商业社会谋求发展非常艰难。不说别的，单是请书报社代理发行就需要每期缴纳 2000 元左右的费用。这就使得发行量不算大、盈利不多的严肃文学杂志难上加难。信念可以毫不动摇，但杂志社需要生存，《香港文学》的处境越来越困难，长期逆水行舟终会失

---

① 刘以鬯：《发刊词》，《香港文学》1985 年 1 月创刊号。

去信心，以致失去生存的条件。曾经有人力劝刘以鬯改变既定方针，腾出部分篇幅刊登迎合大众口味的庸俗消遣的文字，借以赢得较多的读者，扩大销量。但刘以鬯不接受劝告，他不愿为了迎合读者的需要，而任意扭曲或降低严肃文学的价值。在他看来，严肃文学是一个社会的精神食粮，其价值必须受到尊重。刘以鬯说："我办《香港文学》，因为我认为严肃文学不是可有可无的东西，而是非有不可的东西，明知艰难险阻，也希望能够用薄弱的力量为这个商业社会做一些应该做的事。"①虽然道路崎岖、遍布荆棘，但作为主编的刘以鬯仍旧坚持着。而同时香港及世界各地的有志之士纷纷伸出援助之手，或慷慨解囊赞助，或帮助发行，或帮助组稿，使得《香港文学》能健康正常地继续发展下去。当然，光有读者和有志之士的支持远远不够，更主要的是刊物本身的质量，包括编排设计等形式方面的因素。

在香港商业都市里发展和繁荣纯文学着实不易，因此杂志的外观形式的华美，不啻为吸引读者眼球、扩大影响的一种手段。刘以鬯任主编时期，为了与香港繁荣喧闹的都市性相匹配，《香港文学》的封面及封底的大幅版面或采用油画，或采用色彩比较艳丽的国画，或采用拍摄的香港都市风景，给人一种华丽浓烈之感。台湾诗人纪弦对此给予高度评价："编排设计豪华精美而又大方新颖。"② 豪华精美的通俗画刊形式，高雅精致的严肃文学内容，这种刊物生存技巧本身说明在商业化语境中坚守纯文学阵地之不易。明确的宗旨、新颖的编辑方针、精致的内容、近似画刊式的设计等因素综合发生作用，才使得《香港文学》在这块被

① 刘以鬯：《编〈香港文学〉的甘苦》，见《畅谈香港文学》，香港：获益出版事业有限公司 2002 年版，第 265 页。

② 纪弦：《我与〈香港文学〉》，《香港文学》1994 年 1 月号。

很多人称为“文化沙漠”的地方有了立足之地，并吸引着越来越多痴情于文学的人参加这项伟大工程。

第三节　浪漫主义的香港过客徐讦

1949 年中华人民共和国成立后，为了配合火热的建设生活和政权的稳定，内地文坛占据主流的主要有两种题材：革命斗争历史题材和农村现实生活题材，出现了如《红日》《红岩》《红旗谱》《创业史》《青春之歌》等经典小说。为了繁荣社会主义文艺，1956 年“百花齐放、百家争鸣”方针出台，出现了一批如《组织部新来的青年人》等揭示和批判社会黑暗的现实主义作品以及如《红豆》《百合花》等涉及人性、人情特别是纯真爱情的作品，这几种类型的作品在“社会主义现实主义”创作方法一统文坛的形势下很快消失不见，然而我们惊喜地发现，在南方的香港文坛，不仅有刘以鬯、马朗等的现代主义思潮的涌动，还有徐讦、徐速等的浪漫主义文学，金庸、梁羽生、倪匡、亦舒等的通俗小说浪潮，这些作家都是 1949 年前后移居香港的，他们的文学活动和创作把二十世纪五六十年代的内地与香港文坛紧密地连在一起。在浪漫主义的文学大潮中，徐讦就是一位极有代表性的作家。

一、过客的雾里看花

在早期的文学史如王瑶《中国新文学史稿》、刘绶松《中国新文学史初稿》等中完全没有提到徐讦的作品。香港文学史家司马长风在论及徐订和无名氏时说："这两位作家，都具有孤高的个性，绝不肯敷衍流行的意见，因此，饱受文学批评家的冷遇和歧视。成为新文学史上昏暗郁结的部分。"[①] 之所以受到如此冷遇，其主要原因无疑是他们一贯坚持的自由主义思想。中华人民共和国成立后，由于他们移居香港，一度被内地称为"反共作家"，因此更加受到内地主流意识形态的批判，也就自然被排除在主流文学史之外了。徐订的女儿葛原在回忆录《残月孤星——我和我的父亲徐订》[②] 中着重描写了父女生离死别最后17天的回忆，从侧面反映出了自由主义者徐订半个世纪左右在内地和港台不同意识形态下皆难以自由生存的遭遇。

犹如在大海狂涛中沉浮的小舟，二十世纪五六十年代，大部分文人尤其是南来作家深感苦闷不安、彷徨无依，徐订就是其中一员。在如此政治环境中，徐订坚持反对以政治干预文学，提出以自由主义作为文艺的出路。他在《现代中国文学过眼录》中重申文艺的自由主义，强调"文艺的独立性"[③]，然而，在政治色彩浓重的内地和二十世纪五六十年代"左右对峙"的香港文坛坚守"自由"是何等的艰难，于是徐订只能在寂寞文苑中做一个独行者。

对于徐订来说，香港只是他暂时羁留的异域小岛，他虽是具有香港身份的作家，但又是少有香港意识的过客型作家。徐订自1950年来香港至1980年在港病逝，在香港住了整整30年，虽然他一再自嘲为"难

① 司马长风：《中国新文学史》（下卷），香港：昭明出版社1978年版，第100页。

② 葛原：《残月孤星——我和我的父亲徐订》，上海：上海文化出版社2003年版。

③ 徐订：《现代中国文学过眼录》，台北：时报文化企业有限公司1991年版，第59—60页。

民”“过客”“异乡人”，但认真算起来，他 50 年的创作生命中，有一大半是在香港度过的。据王璞统计：“徐訏生前出版的 82 种著作中，有 28 本出版于内地，有 37 本出版于香港，另有 17 本出版于台北，不包括出版于 1966 至 1970 年间的十五卷《徐訏全集》。而在内地那 28 本中，小说只有 8 本；香港这 37 本中，却有 25 本是小说（其中有几本在内地发表过，到香港才结集出版，如《有后》《旧神》），还不包括一本美国小说译作。”① 从数量上来看，他是香港小说家无疑了。不过，从评论和回忆文章来看，大家提到的大多是他在内地时期的小说，对他大量的香港时期的小说反而很少提到。从作品本身来看，黄康显认为他的作品始终“流露出放逐感，没有香港色彩”②，因而并不认为他是香港作家。

在徐訏的一生中，香港显然是他最长久居住的所在，理应成为他创作灵感的源泉及情感依恋的对象，但事实并非如此。他的失落感始终非常强烈。在一篇文章里，他谈到一群像他一样的人，“在生活上成为流浪汉，在思想上变成无依者”③。1969 年，已在香港生活了 19 年的他仍有这样的诗句：“人困小岛异域，情伤碧海明月。”④ 言由心生，对徐訏来说，香港不是他真正的家，而是异域；香港在他眼里，只是一个小岛，无法跟广袤的内地相比，这儿给人以一种地理空间和心理空间的局

---

① 王璞：《一个孤独的讲故事人——作为香港作家的徐訏》，香港《作家》2002 年 6 月号。

② 黄康显：《旅港作家的流放感——徐訏后期的短篇小说》，见《香港文学的发展与评价》，香港：秋海棠文化企业 1996 年版，第 131—156 页。

③ 徐訏：《道德要求与道德标准》，见陈乃欣等：《徐訏二三事》，台北：尔雅出版社 1980 年版，第 83 页。

④ 徐訏：《原野的呼声》，台北：黎明文化事业公司 1977 年版，第 25 页。

促和压迫感，他始终感到自己是被围困在这小岛的“过客”。正如蔡益怀所说，南来作家离开自己熟悉的家园，移居这个陌生的小岛，多少意味着“一种漂泊与自我放逐，如何调整自己，融入这个社会，是一个必须面对的问题，然而他们却多少存在着一种拒绝移民的过客心态，固守自己所接受的文学理念”①，文学上以正统自居，这样怎能创作出具有香港意识的作品呢？徐訏在内地就已经成名，1943年曾被称为“徐訏年”，因而他是带着一种精英知识分子的优越姿态俯视香港这一小岛的，又怎能产生以港为家的归属感呢？于20世纪50年代前夕来港的慕容羽军回忆他时提到，徐訏有很深的明星意识。在内地时就颇负盛名的徐訏，来港后“也抱持着明星的心态，出现于公众场合，十分重视服饰”②，以维系一种“沙龙式”文人的魅力形象，这种姿态显然与商业化的香港有很大差距。

在很多人的笔下，徐訏对于香港始终是那么的格格不入。香港这个异域引起徐訏的万千思绪。他一面在城市和乡村之间进行选择，一面又在上海和香港之间抉择。显然，徐訏终其一生也没有认同香港，虽然在香港住了30年，但与此地的商业社会仍然格格不入，他眼中那股落寞始终如一。在生命最后的几年里，他每年都到台湾，且还决定在浸会学院退休后，在台湾买地建屋，连地点都选好了（当然不排除他妻儿在台湾的缘故）。这确实令人感到奇怪，在香港住了这么多年，对香港却仍然毫无眷恋，这在前面已经提到。从朋友的回忆中我们得知，香港对他来说是“作为过境的一个痛苦的地方”，“是个令人憎恶的地方”，而他

---

① 蔡益怀：《想象香港的方法：香港小说（1945—2000）论集》，北京：中国社会科学出版社2005年版，第223页。

② 慕容羽军：《徐訏——作家中的明星》，《香江文坛》2003年5月号。

在香港是一个“无根的过客”①，“孤独的旅人”②。

这种疏离感竟也不知不觉地影响了徐讦小说中的叙述主体。钟玲说：“即使他近年写了不少以香港为背景的短篇小说，字里行间也嗅不出香港的气息。”③ 徐讦有部短篇小说题目就叫《过客》④，里面把内地到香港者称为“过客”，在其他作品的中常冷不丁蹦出一句“如今我流落在香港”。长篇《时与光》开头就写道：“我来到一个充满陌生的路名、陌生的人名的城市——香港，我不断声明住几天便会离开，但由于种种原因一天天延宕下去。”⑤ 虽已延宕很长时间，却一直说“我的偶然在香港滞留”。虽然作品中的叙述者未必就是作者自己，但这种身处异乡飘零的感受两者确实相似。某种程度上可以说，徐讦作品中的“我”就是他自己。徐讦始终漂泊在都市上空，没能真正融入香港，由此造成他的尴尬与无奈。对乡村与上海的回忆，更加深了他与香港的疏离感。

从徐讦的日常语言来说，他一直说上海话，居港 30 年不懂也不说粤语，相反，“上海话是他最能接受的语言”⑥，有时还用浙江慈溪的家乡话或带乡音的国语和他人交谈，这种姿态本身也说明徐讦与香港的疏

① 《徐讦纪念文集》，香港：香港浸会学院中国语文学会 1981 年版，第 124 页，第 137 页。

② 慕容羽军：《徐讦——作家中的明星》，《香江文坛》2003 年 5 月号。

③ 钟玲：《三朵花送徐讦》，见陈乃欣，等：《徐讦二三事》，台北：尔雅出版社 1980 年版，第 174 页。

④ 徐讦：《过客》，写于 1957 年，见《徐讦全集》十五，台北：正中书局 1970 年版。

⑤ 徐讦：《时与光》，台北：黎明文化事业公司 1979 年版，第 377 页。

⑥ 布海歌：《我所认识的徐讦》，《徐讦纪念文集》，香港：香港浸会学院中国语文学会 1981 年版，第 121 页。

离。从社会学的功能来说，语言是人们进行交际、深入社会的重要手段，是一个人融入社会并得到认可的重要标志。没有正常的人际交往和社会活动，也就无法真正触摸这座城市的灵魂。从心理学角度来说，没有交流，心理上的基本需要得不到满足，个人会感到孤独寂寞，就会产生心理危机，这是文化不适应的一种表现。移居香港30年，徐讦虽然英文很好，但却不会说香港日常生活的交际语言——粤语，更别说用粤语进行交流了，这就难怪徐讦无法深入了解香港都市，他笔下的香港无非就是贫富差异、灯红酒绿、声色犬马。如他的《女人与事》（1957年)、《小人物的上进》（1963年）等，都是借助于女人与男人戏剧性的角色错位揭示了商业香港社会金钱、权力腐蚀下人性的变异和爱情的沦丧。

刘以鬯曾说："读徐讦的小说，即使惊诧于色彩的艳丽，也会产生雾里看花的感觉。雾里的花，模模糊糊，失去应有的真实感，令人难于肯定是真花抑或纸花。徐讦没有勇气反映现实，处在现实环境里，竟像丑妇照镜似的，想看，又不敢看。"① 这无疑道出了徐讦反映香港现实的小说缺乏真正的香港性的特点。徐讦的小说大都取材于内地，而非香港本地。即使是香港背景的小说，呈现于读者眼前的也是浮光掠影的香港，大多带有批判的眼光。居港30年，徐讦发表了长篇小说《江湖行》《时与光》《悲惨的世纪》等3部，中篇《期待曲》《旧神》《婚事》《炉火》《彼岸》《盲恋》等6部，还有大概60篇短篇小说。这些小说中长篇和中篇基本上都不以香港作为背景，其中《时与光》是个例外，虽然

① 刘以鬯：《五十年代初期的香港文学——在香港文学研讨会上的发言》，见《刘以鬯卷》，香港：三联书店有限公司1991年版，第365—366页。

故事发生在深水湾萨第美娜太太的海滨别墅，但就是这一部也恰好是徐订于20世纪30年代便在上海构思好的，据说已经写了一部分，到港后20世纪60年代中期才重新写完。就短篇小说而言，据黄康显统计及考察，60篇中“有香港印象的约30篇，其中14篇是有提及或部分有关香港的，16篇是完全以香港作为背景的；其余30篇除去2篇无实际地域背景的神话故事外，都是以内地生活为背景的”①。那么，这30篇提及或以香港为题材的小说，是否具有地道的香港性？

细细考察，这些小说中的故事和人物大多牵涉人物的内地经验，主人公大多是在香港的内地移民，特别是上海移民的故事。如《丈夫》（1950年）是徐訏到港后的第一篇创作，主要故事在上海发生，香港只是故事的结束地；1968年的《投海》里的男女主角余灵非和鹃红，也都是从内地移居香港的。这些移民大多数觉得自己是被放逐在香港的异客。生活的困顿，情感的无依，对故土的回忆，使得这些移民具有多余人、空心人、边缘人的某些特点。卢玮銮论及徐訏的一些作品时也认为：“来自大都会上海的徐訏，对都市题材应该较易掌握，但读他的《手枪》《失恋》，虽然可见他对香港世态炎凉的刻画，但除了暴露某些社会黑暗面外，距离真实仍很远，不擅写实，无法勉强。”② 卢玮銮的观点虽然值得商榷，但也道出了徐訏疏离香港的事实。背井离乡的放逐感、人生无常的失落感、与香港社会的疏离感，使徐訏无法充分发挥自己的创作特长，为香港都市形象留下精彩篇章。但可喜的是他把大部分

① 黄康显：《旅港作家的流放感——徐訏后期的短篇小说》，见《香港文学的发展与评价》，香港：秋海棠文化企业1996年版，第136页。

② 卢玮銮：《南来作家浅说》，见黄继持等：《追迹香港文学》，香港：牛津大学出版社1998年版，第120—121页。

的笔力用到《彼岸》《江湖行》等具有浪漫传奇和哲理思辨色彩的作品中，为内地二十世纪五六十年代单一的现代文学格局拓展了浪漫主义类型的小说。

二、诗意的乡村回忆

徐讦是个城市背景很深的作家，用卢玮銮的话来说，有着大都会上海生活经验的徐讦，对都市题材应该较易掌握，他是有条件更深刻地表现香港的。他在 20 世纪 40 年代曾经写过《风萧萧》《鬼恋》等动人心魄的都市浪漫作品，但是在港 30 多年的创作却文风大变，都市话题日渐淡出，乡村记忆大量渗入。汪曾祺认为“小说是回忆”[①]，他强调的是小说素材必须经过岁月的淘洗，拉开一定的距离。回忆是为了忘却，徐讦的乡村回忆，也许是为了忘却那被放逐的痛苦，不被香港认同的尴尬，是由上海进入香港不可得才不得不返回乡村的一种深沉叹息。徐讦的“乡土”记忆书写也是一种对现实生存协助的手段。凡是漂泊在外的游子都能理解这份记忆的重要性，因为它可以用气息般的温情挽救困难中的生命，在心理上扩充人生地不熟的狭隘空间，从而为自己谋得生息之地。其实 20 世纪 20 年代内地的乡土小说就是如此，“凡在北京用笔写出他的胸臆来的人们，无论他自称为用主观或客观，其实往往是乡土文学，从北京这方面说，则是侨寓文学的作者。但又非如勃兰兑斯(G. Brandes) 所说的‘侨民文学’，侨寓的只是作者自己，却不是这作者所写的文章，因此也只见隐现着乡愁，很难有异域情调来开拓读者的

① 汪曾祺：《桥边小说三篇·后记》，《收获》1986 年第 2 期。

心胸，或者眩耀他的眼界”①。“乡愁”，或叫怀乡愁绪、怀乡病，一般是指身在现代都市的人对于飘逝的往昔乡村生活的伤感或痛苦的回忆，这种回忆往往伴随或多或少的浪漫愁绪。蹇先艾的“贵州”、许钦文“父亲的花园”、萧红的“呼兰河小城”、沈从文的“湘西边城”都寄寓着作者离乡的愁苦，徐訏在香港亦是如此。

“怀乡”包含了背井离乡放逐的命运，“怀乡”是徐訏对已逝的内地经验和记忆的追寻。然而记忆里的过去往往会在想象中变形，事实上，无论时间中的过去或地域上的故乡都无法恢复旧貌，但透过作者想象中的修复，“过去”在观念上依然完整美好，观念上、想象中的“过去”，人事不变，风景依旧，“那里老幼的人物，有不变的年龄；情侣有永生的爱，山水有不移的风景”②。如《鸟语》（1950 年）中的回澜村有绿草、碧树、小河，“后面是山，晴时似近，雾时似远，不久鸟声起来了，先是一只，清润婉转，一声两声，从这条竹枝上飞到那条竹枝上，接着另一只叫起来，像对语似的”。更妙的是，在竹林篱园长大的少女芸芊能听懂鸟语并能与百鸟对鸣低吟。鸟语象征宇宙间最净化的美，与徐訏骤然身处的香港的复杂浑浊形成鲜明对照。不仅人与自然关系是那么的和谐美丽，人与人之间也是那么单纯美好。单纯明朗的日子早已过去，成为记忆中一条美丽的彩虹。这正是放逐者日夕想象、幻想要去保存的过去。在徐訏的视角里，站在当下，对过去的故乡作想象式的创造，使过去更显娇美，而那璀璨的、不存在的过去，联系着今日现实的放逐和

① 鲁迅：《小说二集·导言》，见赵家璧：《中国新文学大系》（第四集），上海：上海文艺出版社 1981 年影印本，第 9 页。

② 徐訏：《记忆里的过去》，见《时间的去处》，香港：亚洲出版社 1958 年版，第 19 页。

挫折的经验。

带着这样的乡村视角，当徐订切入都市生活时，就不可避免地对都市人生进行简单化的理解，极力丑化香港的商品经济力量及其衍生的种种文化现象。“乡村”进入“城市”受到改造，“城市”返回“乡村”则遭遇一片澄明，城乡对比的结构模式在徐讦的小说中经常出现。如《私奔》(1951 年) 描写的是枫杨村姑娘翠玲为免嫁给在上海做五金生意的男人，而与相好的季明哥私奔的故事。私奔成功后，双方家长认可了他们的婚姻，后来季明携妻子到上海的油坊做工，竟也做起了上海人！翠玲本为逃避嫁给当时的上海人才私奔反抗的，没曾想却投入了未来上海人的怀抱，而自己也沦落成了庸俗的都市人，失去了乡村的淳朴美。在这里，都市毁灭乡村美好人性的不可抗拒性被作者表现得淋漓尽致。又如徐讦笔下的香港故事，生活困顿、贫富差距、人性之恶以及内心的孤苦无依常常是徐讦叙写的中心。《心病》(1955 年) 反映了无家底如丁道森等新移民们的生活困顿和辛酸遭遇，《劫贼》(1951 年) 中写了一个来到香港的上海书生，为了生活逼良为盗，《过客》(1957 年) 中的王逸心用自杀的方式来逃避内心的孤寂，等等。都市的商业化扼杀了美好的人性，我们无法抗拒都市的商业化进程，但可以保有人类神往的纯净世界。所以，《鸟语》让城市人一头撞进空灵的鸟语世界，撞入一个不食人间烟火的女性内心。很显然，这个世界与都市截然不同，不是人语所能沟通和解释的。当城市人返回纯净的乡村世界，内心也因而变得澄净起来，从而反衬出城市的污浊。

从徐讦的小说世界走出，我们再来研究他的诗歌园地。在《原野的理想》中，徐讦借回忆否定现实，诗中用前后对比的手法，表达从前的理想如今在污秽的闹市中落空，过去是灿烂的生命，目前却是一种不纯粹的状态。他写道："如今我流落在污秽的闹市，/阳光里飞扬着灰尘，/垃圾混合着纯洁的泥土，/花不再鲜艳，草不再青。""此地已无原野的理想，/醉城里我为何独醒，/三更后万家的灯火已灭，/何人在留意月儿的光明。"① 在徐訏眼里，"此地"香港的"花不再鲜艳，草不再青"，完全是一个没有人性的、污秽的闹市。"原野的理想"代表过去在内地的文化价值，如今在作者流落的"污秽的闹市"中完全落空，面对的不单是现实困境，更是观念上的困局。徐訏对香港书写的异质化进一步表明他与香港的疏离。

三、身份的想象建构

在徐訏的内心深处，因内地政权更迭主动离乡而产生的放逐感以及因新旧环境转换而导致的经验断裂和生活困窘，再加上初到香港的疏离感，这种种无法调和分裂的因素造成人格的心理混乱，于是产生认同危机并随之产生观念、行为和心理冲突体验的身份焦虑。那么徐訏是如何在创作中通过想象性的表达来重新获得人格、心理、意义归属的确定性和稳定性的呢？留学法国时的徐訏深受叔本华、尼采哲学思想的影响，在文学方面又吸收了浪漫主义文学、哲理小说等的滋养，使得他对人性、生命、苦难等问题有了更深入的思考，慢慢地找到了自己身份建构的方式，那就是对人性美的追求，对生命、存在、苦难等命题的形而上哲学思考与提升。

徐訏是一个追求人性美的作家，现实生活的失意和寥落，往往使他

① 徐訏：《时间的去处》，香港：亚洲出版社1958年版，第118—119页。

遁入一种纯洁的、高尚的理想境界，长篇小说《盲恋》（1954年）可为他的代表作。这部小说描写了美丽的盲女卢微翠和奇丑的男人陆梦放的生死恋，显然情节设计受法国浪漫主义作家雨果《巴黎圣母院》的影响。奇丑的男子陆梦放却是一个心灵美的天才，他在歧视、侮辱中长大，却用自己纯洁的爱去温暖、救助盲女卢微翠，使她拒绝了死神的诱惑，增长了生活的勇气。这对丑男盲女之恋无比纯洁、无比诚挚，它是人类最纯洁、最美丽的爱情。陆梦放为了给卢微翠治眼，不遗余力，甚至要把自己的眼睛献给她，一心一意要使自己心爱的人重见光明。最后他的理想变成了现实，微翠的眼睛复明了。《盲恋》写的是美女与丑男的爱情故事，放射着浪漫主义的奇光异彩。

除了对美好人性的浪漫想象，徐订还通过对生命意义的形而上追问来重新建构自己安身立命的所在，《彼岸》（1953年）、《江湖行》（1961年）、《时与光》（1966年）等都是极好的代表作。《彼岸》是个熔诗歌、散文、小说、哲理讲义于一炉的综合性的特殊文本，在这个叙事作品中，举凡道德、爱情、友谊、鬼神、政治、战争、英雄、上帝、宇宙和谐等话题徐订都有所涉及。小说共26章，前15章具有很强的形而上哲理思辨的色彩，是作者通过主人公“我”发出的对生命和宗教境界的追问；后面11章才带有故事色彩，叙述“我”与露莲、裴都和“你”的爱情悲剧，传达对于人生和命运的体悟，文本的重心应该是在前面对彼岸神性世界哲理探索的部分。徐订最终追问的目标是人、神、物三者完美结合的状态和理想关系。在他眼里，人生的彼岸境界就是“宇宙终极和谐”的状态，抛弃一切，而将自己的心灵修炼成宇宙完全和谐的整体，使心灵与宇宙贯通合一融化的境界。

如果说《彼岸》里因为较多的哲学探讨而使小说变得像哲学讲义那

样难读，那么《时与光》则是较为纯粹的长篇小说，它较好地把故事与人生哲学联系起来，从而大大增强了可读性。在这里，徐訏借助不同的爱情体验、爱情观念的探索，来寻求爱情和人生的意义。小说分为三部：传记里的青春；舞蹈家的拐杖；巫女的晶㮲。三个部分象征着人生的三个阶段，象征着在时光中人由青春走向衰老最后走向死亡的完整生命过程。在对两性之爱、宗教之爱、母性之爱、朋友之爱等不同形式的爱的综合审视中，作品传达出这样一种人生体会：人在时间与空间中永远是渺小的，一切悲剧不过是偶然的结果，而爱情也不过是一种相对的偶然与必然，没有永久不变的、纯粹的爱情。既然如此，人生还有什么意义？爱又有什么意义呢？小说对爱情和人生意义的形而上思考与追问带给我们深刻的思索与启示。

《江湖行》可以说是徐訏"创作生命的高峰，也是对他人生经验的最全面、最深刻的总结"①，某种程度上，这也是一部倾注他全部心血的巨作，里面带有个人自传的色彩。《江湖行》运用第一人称"我"的角度叙述了周也壮的人生故事。流浪是主人公的生命特质，也是小说主要的故事线索，同时也是小说揭示的主题。对周也壮来说，生命只有在流浪中才有存在的意义，因此逃离农村、漂泊都市、浪迹江湖、最后归隐山林。流浪给了主人公生命自由的精神安慰，也给他带来了具体的生命痛苦。因为葛衣情的毁约退婚，主人公进入上海读书。虽然弃绝了乡村，可是乡村的生存方式本质上维系着他的精神和文化个性，都市不可能真正接纳他，所以他不可避免地以流浪者的身份在都市里漂泊，精神

---

① 吴义勤：《漂泊的都市之魂——徐訏论》，苏州：苏州大学出版社 1993 年版，第 83 页。

极度孤独寂寞。主人公深深意识到，都市文明对自己生存能力的腐蚀，由此陷入更深的生存恐惧和生命痛苦，于是只能再度流浪江湖。他说："我是一个注定要在这不定的流浪生命中过活的人，一切理想与事业是同我无缘的。"重新流浪的他爱上了紫裳，但是上海特定的都市剧团文化使她成为大明星后疏远了他，他只能第三度流浪。历尽江湖坎坷，最后在峨眉山顿悟出家。总之，周也壮身在都市却心向乡村、置身乡村却留恋都市、身在江湖却心向佛门。周也壮的身世之谜和寻找身份之旅告诉我们，在全球化时代，孤独与迷茫是常态，个人总是处在一种身份不定的危机感的包围之中。经过了从乡村到都市、都市到江湖、江湖到都市、都市到内地反复几次的流浪，主人公周也壮对生命与爱情有了独特的体悟。对于一个属于独身与流浪的人，也许退隐山林、削发为僧是一种最切合于流浪本质的生命方式，独自面对自然的冥思苦想是一种最为纯粹的精神流浪，主人公的精神自由才能在这种方式中得以永恒地延续。徐訏在小说中反复强调他想说的不是故事，而是生命。《江湖行》中，小说的表层结构是周也壮的人生流浪故事和多角爱情故事，对生命的感悟与体验才是作者真正隐藏其中的深层结构。小说中的主人公通过江湖流浪的方式发出对生命存在的诗意追问，以及对生命自由的向往，最后悟透人生，皈依佛门。

《彼岸》《时与光》与《江湖行》在风格上基本延续徐訏在内地时期小说的某种浪漫情调和一贯的哲理小说的特色，这本身说明了徐訏无力对香港现实作出小说形式方面的回应，显示他与香港的疏隔；但另一方面，我们也感觉到了他文风的凝重，他常常借助浪漫传奇对人生展开哲学思索和形而上追问。徐訏的一生坎坷不平，尤其是移居香港后身份的无所依傍和内心焦灼使得他对生命存在进行思索，用哲理化的言辞表达出人类生存的意义。他的小说始终思考着生存与死亡、友情与爱情、苦难与信仰、写作与艺术、偶然与必然等重大问题，并解答了“我”如何在场、如何活出生命意义等这些具有普遍性的精神难题。当多数作家在商业消费主义时代里放弃面对人的基本状况时，徐讦却一直居住在自己的内心，仍旧苦苦追索人之为人的价值和光辉，仍旧坚定地向“存在”的荒凉地带进发，坚定地与不可知的世界作斗争。这份勇气和执着，深深唤起我们对自身所处境遇的关切。

第四节　通俗文学拓展的代表——梁羽生与金庸

内地清末民初以及民国时期蓬勃发展的言情、武侠、侦探小说等通俗文学门类经由五四文学革命新旧文学之争，遭受新文学阵营围攻逐渐退出严肃文学史舞台，而罗湖关之外的香港文学的娱乐消闲却一直没有遭到过压制，即使在抗战、内战等非常时期，香港成为内地南移的另一个文化中心，贴近市民生活、运用香港方言、具有香港色彩的作品也依然能够生存。20 世纪 40 年代，方言文学讨论、民族形式论争等也更加促进了粤港味作品的创作，前面提到的茅盾在 40 年代创作时也曾试图通俗化但不太成功，黄谷柳的《虾球传》是比较成功的一个案例。那个阶段的香港新文学，粤港味浓郁，与民国时期的鸳鸯蝴蝶派有相承之处，“无论作品类型、风格、韵味，与‘鸳蝴派确为貌合’”①。战后香港的杂志《小说世界》（1951—1952 年）发表的

① 黄仲鸣：《20 世纪 50 年代粤港派的鸳鸯蝴蝶梦——以〈小说世界〉为例》，香港《文学评论》2010 年第 10 期。

小说类型很多，主要有言情、怪异、武侠、侦探、幽默等，熔文言、白话、粤语于一炉的“三及第”文体开始慢慢流行。之后香港的通俗文学逐渐兴盛起来，其中南来作家金庸和梁羽生的新派武侠小说、南宫搏的历史小说、亦舒的言情小说、倪匡的科幻小说等纷纷亮相，香港的通俗文学热闹非常，弥补了内地五六十年代通俗文学销声匿迹的遗憾，在异地香港传承并拓展了通俗文学发展的空间。①

新派武侠小说的开启离不开梁羽生以及《新晚报》的总编辑罗孚。梁羽生（1924—2009年），原名陈文统，出生于广西，因十分喜欢武侠小说家宫白羽而以梁羽生为笔名，1949年南下到香港《大公报》工作，1987年移居澳大利亚，后病逝于悉尼。1954年，香港、澳门两派武师公开比武，虽然只用了三分钟便决出了胜负，却成为当时香港、澳门两地的焦点。《新晚报》总编辑罗孚看准时机，极力邀请热爱武侠的梁羽生写作武侠小说，于是有了新武侠小说的处女作《龙虎斗京华》的诞生。

梁羽生从1954年开始创作武侠小说一直到1984年宣布“封刀”，共创作武侠小说35部，较为著名的有《白发魔女传》《七剑下天山》《萍踪侠影录》《云海玉弓缘》《大唐游侠传》《龙凤宝钗缘》《侠骨丹心》《武林天骄》《武当一剑》等，风靡一时。

综观梁羽生的武侠小说，大致有以下几个特点。

第一，有很强的历史性，兼有历史小说之长。梁羽生的小说都有明确的历史背景，《龙虎斗京华》《草莽龙蛇传》写的是近代史上的义和团

---

① 以下关于金庸、梁羽生新武侠小说的论述主要参见计红芳：《香港通俗文学作家的创作》，转引自曹惠民：《台港澳文学教程新编》，上海：复旦大学出版社2013年版，第249—252页。

运动；《七剑下天山》《江湖三女侠》《侠骨丹心》等写的是清朝的历史传奇故事；《白发魔女传》《萍踪侠影录》《散花女侠》等是以明朝历史为背景的；《风云雷电》《武林天骄》《飞凤潜龙》等写的是宋、辽、金、元时期复杂的民族矛盾及其冲突；《大唐游侠传》《慧剑心魔》《女帝奇英传》等主要反映唐代的历史风云。梁羽生不只是将历史作为小说的叙事背景，而且也让许许多多的历史真实人物和事件走进小说的传奇世界。作者常常借历史风云中的民族斗争、阶级矛盾、宫廷斗争、时代变迁的种种画面，来揭示为国为民的侠义精神的深刻主题，这无疑使梁羽生的武侠小说有一种大的场景、气势与规模。但作者常常满足于叙述历史知识，演绎野史传说，往往给读者一种历史与传奇脱节之感。

第二，对侠与义的追求。梁羽生小说中的正面人物，大都刚柔相济、能文能武、行侠仗义。对于侠与义，梁羽生有自己的看法："宁可无武，不可无侠。"武是一种手段，侠才是最重要的。"那么，什么叫作侠？这有许多不同的见解。我的看法是：侠就是正义的行为。什么叫作正义的行为呢？也有很多很多的看法，我认为对大多数人有利的就是正义的行为。"① 梁羽生笔下的侠士形象是正义、智慧和力量的化身，他们的身上集中了社会下层人物的优良品质，同时人物的悲剧命运揭露出反动统治阶级的腐败和暴虐。侠义精神是梁羽生小说的根本精神与特征，他塑造了许多文武双全、侠义双全的理想人物形象，如卓一航、张丹枫、段圭璋等。这些侠都是为国为民、牺牲自我的"侠之大者"，是代表大多数人利益的，是民族精神、道德文化、儒家精神的结晶。梁羽

---

① 梁羽生：《从文艺观点看武侠小说》，这是梁羽生 1977 年 6 月 8 日受新加坡写作人协会邀请在新加坡国家图书馆做的专题演讲，转引自吴尚华：《台港文学研究》，合肥：安徽人民出版社 2007 年版，第 259 页。

生的武侠小说在歌颂侠士为国家、为民族、为民众、为正义而勇于牺牲、死而后已的理想精神的同时，对那些民族叛徒、内奸、狂徒、邪魔、奸臣等进行了无情的抨击。梁羽生笔下的人物，正与邪、善与恶、好与坏界限分明，不似金庸笔下的人物那般亦正亦邪、正中有邪、邪中有正。梁羽生笔下的侠是正统的、理想的侠，然而正是由于对这种正统的侠义道德品质的理想化表现，难免对人性的挖掘不够深入。

梁羽生作品中的侠大多是诗剑风流的才子、名士，学识渊博。他在化名佟硕之的一篇文章《金庸梁羽生合论》中指出："金庸擅长写邪恶的反派人物，梁羽生则擅长于写文采风流的名士型侠客。佯狂玩世，纵性任情，笑傲公卿一类人物。"①《萍踪侠影录》中的张丹枫就是名士型侠客的典型人物。在瓦剌长大的汉人张丹枫，身负世仇，要与朱元璋的后代争江山，完成父辈遗愿。面对瓦剌的入侵，张丹枫是报私仇还是为国为民呢？这种矛盾与痛苦造就了张丹枫亦狂亦侠、能歌能哭、豪迈脱俗的个性。他纵性任情却不忘社会职责，他佯狂玩世却又能自省，他笑傲公卿却又能顾全大局。梁羽生笔下的侠士常能吟诗作词，并常以诗词应和，是诗与剑的合一。梁羽生还写了不少以女性为主人公的武侠小说，《江湖三女侠》《白发魔女传》《冰川天女传》《女帝奇英传》《云海玉弓缘》中的女性不仅容貌美丽，而且多才多艺，对爱情专一。这些女性形象有时甚至比男性形象都生动。

第三，对情的描写有独到之处。"情"是新武侠小说不可缺少的一部分，面对情与业的冲突，金庸偏向于情，梁羽生则偏向于业。儿女私情必须服从国家、民族利益和侠义、道德的标准。梁羽生小说中的

---

① 佟硕之（梁羽生）：《金庸梁羽生合论》，香港《海光文艺》1966年1—3月。

“情”具有鲜明的理想道德感和理性精神，发乎情，止乎礼，私情服从大局，这在小说《慧剑心魔》中表现得相当突出。慧剑是道德理性之剑，而心魔则是人性、情欲种种，要“挥慧剑，斩心魔”，给人以道德升华之感，但又难免有感情单调、无深度之嫌。

第四，梁羽生的小说写人写事写景都有诗词般的意境。他从小就受中国传统的古典文学熏陶，所作小说从内容到形式都有中国传统小说的痕迹。回目对仗工整、典雅精致，如“剑胆琴心，似喜似嗔同命鸟；雪泥鸿爪，亦真亦幻异乡人”（《七剑下天山》）；小说的开篇和终篇的诗词，总是作而不述，并具有独立的审美价值；小说中又引用了很多古代诗词，那些侠士常常出口成章，这使得梁羽生的武侠小说风格典雅。

说到新派武侠小说，不能不说金庸，如果说梁羽生是开山祖师，那么金庸就是武林盟主。金庸（1924—2018 年），本名查良镛，出生于浙江海宁，金庸是他写武侠小说时用的笔名，把“镛”字拆开一分为二就是“金庸”。抗战爆发后他考入重庆国立政治大学外交系，后就读于东吴大学法学院。毕业后，曾在上海任《大公报》记者。1948 年香港版《大公报》复刊，遂被派往香港，后与友人创办《明报》，是香港《明报》报刊系列的大股东。金庸还用过其他笔名写过其他文字，如用姚馥兰（英文“your friend”的音译）笔名写过影评，又用林欢笔名写过电影剧本《绝代佳人》等。凡有中国人的地方，无人不知金庸的名字，在海峡两岸和海外的华人群体里，金庸这名字是与他的武侠小说联系在一起的。虽然金庸是集学者、编剧、导演和老报人于一身的作家，常常“左手写政论，右手写小说”，但他主要是以武侠小说创作闻名于华人世界。从 1955 年开始创作处女作《书剑恩仇录》，一直到 1972 年《鹿鼎记》的全部完工出版，金庸宣布“金盆洗手”，退出江湖，而后又花十年时间（1970—1980 年）进行修改，十几年间他一共创作了 15 部作品，按写作时间先后顺序排列为：《书剑恩仇录》《碧血剑》《射雕英雄传》《雪山飞狐》《神雕侠侣》《飞狐外传》《白马啸西风》《倚天屠龙记》《鸳鸯刀》《连城诀》《天龙八部》《侠客行》《笑傲江湖》《鹿鼎记》《越女剑》。除《越女剑》外，金庸把 14 部作品题目的开头一字连缀起来，形成“飞雪连天射白鹿，笑书神侠倚碧鸳”两句诗广为传颂。1994 年 5 月，生活·读书·新知三联书店出版了金庸作品全集，可视为经典版收藏。

金庸的武侠小说问世已半个多世纪，但读者对金庸作品的喜好一直未曾衰减。绝大多数作品被改编成电影、电视剧，使金庸成为知名度最高的华文小说家之一。金庸的武侠小说之所以引起轰动，是与其小说独特的思想艺术魅力分不开的。

第一，金庸的武侠小说有着丰富的文化哲学内蕴。许多海外华人将金庸的武侠小说作为子女教育的中华文化教科书，其中的诗词歌赋、琴棋书画、典章文物、历史掌故、医卜星相、渔樵耕读、人文地理、山川史话等等，简直就是一种特殊形式的文化大百科。这是现代中国人失落已久的梦幻“中国”，字里行间流露着中国传统文化的审美神韵。

金庸的处女作《书剑恩仇录》就蕴含着某种象征含义，一“书”一“剑”，而且是以“书”为主，这就确立了他以后的全部作品的内在要素：“剑”中蕴含“书”味，“武”中蕴含文化与哲学的底蕴。中国传统文化思想源远流长然而又以儒、道、释三家最为瞩目。金庸的三部巨著《射雕英雄传》《笑傲江湖》《天龙八部》分别将儒、道、释传统文化思想化入其中。儒家追求修身齐家治国平天下，《射雕英雄传》表达的就是一心向善、希冀和平的顽强精神和博大胸怀。儒家的仁、义、礼、智、信，为国为民的侠义精神在主人公郭靖身上得到了很好的体现。《笑傲江湖》一方面把岳不群等伪君子对武功、权力的疯狂追逐及其导致的种种人性异化揭示得淋漓尽致；另一方面，金庸塑造了一个不为名利权所动的主要人物令狐冲，他逍遥自在，“行乎其不得不行，止乎其不得不止”，如行云流水，任意所至，鲜明地体现了道家的思想。至于佛家文化，《天龙八部》则做了形象的说明。在这本书中，无人不冤，有情皆孽。如何才能摆脱人世与人性的罪孽与悲苦呢？只有“众生无我，苦乐随缘，心无增减”才能化解。全书洋溢着对苦难人生的怜悯之心。

第二，金庸的小说一般很少有武侠小说中常见的狭隘的民族主义情绪。他的小说差不多都有真实的历史背景，且往往是民族矛盾十分激烈的年代。金庸不拘囿于狭隘的汉民族的“民族主义与爱国主义”，而是更多倾向于和平主义及民族的和睦与团结，推行“国际主义与和平主义”。如果说《书剑恩仇录》还闪现着某些“夷夏之辨”的简单化倾向，那么越到最后金庸对于民族问题的认识就越深刻。《碧血剑》《鹿鼎记》中，金庸对皇太极、康熙的才干流露出欣赏的态度，并没有因为他们是夺走汉人江山的异族领袖而随意污蔑、丑化。在《天龙八部》中，金庸塑造了一位契丹族的英雄好汉萧峰（汉名乔峰）。他是一位受汉人恩施长大的契丹人，最后以在雁门关前自尽的顶天立地的壮举化解了母族契丹族与寄养族汉族之间劳民伤财的战争，这种自我牺牲与人格超越的精神升华了作品的主题。

金庸对汉人及文化痼疾的批判，也是其高出别的武侠小说家的地方。他对中国文化进行反思时，悟出汉文化及其汉人心态总是从内部开始腐朽，从极盛走向衰败，从而不堪一击，明王朝、李自成的大顺政权、明郑政权等的衰落都源于汉民族的内部矛盾，异族侵略只是加快了这个进程。

第三，金庸的武侠小说成功塑造了众多性格各异、栩栩如生的人物形象。他曾说写武侠小说主要是想借暂时的人生描写永恒的人性，而人性是复杂的。金庸小说中的人物很少是单纯的“好人”或“坏人”，他洞察人性的奥秘及人性自身的冲突和矛盾，以一种宽容和理解的态度，来刻画每一个人物。金庸作品中的主人公大多是丰富性与多面性相结合的立体人物，正中有邪，邪中有正，亦正亦邪。他说：“人生其实很复杂，命运跟遭遇千变万化，如果照一定的模式去描写的话，就太将人生简单化了。”① 他笔下的小龙女、杨过、黄蓉、郭靖、陈家洛、张无忌、乔峰、令狐冲、胡斐、韦小宝等性格各异、个性鲜明，给人留下了难忘的印象。

金庸塑造人物最突出的特点是叙写了各种各样的情：男女之情、父母之情、子女之情、兄弟之情、师徒之情、朋友之情等。三毛非常欣赏金庸的新派武侠小说，她说金庸描绘了古往今来最难解决的，却是可以使人类上天堂下地狱的、人类最伟大的那个字——“情”。杨过与小龙女、郭靖与黄蓉、周伯通与瑛姑、令狐冲与任盈盈、段誉与王语嫣、张无忌与赵敏……问世间，“情”为何物？金庸的小说作出了较为圆满的回答。

第四，金庸小说的情节结构非常具有创造性，既放得开又收得拢。冯其庸认为金庸小说的情节结构有五个特点：庞大；紧张；波澜壮阔，奇峰突起；前呼后应，细针密线，因果相连而又相隔，叙事无意而实有

---

① 杜南发等：《诸子百家看金庸（五）》，香港：明窗出版社有限公司 1997 年版，第 209 页。

意；奇情壮采，瑰思幻想。金庸总结自己的创作时也说后期的比前期的好些，篇幅长的比篇幅短的好些，很大程度上是指小说的结构艺术。金庸武侠小说常常以社会动荡、民族矛盾激化时期的历史作为叙事背景，围绕主人公成长、成才、成功的漫长曲折、艰苦坎坷的历程进行故事情节编排，营造让历史、传奇、人生故事相互交融的外在结构和蕴含着丰富深厚的内在寓言结构于一体的结构系统。《鹿鼎记》可说是一部“政治寓言”，主人公韦小宝由一个出生于扬州妓院的市井混混一跃成为康熙御前的大红人，并最终官至鹿鼎公。小说中，作者还用政治领域中正派忠诚的无用来反衬小宝的所向披靡，读者读来不仅有趣，而且回味无穷。金庸用心良苦创作的这一传奇人物显然有其真实而深刻的历史和文化寓言价值，读之回味无穷。

第五，金庸的小说不拘泥守旧，善于调动各种艺术手法，自成一家。他常常以传统手法为基点，大胆引用电影蒙太奇、超现实主义、象征手法、意识流等外来表现技巧，并把它融入民族风格。他想象力丰富，常以超自然的想象把飞仙神怪之类化入笔下，呈现一幅幅人神交往的武侠世界奇观，而其语言更是兼容传统文学和新文学的长处，传神而又优美。金庸多才多艺，素有“洋才子”之称。他创造性地运用了西方近代文学和中国新文学的经验创作武侠小说，使它们在思想内容和艺术技巧上都呈现出新的亮点，这是雅俗文学互渗交融的成功典范，可以说是金庸对中国现代文学的独特贡献。对此，北大知名学者严家炎给予高度评价和肯定：“如果说五四文学革命使小说由受人轻视的‘闲书’而登上文学的神圣殿堂，那么，金庸的艺术实践又使近代武侠小说第一次进入文学的宫殿。这是另一场文学革命，是一场静悄悄地进行着的革命，金庸小说作为20世纪中华文化的一个奇迹，自当成为文学史上光彩的篇章。”① 总之，金庸的新武侠小说不仅成为二十世纪香港五六十年代通俗文学的主要代表，而且其影响巨大，成为海内外几代华人必读的经典，并直接影响了内地八九十年代雅俗文学的互渗，重新定位了通俗文学在现当代文学史中的位置和价值。

本章小结

这是一个特殊的文学关系阶段，由于作家的主观原因和外在政治因素，那些在1949年前后来港的如徐讦、徐速、曹聚仁、张爱玲、赵滋蕃、李辉英、刘以鬯、马朗、金庸、梁羽生、慕容羽军、司马长风、黄思骋、倪匡、力匡、黄崖、卢森等作家多少带有右翼或者不左不右的色彩，其创作大多具有怀乡文学、“绿背文学”等特征，一度造成内地与香港新文学之间的某种疏离。在徐讦、曹聚仁、刘以鬯、司马长风等作品中常常出现中原性与本土性的纠结、商业性与艺术性的矛盾，中原怀乡情结、香港“过客”心态一度比较严重。然而左右对抗疏离中，香港现代主义文学、通俗文学的异军突起拓展了1949年后内地二十年左右汉语新文学较为单一的空间，延续了内地因战争等因素中断的通俗文学和现代主义文学的传统，体现出两地关系的即时性与长期性相结合的某些特征。

---

① 严家炎：《一场静悄悄的文学革命——在查良镛获北京大学名誉教授仪式上的贺辞》，香港《明报月刊》1994年12月。

第四章

分流与互补(1966—1978年)

第一节　中原文化心态与香港本土意识的转换

当内地新文学受“文革”一元化意识形态影响出现公式化、概念化的现实主义文学之际，香港新文学与内地文学分流，开始出现真正意义上的本土声音。1967年香港发生大暴动，以及20世纪70年代的经济起飞，再加上也斯等战后一代本港出生的香港人的长成，都促使了香港意识的形成和香港身份的建立。

王宏志先生曾在《历史的偶然》一书中指出，香港的本土意识开始于20世纪70年代，在此之前，由于英国殖民政府尊重华人习惯，香港人都过着跟内地人相同的生活模式，所以香港没有能够建立自己特殊的身份。① 1967年香港大暴动后，英国殖民政府着重加强对香港本土文化的重视，在这基础上香港意识才得以形成。更重要的是，20世纪70年代的香港已经产生一大批土生土长的新生代，他们因自己是香港人而骄

① 王宏志:《历史的偶然：从香港看中国现代文学史》，香港：牛津大学出版社1997年版，第3—7页。

傲。在这个阶段，出生于上海但12岁就跟随父母移居香港、在香港接受教育的女作家西西的小说《我城》(1975年)，标志着香港人本土意识等的觉醒，还有土生土长的香港男作家也斯的《剪纸》(1977年)，更是一部叙述人们如何在商业化的、逼仄的城市空间生活，思考、想象和追溯香港的历史，从而探讨香港文化身份的力作。西西的《我城》主要从儿童阿果的叙事视角，采用戏谑的笔法描写了香港20世纪70年代草根族群如阿傻、阿发、悠悠、麦快乐等求职、搬家、郊游、逛街等真实的生活状态，跟随阿果的脚步我们可以见证那些重要的历史时刻，同时也让我们感受到新一代香港本土人在殖民化和商业化双重挤压下努力进取、不断成长的足迹，被誉为开创了香港本土城市文学的先河之作。也斯的《剪纸》则采用平行发展的双线结构，从“我”的视角叙述了20世纪70年代香港热爱西方文化的“乔”和钟情于剪纸等传统文化的“瑶”的悲情故事。一个是关于暗恋和情感沟通的病态传奇，一个是关于人与时代无法适应的身份迷失，那种面对周遭环境无所适从的世界性难题无从解答，犹如烦恼娃娃在岛与半岛之间游荡漂浮。可以说西西和也斯写出了20世纪70年代香港活生生的各种真实状态，代表了这一时期本土作家的文学高度。

二十世纪六七十年代来港的南来作家主要有陶然、周蜜蜜、白洛、东瑞、梅子、巴桐、温绍贤、张诗剑、陈娟、金兆、杨明显、陈浩泉、黄河浪、王一桃、犁青等。受西西、也斯等描写香港本土意识觉醒的文学的反作用，南来作家们特别是陶然开始以真正现实主义的叙述姿态进行创作，逐渐摆脱身份焦虑，完成了从中原心态向本土意识的转变，不仅成为香港都市书写的重要创作力量，同时也补充了内地这个阶段现实主义和都市文学的不足，从而形成内地与香港新文学的互补格局。

第二节 忧郁的抒情圣手——陶然

一、二重移民的困惑

(一) 人间香港的关怀

陶然（1943—2019年）① 是从中原文化心态向香港本土意识转化极为成功的一位作家。陶然的祖籍是广东蕉岭，出生并生长于殖民文化和多种移民文化相交融的印度尼西亚山城万隆。陶然从小就接受中文教育，16岁时怀着对祖国的深情挚爱，孤身漂洋过海回到内地，成为真正的中国学子，文化身份基本确定。然而命运似乎跟他开了一个玩笑，当他以为能够获得内地身份并能学成报效祖国之时，“文革”使期盼成为泡影，他不得不再度漂泊到香港。二度移民、二度放逐使得陶然无法对中国传统文化产生完全认同，也不能对印尼和英国殖民统治下的香港文化产生完全认同，似乎悬浮在几种文化之上，反而不知根之归属。② 也正因如此，不少学者称他为无根、无家的漂泊者。

既然命运把陶然抛到了香港，出生地万隆又无法回去，不管是为了形而下的生存还是为了形而上的追求，他都必须接纳、适应并

---

① 关于陶然小说的论述主要参见计红芳：《无根旅人的身份建构——陶然的小说世界》，《常州工学院学报（社科版）》2008年第4期。

② 计红芳：《无根旅人的身份建构——陶然的小说世界》，《常州工学院学报（社科版）》2008年第4期。

融入这个地方。度过了艰难的不适应期后，陶然很快摆正心态，把视线投向香港的现实生活，逐渐弥合与香港的距离感。陶然自己承认道："我比较多地把注意力放在当下香港的生活场景中去，是因为对香港身份的认同，不论爱还是恨，其立足点还是在于坚实的香港土地。"①

随着陶然对香港都市的理解，商界风云、娱乐界争斗等具有香港都市特色的题材蜂拥至陶然笔下，且越写越娴熟。我们欣喜地看到陶然在逐渐认同香港，反之香港也在慢慢接纳陶然。经过几十年的拼搏，陶然已经是《香港文学》的总编辑、香港作家联会的执行会长，不仅在香港、内地，甚至在全世界华人圈内都很有知名度，并不遗余力地推动香港文学乃至全世界华文文学的发展。不仅如此，陶然在文学之路上默默耕耘了 40 多年，他的成绩有目共睹，从小说、诗歌、散文到散文诗、小小说，除戏剧外，他各种体裁门类都尝试过，并都取得了相当大的成就。

香港是个典型的商业社会，其政治、经济、文化、意识形态等都无一例外地被烙上了商业的印痕。对于力图通过客观再现香港社会世事百态来把握和表现香港社会本质的陶然来说，你死我活的商战世界既是整个香港社会生活的核心，也是一个重要的、不容忽视的题材。某种程度上来说，对商业题材把握得成功与否可以看出作者熟悉并融入香港的程度。初到香港的陶然觉得商业题材很难把握，毕竟商场经验对于他来说只是间接的，内地社会主义教育对资本主义金钱社会的刻骨仇恨使得他在刚驾驭商业题材时显得有点观念化、简单化，随着他对香港熟悉程度

---

① 陶然：《写作中的香港身份疑惑》，《香港文学》2004 年 3 月号。

的加深，此类题材写来就得心应手多了。陶然说：“开始的时候，由于我初来乍到香港，在新鲜感之外，由于自身在北京所受的教育，也由于本身在茫茫人海中彷徨无助的处境，心中难免不平衡，对于香港的种种社会现象，便带着批判眼光。”① 以中长篇小说为研究对象，陶然最早涉足商战的长篇小说是写于1977至1978年间的《追寻》，后来的《一样的天空》（1997年）、《没有帆的船》（1998年）等延续了此类商战题材。从开始创作到二十世纪八九十年代，陶然商战题材的作品越写越娴熟，技巧越来越精湛。

中篇小说《追寻》以一个不务正业的“天堂旅行社”作为故事展开的空间，以柳成林、孙启从两个主人公进入旅行社后不同的人生轨迹为线索，把商战世界的勾心斗角和不择手段淋漓尽致地展现在读者面前。小说结尾孙启从“赔了夫人又折兵”，女友被他送入包公子虎口，最后自杀；而他因和老板娘做的坏事东窗事发被抓了进去，柳成林和张洁怡则迎着春天的阳光缓缓走去。显然小说的理想化痕迹较重，但无论如何，《追寻》是陶然书写商业香港的良好开端。到了长篇小说《一样的天空》，它深化和发展了陶然小说通过商场争斗揭露尔虞我诈的黑暗现实、批判人情淡漠、人性丑陋的一贯主题，是此类题材小说的代表作。在其中，陶然对主人公陈瑞兴和王承澜生存其中的商业语境进行了出色的概括和言说。一方面，风云诡谲的商场竞争是其背景；另一方面，这种背景式语境又决定和影响着主人公悲欢离合、酸甜苦辣的生存心态，

① 陶然：《走出迷墙·后记——世俗凡尘的故事》，见《走出迷墙》，上海：上海古籍出版社2004年版，第305页。

被评论家吴义勤称为“商业语境中的生存独白”①。小说世界中的商业语境是一个伦理道德、价值观念崩塌的语境。在这里，金钱至上，文化无用，人性扭曲，只要能赚钱就是英雄好汉。在商场上，“我不吃人家，人家必会吃我，既然没有调和余地，我宁可当虎狼，也决不做羔羊”，亲情被泯灭，道德被篡改，小说中的陈瑞兴自认：“我纵横商场做生意时有一个坚守的原则便是六亲不认。”

在这巨大的金钱网络中，人性中最闪光的友谊和爱情被颠覆得面目全非。在商业语境中，“有钱赚就有友情，没钱赚就是无情”，置身在这样的语境里王承澜和陈瑞兴的友谊自然是走投无路。《一样的天空》②这部小说的核心内容是陈瑞兴和王承澜两位朋友的现实交往和历史友谊。学生时代的他们是无话不谈的密友，刚到香港的陈瑞兴和王承澜彼此关系仍然十分密切，正如王承澜所言：“学生时代的好朋友，最是难忘，即使心在艰难的生活道路中因备受颠簸而变得粗糙起来，但一旦回忆起单纯岁月所结下的纯洁友谊都会顿生柔情。”然而这种友谊早已经不起商业语境的强烈冲击，经过多年的打拼钻营，陈瑞兴已经成为香港屈指可数的大富豪，而王承澜却仍然在一家报馆里当小编辑“捱世界”。虽然在主观上陈瑞兴很珍惜这段友谊，但发展空间的不同导致他们的世界渐行渐远，陈瑞兴说：“承澜以前既是我的知己，一个脑袋都可以交换的朋友。但现在？怕也难说。其实我主观上并不想与他疏远，但人在江湖呀！他有他的圈子，我也有我的圈子，彼此生活范围不同，香港的节奏又那么快，交往自然也少，友情就淡了。”多么

① 吴义勤：《商业语境中的生存独白——评陶然长篇小说〈一样的天空〉》，《当代作家评论》1994年第6期。

② 陶然：《一样的天空》，北京：人民文学出版社，1997年版。

真实而又残酷的商业香港。不仅友情，爱情也已褪去了诗意光环。在这个“笑贫不笑娼”的商业社会里，英雄莫问出处，只要腰缠万贯，自然可以毫无束缚地打情骂俏，“你出钱我献身”，诚如陈瑞兴和方玫之间的爱情游戏。正如方玫所说：“我对他有戒心，也相信他对我一样有戒心。我们在某些方面互相吸引，但却并非全心投入，彼此小心翼翼地合演走爱情钢绳。”商业语境中金钱的力量如此巨大，整个世界在它面前也不由得黯然失色。

精彩纷呈的娱乐风云就是另一种形式的商场争战，在这个似乎没有商业硝烟的空间里，各种生死搏斗上演得同样惊心动魄。在陶然的笔下，娱乐题材也是他透视和洞察香港商业社会本质的一个艺术窗口，艺人们相互倾轧的生存状态和娱乐界人性吞食的丑恶本质，在陶然的《今天不回家》《旋转舞台》《巨星》《心潮》等作品中得到了淋漓尽致的展现，原来娱乐界并不是表面上的光鲜亮丽，一旦剥去炫人眼目的神秘光圈儿，它与“商场”的本质同样黑暗血腥。

中篇小说《心潮》（1982 年）可说是陶然娱乐界题材小说的代表作。天真、浪漫、单纯的林璧君与多才英俊真诚的曹惠明在学校时是一对令人羡慕的恋人。毕业以后的林璧君怀着对演艺界的无限向往，热情地投身于香港小姐的选美大赛而一举成名，从此一脚踏进娱乐圈的泥潭，越陷越深。在灯红酒绿、玩世不恭、追求享受的生活方式面前，林璧君很快就坠入了黑色染缸，从此与恋人曹慧明越走越远。如果说在大导演余立夫以主角为诱饵的情色交易中林璧君她还保持了尊严、人格的话，那么在其后的名利、欲望、荣光、金钱的诱惑之下，她很快熟谙各种潜规则，在演艺界变得越来越如鱼得水。在这样的黑色染缸中，正常人性扭曲，美好爱情灰飞烟灭。林璧君最终为了“贾俊生背后的金山银海”弃曹惠明而投怀送抱嫁给了贾俊生。然而，爱情婚姻并没有如她所愿那么幸福，游戏人生的贾俊生很快另有新欢，她还常常受到老色鬼贾俊生父亲的无耻纠缠，只能独自含恨饮下自己酿造的苦酒。陶然通过林璧君的叙述视角展现了娱乐界五光十色的生活形态和黑暗内幕，把林璧君由天真向往到热情投入到失望痛苦的心路历程刻画得淋漓尽致，从而形象地揭示了人性和情感是如何被腐蚀殆尽的。

另外，在陶然的故事新编中，他一如既往地把理性批判的触须伸向香港的商界、警界、娱乐界等领域。更为重要的是，陶然把“香港”作为其故事新编的主体元素，从某种意义上来说彰显了作为南来作家的陶然其中原心态的慢慢消解以及逐步香港化的内在演变。从1988年11月的《美色》至今，陶然小说故事新编的历程某种程度上也恰是他触摸并省思香港的小说式记载。来自传统文本里的故事，在陶然笔下，被赋予鲜明的香港特征，传达出现代的香港经验。和鲁迅故事新编不同的是，陶然借助于佛教轮回观，让古典小说里的人物穿越到香港的商界、警局、娱乐界等现实环境中去体验香港各个层面的社会生活，并通过古今差异和时空错位来拷问现实香港伦理道德的变态和人性的丑陋。代表作品主要有《惑》《砍》《反》《美人关》《一笔勾销》《再度出击》《黑旋风卷上太平山》等。

陶然故事新编重写的人物主要来自《三国演义》《水浒传》或其他历史演义、传说中众所周知的英雄，出现频率较高的是关羽。香港人特别崇拜关公，特别是生意人和警察，因此选择关羽本身就说明陶然对香港生活经验的透彻把握。在《摩登关二爷》(1994年)、《无头客追杀蒙面汉》(1994年)、《砍》(1995年)、《美人关》(1999年)、《一笔勾销》(2004年) 等作品中，关公投胎转世，有时是一个复仇者，有时是公司职员，有时是一个怀旧的情人，有时又当上了香港警察。《一笔勾销》和《砍》中陶然凸显的是作为忠义象征的关公来到香港、面对现实的种种尴尬遭遇。关羽正义和勇敢，但由于他居功自傲，因此也就成为仇家陆逊和大哥刘备的心腹大患，最后成为经济衰退时公司裁员的牺牲品。关羽的悲剧一方面说明他的顽固不化难以适应当代社会的发展；另一方面，陶然借此揭示了商场无情的真实性和赤裸裸的功利性。《摩登关二爷》写关羽死后投胎还记着前世的教训，除了不再居功自傲、刚愎自用，还特别注意绝不接受小恩小惠。关二爷的今世是一个差人，他时时在"忠义"和"不忠义"之间困惑着。"忠义虽然令人仰，但许多时候却也顶不了什么。现在的社会，什么都讲利益关系，有时不那么忠义一下，也无伤大雅吧?"香港商业社会的世俗风情让这一位曾经叱咤三军、令敌人魂飞魄散的关二爷也不由得开始变得谨小慎微起来。《美人关》中关羽经过陶然现代笔墨的点染竟有了别样的经历。他投胎转世香港是为了寻找杜氏，虽然忘不了国家兴亡、也爱慕荣华富贵，但关羽最难忘的还是魂牵梦绕的美人杜氏。陶然重新解释了关羽之所以能身在曹营是因为曹操夺走了他心爱的杜氏，作者用关羽的"情深似海"讽拟了原有的"义薄云天"，把神化了的关羽重新人性化，英雄还是难过美人关啊。经典被颠覆了，而人物却更加鲜活了。

陶然十分痴迷于解构古典小说经典，浓墨重彩描绘最具香港都市特征的商界和娱乐界，不断拷问金钱背后人性的沉沦。《惑》（2006 年）是陶然创作的另一个故事新编。总经理李儒终于无法抵制活色生香的美女的诱惑，为貂蝉的眼波流转、笑靥如花而意乱情迷，然而貂蝉是董事长也是自己岳父董卓的"私人生活秘书"，纵有天大的胆子也不敢乱了身份，但他心里极不平衡，"我忠心耿耿给你董家当谋士在香港商场打出一片天下，也只不过争得个总经理的位置”，而吕布年纪轻轻就被董卓邀请入董事会任执行董事，“如今是收获时期你就让外人把头压在我头上，这世界还有没有天理?”权、钱与色都是李儒渴望至极的东西，无奈可望不可即。身份的约束使他无法与岳父对抗，更无力与吕布相抗衡，只能于欲望、权力和身份的困惑和焦灼中苦苦挣扎，或者做些阿Q式的“白日梦”:“总有一天，你貂蝉也终须在我的怀里娇喘。”

《反》[①]（2006年）揭露了娱乐界经纪人盘剥歌手的残酷无情。风水轮流转，“刘邦娱乐”公司的歌手韩信没想到今日能发达，后悔当初糊里糊涂地被骗签订了“本人韩信与师父刘邦立约，以后走红，同意终身给师父抽佣百分之二十”的合约；后悔当初没听相士蒯通之言把心一横，反出刘门，自立门户，或者倒向“项羽娱乐”，围剿刘邦。昔日用兵如神的元帅也好，现今天王歌星也罢，顶头上司刘邦和老板娘吕雉始终是韩信命中的克星，虽为刘邦打下半边江山，但说到底，正如刘邦所言:“我是商人，利益就是一切，谁跟你讲甚么义气?”娱乐界如商界，商界如战场，利益法则高于人性法则，韩信不得不屈从，除非不顾一切反将出去，但碰得个头破血流也未可知。仔细阅读陶然的故事新编，我们不难发现，当古典英雄跨越时空来到香港现实社会，要么溃不成军，要么同流合污，深刻揭示了商业语境中欲望化、金钱化的香港都市对人性压制的强大力量。

无论是商界还是演艺界，取材于现实还是历史，陶然触摸着香港，省思着香港，书写着香港。他是一位颇具社会意识的作家，从20世纪70年代到90年代内地和香港社会的重大历史变迁几乎都在他小说中得

① 陶然:《反》,《香港作家》2006年4月号。

到了迅速的反映和呈现，这使他的小说具有浓郁的时代感和很强的现实性。“九七”回归是香港整个八九十年代最为重要的政治话语，从 1982 年中英谈判到 1984 年《中英联合声明》发表再到 1997 年香港回归祖国，过渡期的港人一直关注着自身的前途未来和香港的文化身份问题。身为其中一分子，陶然自然也考虑自己的未来发展，但他思索更多的却是整个香港的命运。

他的中篇小说《天平》（1983 年）和《天外歌声哼出的泪滴》（1995 年）因较早地涉及了“九七”回归对于港人生存心理的影响这一敏感主题而引起了文学界的广泛关注，这本身也说明了陶然对香港与日俱增的情感。《天平》写于 1983 年 9 月，时值中英谈判刚开始，整个香港人心惶惶，很多港人想办法移民到国外，小说中黄裕思和杨竹英的爱情就受到移民潮强有力的挑战。在留港和移民国外的这架“天平”上，黄裕思倾向于前者，他觉得：“美国就算再好，也是别人的国家。何况，到了美国，也未必如意，许多人去了，还不是那样潦倒，那样无奈?”这确实道出了大多数港人认同香港的心声。但在部分人眼里，移民意味着好归宿，因此只要能移民，不惜采取任何手段，其中婚姻是能居留国外的最快捷的方式。杨竹英就是如此，为了移民，她的爱情天平就倾向了连福全。但也有一些人如林先生等移居国外又回流香港，因为“走遍天下，还是香港最好!”（《天平》）萧宏盛目睹这一切，更加理性、坚定地留在香港：“外国地方再好，也始终是外国人的。”（《天外歌声哼出的泪滴》）经过二十多年的观察、思考，陶然对香港有了一种情感上的体认。作为国际商业大都会，香港以其高度的物质文明引起世人瞩目，虽有许多不尽如人意的地方，但香港人包括从内地移居到香港的现已成为香港居民的那些人对香港已经有了一种家园的认同感和自豪感。黄裕思、萧宏盛的心态不也正是陶然香港意识的流露吗?

随着在香港居住时间的延长，陶然对香港的了解增加，情感愈加深厚。陶然自己说道："后来，'新移民'的身份逐渐为'老居民'所取代，心态也平和起来，比较能够用宽容的眼光看问题……香港既不是天堂，也不是地狱，是人间。正因为是人间，香港才有人间的一切好处和坏处；好好坏坏，我们也都只能接受了。"① 《人间》(1985年)似乎是以对香港神话或神化香港的颠覆来消解陶然的中原叙事心态的。作者通过一个从内地到香港探亲的外来人李俊扬的视角，表明"香港既不是天堂，也不是地狱，而是人间"的故事。在小说中，陶然好像始终是一个"隐含的作者"，默默地引导着我们听他讲述不同移民类型的人生际遇。有的早已被香港商业文化环境同化，如顾宣辉确立了以赚钱为事业的人生准则与信念，莫友光成了写稿机器；有的如王冠彬坚持理想宁愿固守清贫，拒绝异质文化的同化。作为处于异域各种感知对象中的聚焦者李俊扬，以外来者的眼光审视着与自我相隔膜的香港文化的固有缺陷，比如金钱统治下的香港退休与养老保险制的无安全感和人性异化、治安极乱现象，也对自我生长的内地文化的缺失进行反省，觉得和香港高效率快节奏的生活相比，内地确实存在一些弊端，从而表达了香港既非天堂也非地狱而是人间的意识。

几十年来陶然在逐渐理解和认同香港，香港也在包容和接纳陶然。时光如水，岁月如歌，心灵经由时光磨砺后由粗糙变为柔软，作家望向香港都市的批判目光也不再锋利。"那些在七、八十年代常见于小说中

① 陶然:《走出迷墙·后记——世俗凡尘的故事》，见《走出迷墙》，上海：上海古籍出版社2004年版，第305页。

的社会不公、物欲横流、商场欺诈、移民辛酸，随着年岁的渐长、阅历的增加、生活的相对稳定和逐渐融入香港社会而不再让他产生创作的冲动。对香港的众生相表现得更能隐忍和包容”[①]，因而流露出的香港意识越来越强。陶然说：“我虽然不是土生土长的香港人，但是我在香港足足生活了近三十年……对这个城市自然有感情……应该说，我的香港作家身份是无可置疑的。”[②] “无论飞到哪里，情思仍缠绕着香港。”[③]同呼吸，共命运，关注香港未来的发展前途，这是一个真正有“香港意识”的作家姿态。正如王绯所说，有着近三分之一世纪“老香港”身份的陶然，“他笔下的故事已深深植根香港”[④]。收录在《走出迷墙》里的“都市情话”和“都市传真”，就是关于香港的“情话”与“传真”，陶然不愧为一个文学的抒情圣手。

（二）北京情结的迷恋

陶然有过两次痛苦的放逐经历，内地尤其是北京留下了他青春、爱情的美好记忆，那积淀在内心深处的记忆以及13年民族传统文化教育的审美价值取向是他永远的爱恋。陶然说：“身在香港，却不断回望中国内地，那当然是源于在求学、成长期间不可避免的北京情结，而这种回望便有了一种比较、一种落差。但在这种状况中，自己的身份迷惑，

---

① 颜纯钧：《爱情的悼亡诗篇——评陶然近年的小说创作》，《小说评论》2001年第2期。

② 陶然：《写作中的香港身份疑惑》，《香港文学》2004年3月号。

③ 陶然：《绿丝带》，香港：和平图书有限公司2004年版，封底。

④ 王绯：《颠来倒去：陶然的都市情话》，见陶然：《走出迷墙》，上海：上海古籍出版社2004年版。

便有意无意地彰显出来。”①

陶然有着难忘的北京情结，13年北京生活的经历对他来说可谓刻骨铭心。在那儿，陶然度过了高中和大学时光，这是人生观、价值观形成的重要时期，也是爱如潮水的青春年代。本以为此生能和心爱的人一起，成为令人骄傲的北京人，可是造化弄人，他再次被迫迁移香港。16岁时满怀爱国热忱奔向祖国的怀抱，寻求“家”的温暖，可是13年后却又要远走他乡，而这时万隆早已是尘封在记忆中的遥远的故乡，无法回去也不想回去，陶然只能忍痛斩断情缘再度漂泊来到人生地不熟的香港独闯世界。这段铭心刻骨的北京生活，给他以后的创作留下了深刻的烙印。

这不仅体现在北京这个场景经常出现在陶然的小说创作里，有时扩展至内地各个地方，更多的是那欲说还休的“北京情结”，如《与你同行》(1994年)、《天外歌声哼出的泪滴》(1995年)、《岁月如歌》(2001年)等。爱情在香港和北京两地来回展开，当作者的笔触及北京时，那绵绵的情感就汩汩流淌，生活了13年的北京留下了他青春、爱情的印迹，陶然怎能忘怀？钱虹认为，陶然笔下的主人公“往往总是难以摆脱作者个人生活经验、情感触须的羁绊，其言行举止有形无形地显露出作者本人的某些气质和性格的烙印”②。《与你同行》(1994年)这部长篇小说以华侨子弟范烟桥由香港赴北京参加母校校庆的经历和心理活动为中心内容，通过主人公范烟桥伤感而深情的内心独白和独白中的回忆，抒写他与学生时代的恋人章倩柳长达几十年的爱情中的悲欢离合，再现

① 陶然：《写作中的香港身份疑惑》，《香港文学》2004年3月号。

② 钱虹：《都市里的浪漫与抒情》，《评论和研究》1996年第1期。

了 20 世纪 60 年代到 80 年代内地和香港的历史和现实生活状况，透过漫漫岁月展示内地社会的巨大变迁和高度商业化的香港都市世情。陶然自己说，这是“一个心爱的题材”，他在《后记》中写道：“一个大时代，一群小人物。可以说，这些都是我所熟悉的人事。”① 正因为如此，作者本人的生活经历和情感经历不由得投射在主人公范烟桥、章倩柳的身上，小说成了他青春爱情和放逐经历的见证。而“北京情结”成为他生活与创作抹不去的痕迹。

陶然通过对逝去纯粹爱情的追忆来否定香港现实社会情爱的功利，通过深情回望把旧日柔情抹上异域色彩，从而协助自己的现实生存。纯粹唯美的爱的心灵撞击与坚守如同一剂强心剂，使人从业已疲惫麻木的灵魂中苏醒过来，再度焕发生命的激情。《与你同行》诉说着昨日往事，人生是一条单程道，失去了永不再来，但那“北京情结”却永远抹不掉了。“你摇了摇头，好像要摇掉一切苦涩和甜蜜的记忆，不料，不仅没有摇掉，倩柳又悄然地望着你，似笑非笑，似怨非怨，说不尽那眉眼间的万语千言。那眼波又好像变成一层层的浪，慢慢的，柔柔的，静静的，无声无息地把你轻轻淹没了。”倩柳成了他抽象的“北京情结”的具体显现。

从陶然小说的外在形式来看，北京求学经历、大学刻骨铭心的爱恋以及个人几次被放逐的生活经历时常在他的作品中闪现，然而我们可以看到的是，那些潜隐于文本表层下的经典现实主义的叙述方式以及偏向于暴露和批判的审美形态。二十世纪七八十年代，和同时期其他小说家一样，陶然的小说从结构到语言到风格都不同程度地留有“经典小说模

---

① 陶然：《与你同行·后记》，上海：上海文艺出版社 1994 年版，第 232—234 页。

式”的痕迹，而所谓“经典小说模式”也就是指情节为主的结构、全聚焦的叙事视角等。当个人化的经验一旦被经典的叙述模式所束缚，便会显露出结构或文体的单调与拘谨，无形中便会损害作者的创作个性，于是便有了以后小说叙述的突围。

和其他一直生活在内地的作家一样，在北京度过高中和大学时代的陶然接受的是和国家主流意识形态一致的社会主义教育，对金钱和资本有着深刻的认识。金钱是万恶之源，对金钱欲望的贪婪是资产阶级腐朽落后思想的体现等，这些不仅作为真理写进政治、经济的教科书，而且通过以学校教育为主的各种渠道化为时代的集体共鸣，并化作主流意识形态的权力话语体现在中外文学史的阐释中，这些都不自觉地影响并构成了陶然写作的叙事指向。中国有着几千年古老优秀的民族文化传统，而北京的传统文化底蕴非常深厚，民族古老的文化对于陶然有种莫名的吸引力。当个体生命独自走向社会的时候，对民族文化传统的感悟与体认积淀在陶然的意识深处，也凝结在他的小说世界中。从文学滋养来看，古今中外的文学作品都应该是取之不尽的资源。但在政治运动频繁的时期，大学里教的大部分是问题意识比较重的现实主义作品。虽然偶然的机缘使得陶然看了很多 18、19 世纪外国的批判现实主义、自然主义、浪漫主义的小说禁书，但接受比较多的还是以“五四”“为人生”的文学传统延续下来的重视情节和结构的经典现实主义的叙述手法，这对刚开始创作的他来说无疑是最合适也是最可以直接借鉴的范式。

陶然的文学思维重心主要集中在社会现实问题的执着关注与思考。中国儒家传统文化形成的美善相济的知识分子品性和价值判断尺度，使他在面对社会问题时无法采取逃避的态度，而是直面现实，悲悯人生，批判黑暗和不公。由于陶然是半途迁至香港生活，比起土生土长的香港人，开始时对香港没那么熟悉，只是抱着好奇的态度，觉得香港光怪陆离的生活正是写小说的好题材。所以刚开始创作的陶然自然十分关注底层小人物的生存困境与卑微人格，诉说人世间的不平事以及对金钱、欲望化病态社会的揭露和批判，与此相适应，情节冲突为主的全聚焦叙述是陶然最容易上手的叙事角度。二十世纪七八十年代陶然的小说大多采用全聚焦的批判现实主义手法，对香港社会的世态炎凉、小人物生存的艰难进行了客观的写照。如《冬夜》（1974 年）主要写的是一个从内地移居香港的底层的餐厅打工者的辛酸遭遇。张诚和廖化原是内地求学时期的一对老同学，然而世事变迁，造化弄人，张诚沦落到香港成了一名底层打工人员，而廖化却已成为香港红极一时的大明星了。最戏剧性的情节是，明星廖化来到了老同学张诚打工的餐厅用餐。老同学不仅拒不相认昔日老友张诚，而且在用餐完毕后塞过来一笔小费，这让张诚感到尊严尽失、人格受辱，昔日温情彻底冷却，在这样的“冬夜”里显得更加寒冷彻骨。之后陶然一直延续着这条现实批判、人性变异之路，创作了如《一万元》（1980 年）、《蜜月》（1980 年）、《心潮》（1982 年）、《视角》（1983 年）、《网》（1983 年）、《追寻》（1984 年）等一批为金钱所困的批判现实主义的故事。《一万元》中的简慕贞为了能和男友顺利结婚，却掉进了经理设好的圈套，贪污了一万元存款；《蜜月》中的田宝杰为了还结婚所借的高利贷，到澳门赌场想碰运气拼死一搏，却反而落了个和妻子赌场示众“真人表演”的、毫无尊严的悲惨结局。作者通过一个个小人物的悲惨故事，不仅揭露和批判了商业社会的冷酷无情，同时也对金钱至上的商业社会对人性的扭曲变异做了深邃的剖析和犀利的批判。从某种程度上来看，这些小说确实还存在一些观念化倾向，为了突出资本主义制度的罪恶、商业社会的利欲熏心、人情的冷漠自私，小说中塑造的人物形象往往善恶分明，性格相对单薄，有些故事结尾太过天真和简单化，这多少削弱了小说的思想深度和认识意义。这些都表明了传统批判现实主义小说的深刻影响在陶然早期作品中的反映，显示出初到香港的陶然香港本土经验的不足。

历史在向前发展，陶然的系列小说比之二十世纪七八十年代的小说有了很大的变化，少了些犀利的批判，而多了些人间香港的关怀，并把文学思维中心主要放在对人生、爱情的感悟和对时空、岁月的无力把握上。但陶然的理性批判精神在他开辟的故事新编中得到了延续，主要收录在小小说集《表错情》(1990年)、《美人关》(2000年)中。陶然改变了自己以往专注于现实人生的取材套路，涉足历史题材，借取历史人物的形和神，让他们穿越时空隧道往返古今，或托胎转世来到当代香港体验人生，却惊觉自己已无法被商业社会所容纳。陶然通过文本嫁接颠覆或者“重煮”古代文学经典，从而展开其深邃的人性挖掘和社会批判。

在陶然的故事新编系列中，那些在《三国演义》《水浒传》《西游记》等古典名著中为人熟知的英雄好汉被作家以时空超越的游戏方式置于现在的商业社会中。《徇私华容道》《摩登关二爷》《无头客追杀蒙面汉》《黑旋风卷上太平山》《轮回岁月》《虎将》等作品中主人公从前生活的世界和他当下复活转世的世界构成了一对矛盾，他们的无所适从或者异化寓言化地阐释了商业法则与人性法则的矛盾。而他们身上那些古老传统的人格精神与优秀品质，却在消费社会文化的冲击下显得进退两难，荒诞可笑。如《黑旋风卷上太平山》(1994年)中李逵一觉醒来已是一千多年后的香港，他的铁拳虽把两个捕快打翻在地却不得不躲避现代枪弹的射击。而他在树林中正好碰到了两个密谋打劫者，一跃而起时又有了从前梁山好汉的感觉。小说旨在说明历史虽然已过去一千多年，但现实却惊人地相似，恶人当道，贫富不均，李逵再生依然可以重操旧业。作品荒诞的形式背后有着作家沉重的思考和严肃的现实批判精神。

陶然小说对香港的再现，一方面暴露了商业社会中人性的扭曲和真相的荒诞，比如勾心斗角、唯利是图以及物欲和情欲对人性的异化，但另一方面，我们还要看到，陶然的香港想象和书写确实还带有一些使命意识。在陶然的故事新编小说中，“繁华热闹、引领潮流、商业盛行和多元共存”的香港形象确是一个贫弱的存在，而呈现在读者面前的主要是“尔虞我诈、无情无义、任人唯亲、满身铜臭、人性沉沦”的形象。周佩红指出：“陶然以一种近乎直觉的敏感，准确地捕捉到笼罩在香港这个商业化社会之上的巨大阴影——金钱，以及这一特殊而基本的‘情结’在人们生存行为和心态情绪中的主宰作用。”① 无疑，这跟陶然所受的社会主义教育的使命意识和作家的责任感有着极大的关系。朱崇科认为：“这其中可能隐含了作家作为一个外来者融入本土的艰辛、失望等寄寓，和反过来恰恰表明了作者力图本土化的尝试和努力，却同时又形象地反映出作家的中原或失意心态仍未彻底消解。如果我们比较作为南来作家逐步转化为本土作家和已经完全本土化的西西、也斯相比，陶然还是显示出了勾画香港的部分暴力倾向。”② 如此解读确

① 周佩红：《商业文化背景下的心态剖析——谈陶然的小说创作》，见曹惠民：《阅读陶然：陶然创作研究论集》，北京：北京师范大学出版社 2000 年版，第 142 页。

② 朱崇科：《现实主义的承继及限制——论陶然的故事新编小说》，《当代作家评论》2005 年第 4 期。

有道理，但重要的是陶然借助于故事新编来揭示人性的贪婪、异变，“描摹人性”是他始终不渝的艺术追求，这也是陶然小说的艺术魅力之所在。

二、旅人经验的书写

陶然一方面逐渐认同香港，对香港的情感与日俱增，一方面又频频回望内地，割舍不断中原情怀，香港对于他来说只不过是一个落脚地。正如王绯所说，陶然“是一个永远地被放逐出家园的无根的旅人，一个经过了漫长漂泊、孤独和疲惫的心灵历炼，最终在香港落下脚的旅人”①。内地也无法成为陶然重建自己文化身份的精神依归，他在香港与内地甚至全世界之间游走着，是一个中原情结与本土心态纠结最为突出的作家。

(一) 无根旅人的漂泊

陶然有三重故乡，即出生地印度尼西亚万隆、成长地北京和定居地香港。1960 年，为了摆脱种族歧视，带着“壮士一去兮不复还”的悲壮和对祖国的赤诚，16 岁的陶然毅然孤身一人漂洋过海，回到久已向往的祖国，在古都北京度过了他的高中时代和大学时代。孤寂的陶然流浪在北京，饱受人情冷暖，本以为可以完成身份的转换，从饱受歧视的外侨身份转变成为一个真正的中国人，不料由于那所谓的“海外关系”

---

① 曹惠民：《阅读陶然：陶然创作研究论集》，北京：北京师范大学出版社 2000 年版，第 198 页。

(其实陶然本是广东蕉岭人，出生在印度尼西亚而已)，在“文革”那个充满政治话语的时代受尽歧视，令陶然再次感到绝望。绝望之余他只能无奈逃离已经成为生命中十分重要而熟悉的北京，自我放逐到陌生的香港。陶然说：“原居地已经不再接纳我们，而且从文化层面而言，在北京所受到的中国文化熏陶已经根深蒂固，如果回到当时华文被禁的印度尼西亚，连华文报刊都看不到，更别说创作了，那我觉得精神会极度孤寂，即使物质生活可能相对较佳，但却弥补不了文化上的空虚。我想，假如我一直在印度尼西亚生活，从未离开过的话，我应该也像许多留在当地的华人一样生活下去，不会有什么反差感觉。可是一旦离开了原有的生活轨道，要再回去，这才发现原来已经习惯的生活秩序再也不能适应，这是一种吊诡，也是一种身份迷惑。”① 这种身份迷惑也同样适用于久居香港以后，又无法再适应内地生活的陶然。

印度尼西亚是回不去的异国他乡，而香港对于当时已经 30 岁的陶然来说无疑又是一个新的世界。而他是带着被香港本土居民所歧视的另一种身份即内地移居的，身体和灵魂的放逐需要极其坚强的毅力才能支撑，而陶然挺过来了，并且有了斐然的创作成绩。即便如此，他的身份焦虑从没有消失过，陶然说：“身在香港，却不断回望中国内地……即使我已经是香港的老居民，或者说是地道的香港人，并与香港共荣辱，或者与香港共命运，但由于自身的经历，总是有些外来的因素，或者说是参照物，对于我的小说创作产生影响。不但是中国内地，甚至印度尼西亚的童年和少年生活，也不时会在我写作时闪现。这时，我对我的身

① 陶然：《写作中的香港身份疑惑》，《香港文学》2004 年 3 月号。

份便充满了疑惑。”①

陶然坦言自己在创作时遇到的身份尴尬，这应是大多数南来作家面对的难题。中原心态和香港经验的纠缠，身份的飘忽不定，造成认知的迷惑和焦虑。和新移民一样，陶然努力弥合距离，逐步认同香港，某种意义上陶然已经是个真正的香港人了，但我们会发现，他像一只“没有帆的船”，不知自己的停泊地在哪儿。正如《海的子民》（1984年），虽然是写越南难民的遭遇，但它悲怆地反映了新移民身份迷失、漂泊无着的感觉。小说讲述偷渡的船民逃离故乡寻找新的家园。主人公阮文进、范玉萍付出了几乎是倾家荡产的代价，变卖了五金店凑成二十两黄金才交齐了给蛇头的偷渡钱，悲惨的是，漂流的船遇到了海盗，他们被洗劫一空，美丽的玉萍被海盗污辱并丢了性命。这时小说写道，大海茫茫，没有身份证的阮文进不知道“这以生命做赌注的航行，有没有一块陆地可以做终点”②。空间的迷失结合着身份的迷失，新移民背井离乡，无止境地漂流下去，何处是停泊地？“是一种漂泊感吧？既然已经漂到香港，只能面对现实。人生地不熟，既没有被承认的学历，又没有任何社会关系，他的根不在这里。他好像是半途中闯入的无头苍蝇，只能到处乱窜。他不知道前途在哪里，不知道自己将会在什么地方安顿，甚至也不知道自己的命运。”（《岁月如歌》，2001年）已是人到中年的香港老居民宗声依然觉得前途茫茫。人生无常，生命虚幻，一转眼已是中年，再打一会儿盹，“一睁眼，便已经是万家灯火的黄昏”。对竹瑗的爱情留恋，无疑是对生命、岁月的留恋。时光不可倒流，爱情不能重

① 陶然：《写作中的香港身份疑惑》，《香港文学》2004年3月号。

② 陶然：《陶然中短篇小说选》，香港：香港作家出版社1997年版，第285页。

新来过，只有那破碎的心在回忆和思念中独自黯然神伤，把自己丢进无边无际的苦海。

海德格尔（Martin Heidegger）曾说过："所有按灵魂的意义活着的东西，都贯穿着灵魂之本质的基本特征，贯穿着痛苦。凡有生者，皆痛苦。"① 活着就是痛苦，更何况经历几次放逐呢？陶然虽然已在香港站稳脚跟并生活了很久，但两次生命的放逐给陶然带来身份认同的困惑和焦虑，心中常有无根之感，因而那种漂泊无依感、身份迷失感常常在他的作品中回荡盘旋。

（二）移民的身份焦虑

和大多数新移民作家一样，陶然也有着深刻的被放逐的移民体验。这种体验使他对于香港下层社会的生活充满了同情和理解，也使他不自觉地把对香港移民悲惨遭遇的描写当作了他小说创作的起点。之所以如此，正是因为他感同身受着移民的辛酸苦痛，面对两地不同社会制度下迥异的价值伦理观念，他无所适从。内地社会主义教育下对资本主义弱肉强食、贫富悬殊、奢靡腐烂的生活有天然的批判，到达香港后没想到拜金主义对人性的腐蚀严重到如此地步，陶然用笔揭示出新移民在两地经验、两种观念冲突转换时的困惑和挣扎。他的处女作《冬夜》（1974年）就是如此。主角张诚以及那个已经成为大明星的廖化就是从内地移居到香港的新移民，它以香港的餐厅为背景，以香港底层在餐厅打工谋生的小人物张诚为主人公铺展故事，老同学廖化的拒不相认，就使他深

① ［德］海德格尔：《在通向语言的途中》，孙周兴译，北京：商务印书馆1997年版，第50页。

刻体味到香港社会人情、世态的冷酷炎凉，揭示在资本主义社会中友情薄如纸的本质。可以说，《冬夜》是陶然用笔去描写香港移民世界、书写移民身份困惑的一个良好的艺术开端。从此之后，陶然以极大的艺术热情开始了对于香港移民生活的体认、捕捉、感悟和书写。

从一个地方移居到另一个地方，人生地不熟，且与原有的朋友、家庭以及传统习俗相隔遥远，不仅需要移居者默默承受新的文化环境带来的心理压力，还要遭遇更多更深的异域文化固有缺陷的折磨。于是在一个不太和谐的社会文化环境中，移民很容易会产生孤独情绪，从而引出移民“身份焦虑”的世界性难题。很多南来作家由于其放逐的人生遭际形成了他生命中无以摆脱的“移民情结”，它们在南来作家的小说叙述中起着非同小可的作用。

陶然的移民情结被作家“溶解”在作品中，酿造出一个又一个底层文化迁移者的故事。陶然注视着这些背井离乡的移民，以最大可能地贴近人性的情怀，讲述着每一位移民的遭际和苦难，特别是“做移民而不得”的艰涩。在陶然的小说里，新移民生活呈现出它巨大的悲剧性。作为一个特殊的阶层，移民背井离乡来到陌生的香港，这是一次“无根”的迁徙。而香港社会又是一个竞争激烈、弱肉强食的世界，移民们原有的人生观、价值观都受到了前所未有的冲击。外来移民首先要解决的是物质层面上的生存，然后是精神层面上乃至哲学层面上的身份认同和自我存在。可是新移民在香港的社会地位极其低下甚至毫无地位，使广大移民特别是那些非法移民不得不在歧视和压迫中艰难求生，他们生存的惨烈和非人化在陶然的小说里都得到了极为真实的表现。

《视角》（1983 年）通过在澳门赌场做护卫的丈夫钟必盛的视角来透视同在澳门赌场做事的妻子冯玉珍为了生活每天对着赌客强颜欢笑，

有时候不得不逢场作戏。这让自尊心极强的钟必盛很没有面子，特别是作为男人却无力保护心爱的妻子而更加感到屈辱，这使得他陷于生存和情感的双重焦虑中不得自拔，终于演变成了一场生死悲剧。《窥》（1990 年）中的女主人公明仪是一个偷渡者，没有合法居民身份。因此，她不得不委身于有妇之夫慎鸿来获得在香港的立足之地。变态狂房客赵长贵利用明仪见不得光的身份经常偷窥他们的私生活，而且还变本加厉地威胁和强暴她。终于明仪忍无可忍，用锅铲打死了赵长贵。这又是一场生存焦虑压抑下的生命的挣扎。这是一群想做移民而不得的小人物，故事中的悲剧都是在艰难生存、生活煎熬下人性扭曲的极端反映。移居香港的这些小人物，他们所置身的非人境遇时刻剥夺和侵蚀着他们的人格和尊严，使其只能在黑暗中苟活，受尽精神折磨，灵魂漂泊无依。

身份和身份的重建都需要诉诸意义解释，而自我尊严和人格是自我身份确认的重要前提。其实在很多情况下，自我认同和他者认同是很难分清的，彼此相辅相成。就自我认同而言，首先强调的应该是尊严、人格、心理、意义归属的确定性、统一性和稳定性。当个体丧失了自尊，也就没有了身份归属感，导致精神极度焦虑直至崩溃。《蜜月》（1980 年）中的田保杰和汪燕玲夫妇，虽苦苦挣扎着结了婚，却欠下了一大笔婚债。抱着侥幸心理，蜜月之旅去澳门赌场碰碰运气，但幸运之神怎会降临？为了偿还高额赌债，他们被迫当众表演活“春宫”，在这个黑暗而恐怖的仪式中，他们的爱情、幸福、尊严全都在一浪高过一浪的狂热而淫荡的笑声中被埋葬了。人生的悲剧莫过于把有价值的东西撕毁给他人看，这样的生命之重田保杰夫妇将来如何承受？

陶然小说中，很多女性不惜以青春和身体作为代价来换取进入香港的门票。因为没有合法的居民身份，偷渡来的女子只能被卑鄙猥琐的老男人偷窥私生活（《窥》，1990 年），或者被别有用心的警察跟踪至家用肉体交换偷偷居住香港的身份（《身份确认》，1997 年）。在女性的身体价值和合法正当的身份之间，好像不是用交换就能简单说明问题的，没有合法居住身份的偷渡女子在主动或者被逼失去自己尊严的情况下，依然无法找到自己的身份依归，只能飘荡在城市上空。如《红颜》（1990 年）中背负着“红颜祸水”罪名的女主人公阿霞嫁给了看似是经理实质是街头流动小贩的男人，终于实现了到黄金地香港的梦想。但即使有了合法的居住身份，她也没有实现自己的梦想。因了对“香港好男人和香港遍地是黄金想象”的破灭，还有人生自由的丧失，使得她不再想迎合丈夫的粗暴无理的性要求，以求挽回自己一点可怜的自尊，可是就是这点自尊要了她年轻而美丽的生命。她被丈夫扼颈窒息而死，化为一缕幽魂向北飘荡，飘离了褪去神话色彩的香港，魂归青山绿水的故乡。找不到身份归属的阿霞只能香消玉殒，魂归内地。

吴义勤指出，陶然不仅展示了移民的精神人格被黑暗生存吞噬的被动景象，同时还向我们展示了移民精神沦落、人格畸变的主动景象。他借用鲁迅当年在分析中国人的国民性时谈到的两类人：一类是暂时做稳了奴隶的人们，一类是想做奴隶而不得的人，借此来审视陶然笔下的移民世界，把它分为“做稳了移民的人和做移民而不得的人”①，类比得非常恰当。对于“做移民而不得”的人的生之艰难和心之苦涩，作家在艺术和情感态度上对之充满理解和同情，而对那些“做稳了移民”的人

① 吴义勤：《陶然小说的世界图式和艺术图式》，见陶然：《一样的天空·附录二》，北京：人民文学出版社 1997 年版，第 371 页。

则进行冷峻的批判。因为他们的人格和精神已经完全为金钱社会所腐蚀，他们不但没有那种丧失自尊和人格的痛苦，而且还以此为荣沾沾自喜。这些已经被异化的移民，成为漂泊主体的移民建构身份时的一个特殊的参照环境。新移民不仅要面对香港本土居民的歧视，还得忍受这些人格畸变的异化同类给他们带来的伤害。

陶然的处女作《冬夜》对于"狗眼看人低"不认昔日同学的大明星廖化的描写可以说最先向我们刻画了这类人物的嘴脸。其后《登陆以后》（1989 年）中趁火打劫恃强凌弱的豪哥、《门内门外》（1990 年）中遗弃表嫂的"表哥"、《龙吐珠》（1995 年）中告发龙有发的姐夫林家昌等，都是一些被金钱社会异化了的充满人性污浊的形象。而长篇小说《一样的天空》（1997 年）中的陈瑞兴则是这类移民的一个典型代表。他陶醉于金钱上的成功，周旋沉迷于女色中，所谓家庭、友情、人性、责任等等都被他抛在了脑后。在他身上集中体现了那些"做稳了移民"的人六亲不认、为富不仁的丑态和人性畸变、无恶不作的可能与可怕。这类移民进入香港后，很快适应新的环境成为"圈内人"，而另一些不妨称为"圈外人"，他们处于不能完全适应的状态，总是觉得仿佛处于当地人居住的亲切、熟悉的世界之外。那些"做移民而不得"的人无法回到以前那个安适自在的状态，更无法与新情境合而为一，这就是"圈外人"的生存悖论。他们好像是半途中闯入的无头苍蝇，只能到处乱窜，"不知道前途在哪里，不知道自己将会在什么地方安顿，甚至也不知道自己的命运"①，又"好像是大海中的孤舟，晃晃悠悠，快要给卷

---

① 陶然：《岁月如歌》，见《走出迷墙》，上海：上海古籍出版社 2004 年版，第 46 页。

到不知名的远处”①，体验的是一种不知道何处是终点的绝望，因为他们真的无“家”可归。

总之，不管是物质层面还是精神层面的存在，初到香港的陶然融合自身的放逐遭遇和移民的各种辛酸，揭露并批判资本主义社会中人性的畸变，凸显新移民的生存体验和身份焦虑。

三、抒情个性的呈现

不管是主动放逐还是被动放逐，都意味着将成为主流之外的边缘人，陶然从惯常生涯中摆脱出来，体验着孤独漂泊的旅程。但他没有因此而长吁短叹，而把边缘处境当作一种可以施展自己才能的境遇，不断激发出创作灵感，呈现出优秀的创作成绩。萨义德（Edward W. Said）说得好：“如果在体验那个命运时，能不把它当成一种损失或要哀叹的事物，而是当成一种自由，一种依自己模式来做事的发现过程，随着吸引你注意的各种兴趣、随着自己决定的特定目标所指引，那就成为独一无二的乐趣。”② 确实如此，两次生命的放逐经验，虽然给陶然带来身份认同的困惑和焦虑，但陶然把它们当作人生宝贵的财富，并内化为生命之活水，滋润着他的创作。香港经验和内地经验的并置，使陶然得到更好、更普遍的思考和表达的思路。对于自己的身份困惑，陶然认为：“从另一个角度来说，或许这也正是我的优势，可能有不同的切入点，

① 陶然：《蜜月》，见《红颜》，北京：中国文联出版公司 1995 年版，第 132 页。

② ［美］萨义德：《知识分子论》，单德兴译，北京：生活·读书·新知三联书店 2002 年版，第 56 页。

写出我自己的小说。”[1]

陶然有着丰富的人生阅历，痛苦决绝的放逐经验迫使他思考有关人性价值、生命存在、终极关怀等人类共同的问题，经过若干年的探索，陶然找到了一条适合自己个性和才情的创作路子，那就是采用独白和独白中的以回忆为主的带有浓郁心理体验色彩的现代个人化叙述。陶然认为：“小说的故事框架可以现实也可以虚幻，甚至并不重情节不讲究前因后果，能够反映重大人生当然很好，但只求在片断中以现代的节奏挖掘人性，或者表现一种现代的感觉，也未尝不可成就一篇好小说。”[2]中篇小说《走出迷墙》（1996 年）是以商场为背景的男女主角的情爱纠葛，其实是写渗透商业因素与双方地位悬殊之后爱情的异化。这篇小说与其说是进行社会批判，倒不如说是挖掘权力对于人性的侵蚀和腐化。它是陶然对商业社会深入观察和体验的结果，并以小说形式进行典型化和艺术化的表达。《出头》[3]（2006 年）更是一幅描画人性贪婪的佳作。市民黄继良有着香港名利社会的虚荣与贪婪，每天幻想着出头成为明星，而生活确实也给了他两次出头的机会：一次是东南亚海啸“香港夫妇怒海求生七小时”，报纸还刊出了他和阿琼劫后余生拥吻的相片；另一次是街头勇擒贼人，“海啸余生再做罪恶克星”，着实风光了一阵。夫妇俩以为可以凭此名利双收，特别是知道他们的南洋漂流故事被人收买了版权拟拍电影《海啸余生》，黄继良夫妇不断和电影公司交涉，一会儿希望再拿一笔编剧费，一会儿要求当男主角，最低要求是在片后打上

---

① 陶然：《写作中的香港身份疑惑》，《香港文学》2004 年 3 月号。

② 陶然：《自序》，见《红颜》，北京：中国文联出版公司 1995 年版，第 4—5 页。

③ 陶然：《出头》，香港《城市文艺》2006 年 2 月创刊号。

"故事提供者"字样，以求再次出头扬名得利，人性的贪婪之极可见一斑，难怪被恶骂轰出："你有几大想头！你以为现在是在街市买菜，有得讲价呀?"小说对黄继良夫妇进行追踪报道，发现他们竟不劳而获，投机取巧，利用假离婚骗取大宗失业综援金，小说至此戛然而止，给读者留下无尽想象和思考的空间。陶然在如此短的篇幅内竟涵盖了如此丰富的人性内涵，可以看出已经成为香港老居民的他对香港生活高度的把握能力。

陶然是个清醒的现实主义者，同时又是个痛苦的理想主义者，他的小说不管是新移民题材、商战题材、情爱题材还是历史题材，都致力于人性的刻画。优秀的作家总是不满足于为某种现实利益与要求进行写作，而喜欢进入到更普遍的人性领域，表现其对人类的终极关怀。只有这样，他的创作才可能是超越时空、具有永恒价值的。陶然自己曾说过："文学是用优美的文学语言去抒发自己性灵，或者表达作者对人世、对世界以及对周围一切的看法，可以史诗式，也可以很个人。"无论是小说、散文、诗歌还是散文诗，我们发现陶然的语言简练抒情，总有一股或浓或淡的情意流淌在字里行间。王绯认为，陶然总是温婉深情地倾诉着只有他才有的"纯粹"，"一种最大可能地贴近人性之美的情怀，一种最高程度的疏离反（非）人性的精神"①。总之，陶然不断超越自身的局限，在现代与古典、西方与东方疏离和认同的双重融合中建构自己的文化认同，在思想上超越个人生存局限而指向人类的共性未来，由此找到其安身立命、价值实现的身份所在。

---

①　曹惠民：《阅读陶然：陶然创作研究论集》，北京：北京师范大学出版社2000年版，第200页。

(一) 经典表达到个人化叙述

陶然的小说叙事由稚嫩逐步走向成熟与个性化的表述，主要体现在他对叙事视角和叙事结构的灵活运用以及细腻感伤的内倾叙述上。

小说是叙事的艺术，叙事艺术水平的高低直接决定着小说的成败。和同时期其他小说家一样，二十世纪七八十年代陶然的小说从叙事结构到语言到风格都不同程度地带有“经典小说模式”的痕迹，基本上遵循以情节结构为中心的、全聚焦视角的经典写法。与文学思维意识的变化相适应，陶然不会满足于传统经典现实主义小说成熟的叙事艺术表现模式给创作带来的局限，他是一个敢于创新、不断探索叙事艺术的作家。在四十多年的创作生涯里，陶然对小说的叙事视角、叙事方法和叙事结构等进行了深入的探讨和成功的实践。

小说传统的结构形式是以故事情节为主，其影响力很大，但情节结构已无法适应丰富多彩的现代生活表现的需要，心理结构、情绪结构、诗化结构、散文化结构等新的形式应运而生。陶然早期的小说大多采用情节结构，并在故事情节的变化发展中揭示丰富复杂的人物性格，如《追寻》《心潮》等。然而陶然是一个内心世界极其内敛、细腻、丰富的作家，因此情节结构型的传统小说框架并不能完全发挥他的艺术才情。从 20 世纪 80 年代后期开始，陶然从情节结构逐渐转向心理情绪结构，“从强调外在的冲突，转向内心的波澜”①，回忆、独白、感觉、联想巧妙地交织成内外跳跃却又连绵不断的情绪流，时空顺序被人物自身的情

① 陶然：《世俗凡尘的故事》，见《走出迷墙》，上海：上海古籍出版社 2004 年版，第 305 页。

绪流所取代，而作为理性观察者和议论者的作家退隐幕后，如《与你同行》《一样的天空》《天外歌声哼出的泪滴》等。在小说文本中，叙事视角十分重要，视角的选择是否得当直接关系到文本的成败得失。“陶然早期的情节结构小说主要采用全聚焦视角，叙述者超越时空无所不知无所不在；而他的心理情绪结构小说则大都采用内聚焦视角，这种视角强调内心观察，注重表现情绪、感觉，叙述者通常寄寓于某个人物之中。”①《一样的天空》中两位主人公陈瑞兴和王承澜在香港各自打拼了二十多年，都有一段辛酸坎坷的奋斗史，陶然采用内聚焦视角，通过人物的内心独白和独白中的回忆倾诉心声。这是陶然作品主人公赖以生存并显示自己个性的基本方式，也是陶然个性化叙述的主要标志。

关于陶然小说创作慢慢挣脱经典叙述的束缚，逐步转向个人化叙述并熟练运用的过程，王绯有过比较详细的讨论。② 从 20 世纪 80 年代中期的《海的子民》(1984 年）开始，陶然在叙述上有意识地慢慢表现出挣脱经典规约的努力，从全聚焦叙事转向内聚焦叙事。他自己也这么认为：“可以说，这篇小说的故事场景虽然发生在公海，主人公虽然是越南船民，但其实还是从香港的视角出发，骨子里强调的依然是香港身份。这小说也是我努力尝试改变写法，从经典叙述渐变为个人化叙述的开始。”③ 小说虽然写的是越南难民，但何尝不是有着同样漂泊经验的香港移民所经受的身心遭际和磨难呢？移民们悲怆出走，甘冒语言和种族歧视之险，断然斩断自己的根基，逃往异国他乡从头寻觅生活，虽风险

① 方忠：《陶然小说论》,《西北师大学报》(社会科学版）2000 年第 6 期。

② 王绯：《阅读陶然——一种凸现历史感的“作家论”尝试（上）》,《海南师范学院学报》(人文社会科学版）1998 年第 2 期。

③ 陶然：《写作中的香港身份疑惑》,《香港文学》2004 年 3 月号。

重重却无奈是唯一的选择。为了把这个故事叙述得有层次，陶然开始尝试从全聚焦万能叙事向限制视角的内聚焦叙事转换。作者不再一味地强调故事主人公阮文进的言行举止以便揭示其性格，而是直接运用“内叙述”进入阮文进的内心世界，为了让读者能够一目了然，陶然还特别用括号以示区别，使内外两个层次的叙述截然分开。这种有意为之的括号，可以说是陶然尝试突破经典叙述规约走向个人化内倾叙述的标志。陶然 1985 年的中篇小说《人间》，以一个内地到香港探亲的外来人李俊扬的叙事视角审视香港人生的真实面貌，揭示其文化的固有缺陷。我们惊喜地看到，文本中已经不见了有意区隔的括号，陶然已经能够从容自如地在内外叙述中穿越迂回，叙述层次不断开放，个人化叙述渐趋成熟。

20 世纪 80 年代后期到 90 年代初期，陶然基本上完成了从经典叙述到个人化叙述的渐变。写于 1990 到 1991 年的《与你同行》是其个人化叙述风格较为成熟的标志。陶然说：“因为我所受的文学教育，开始写作，自然走写实主义的创作路线，努力于‘经典小说模式’，一直到上世纪八十年代中期至九十年代初，才走向‘个人化叙述’。”① 在这部作品中，正好凝聚着作者生命史上两次放逐遭遇的私人经验，因而主人公范烟桥的形象某种程度上投射着作者的影子。范烟桥在超线性的时间流里或回忆或现在的“颠来倒去”的人生体验，只有通过视点的自由转换才能描写出来。时间倒错的叙述把范烟桥从北京到香港再到北京 15 年自然历程的秩序彻底打破，凸显的是不同时空转换中难以割舍的爱情

① 陶然：《走出迷墙·后记——世俗凡尘的故事》，见《走出迷墙》，上海：上海古籍出版社 2004 年版，第 305 页。

的苦痛，以及几次移民经验对个体生命的放逐。以小说第 24、25、26 章为例，从总体来看，作者的叙述视点在第三、第一、第二人称视点中自如转换，每一章节中随意摘取一段文字，我们也可以发现陶然在内外视点间的灵活运用，不像《海的子民》或其他作品用括号有意表明外在与内在叙述的区别，这样的内聚焦叙述有利于范烟桥倾吐对章倩柳的无尽思念，使文本带有浓烈的抒情和感伤色彩。

长篇小说《一样的天空》(1997 年）的叙事视角的转换、心理情绪结构的经营更是运用自如。一样的天空下演绎着不同的故事，三位来自北京同一所大学的同学移居香港后走着不同的人生路：陈瑞兴已从打工仔变成富商，王承澜仍是靠写文为生的穷文人，而方玫则成了陈瑞兴的情妇。这是一个老套的故事，但陶然运用个人化的叙述方式讲出了新意。陶然借助于三个主人公的内心独白以及独白中的回忆分别展示了商界的诡谲与凶险，底层小人物自卑而又自尊的无奈心态，对金钱和权势的渴慕，构筑了一个比较完整的新移民世界。由全知视角的外叙述进入限制视角的内叙述，第一、第二、第三人称内心独白的视点自由转换，让读者一起进入叙述者及主人公的心灵世界，去体悟丰富复杂的人性。就第一人称而言，陶然小说的第一人称叙述和传统的第一人称限制叙述有很大的不同，所有主人公都可以作为第一人称充当叙述人展示自己丰富复杂的内心世界，如此第一人称视角就有了多重性和变调性。陶然这种个人内倾化的叙述一方面以心理体验的方式呈现出小说所描绘的生存图景，从而加深小说的心理内涵；另一方面也使小说的心理内涵更具有真实性。《一样的天空》以独白和独白中的回忆来结构小说，因而小说呈现出心理化和情绪化的色彩。仔细阅读这本小说，似乎能够理出过去的“回忆”和现在的“独白”两条线索，但我们却很难发现生动连贯的故事，曲折有致的情节，也很少有明显的时空切换，所有人物的生活都通过主人公内心独白的静态活动展现出来。不但主要人物王承澜和陈瑞兴的生活、事业和爱情，而且方玫、柴世方、大亨新等的生活经历也都通过各自的意识独白来展示，陶然这种心理体验式的内倾化叙述使小说的心理内涵更具有真实性。从此以后，陶然的个人化叙述在《天外歌声哼出的泪滴》《记忆尘封》《走出迷墙》《岁月如歌》等小说中几近炉火纯青。

(二) 纯美忧伤的爱情悲歌

陶然小说最动人之处就是对纯美爱情的书写。在香港现实社会中，被功利情爱包围、业已疲惫麻木的心灵，通过对纯美爱情的追忆本身使人再度燃起生命的激情。然而岁月无情，时光流逝，生命中常常上演有缘无分的情爱悲剧，于是只有在感慨、伤悲的回忆中去重温那一个个“廊桥遗梦”。与二十世纪七八十年代的《心潮》《天平》《蜜月》等主要承载社会批判的爱情小说不同，90 年代以来陶然的《天外歌声哼出的泪滴》《走出迷墙》《记忆尘封》《岁月如歌》等小说，主要关注的是有缘无分的爱情碰撞，但作者从不进行道德评判。爱的碰撞本就是没有理由的，茫茫人海中一刹那的眼神交流，也许就认定了对方就是那“千年等一回”的“爱人”。

陶然被公认为“写爱情小说的行家里手”，他的气质、性情以及丰富的情感是他创作爱情小说得天独厚的条件。20 世纪 90 年代以来，摆脱了经典小说创作模式束缚后的陶然，充分发挥自己的才情与细腻的笔触，谱写了一曲曲爱情之歌，如《天外歌声哼出的泪滴》（1995 年）、《记忆尘封》（1998 年）、《岁月如歌》（2001 年）等。在陶然的笔下，那是一个为爱而爱的唯美世界。爱情是纯粹的，不带任何功利色彩的，因此男女主人公的爱情往往是不受道德伦理束缚的激情碰撞。《天外歌声哼出的泪滴》中，作者围绕主人公萧宏盛在机场候机所产生的在过去、现在和未来之间的意识流动展开他和袁如媚的爱情故事。在陶然的人物安排中，洪紫霞是袁如媚以代码形式进入男主人公萧宏盛电脑的虚幻人物。不管是在过去、现在还是未来时间里，不管是对现实世界里的袁如媚还是对虚幻世界里的洪紫霞，我们可以看出萧宏盛的爱情是不掺杂质的纯粹爱情，即使在未来时空他将老去时也永不改变。请看陶然诗意的叙述："本来，自从如媚远走高飞之后，他就以为自己也已经彻底地死了那个跃动的心；哪里想到到了末了才发现，原来燃起了的大火，并不可能完全熄灭；而发生过的事情，也不可能一笔勾销；只不过那个时候他已万般无奈，唯有自欺欺人地故作潇洒罢了。"① 虽然袁如媚已是一去不复返，但萧宏盛对她的爱却天老地荒永不变。这是怎样纯粹唯美的爱情故事！结局虽是悲剧却让人久久为之感动。

这样纯美忧伤的爱情早在陶然的《与你同行》中就让读者唏嘘不已。作者全景式描绘了主人公二十多年的感情历程，不管时代风云如何变幻，个人遭遇如何变迁，范烟桥一直珍藏着和章倩柳旧日的情爱记忆，这份美好的记忆在冰冷的香港商业社会中给予他温暖，鼓励他前行。主人公范烟桥的身上带有传统知识分子的古典情怀，无疑可以感受到作者的审美理想和追求。如果说范烟桥是传统知识分子价值观念代表的话，那么《记忆尘封》中的叶清良、《岁月如歌》中的陆宗声、《天外

---

① 陶然：《陶然中短篇小说选》，香港：香港作家出版社 1997 年版，第 131—132 页。

歌声哼出的泪滴》中的萧宏盛等则多了些现代意识。萧宏盛与袁如媚、叶清良与金晓岚、陆宗声与竹瑗，有缘珍惜，无缘不强求，因而爱得比较纯粹。“现代人‘不求天长地久，但求曾经拥有’的情感价值取向使萧宏盛在面对消逝的恋情时能够坦然自若”①，不再如烟桥、倩柳般凄迷，但对过往爱情的回忆依然带有浓浓的感伤色彩，“让我倚在深秋，回忆逝去的爱在心头”。可以这么认为，陶然是一个现代意义上的古典爱情的讴歌者，曾经拥有的爱情点点滴滴从心田流过，有丝丝的疼痛和遗憾。爱总在不合适的时空出现，要么罗敷自有夫，要么使君亦有妇，最终只能无奈放弃，但爱已长驻心头。世事变迁，不变的依然是当年心灵撞击、灵肉默契的爱，如同萧宏盛对袁如媚的爱情、宗声对竹瑗的痴情。如同小说中的人物，陶然的爱情理想是纯粹的、美好的、梦幻的，但在高度发达的商业社会中却是那么不合时宜，这种既充满现代意识又不乏传统情怀的理想爱情，在钢筋森林的都市中只能到处碰壁，最终只能无奈分手，作品弥漫着忧郁感伤的浪漫情调。

读陶然的爱情小说，我们能体会其纤细、敏感和丰盈的情感世界，愈到后来他对爱情的理解就愈理智、成熟，对爱情的体味就愈深。如果说刚到香港不久的陶然体会到的是人与空间相对立所造成的情感的种种无奈，那么后来，作者体悟到的是人无法与时间相抗衡的绝望，以及人到中年后对岁月如歌的感叹。陶然在谈到《岁月如歌》小说时如此说道：“或者也是寄托着我对岁月的一种崇敬和惧意吧?”②

在较早的长篇《与你同行》(1994 年) 里，造成华侨子弟范烟桥和

---

① 方忠：《陶然小说论》，《西北师大学报》(社会科学版) 2000 年第 6 期。

② 陶然：《对于岁月的敬畏感》，《香江文坛》2002 年 9 月号。

章倩柳爱情悲剧的主要是空间的阻隔。西安与香港之间，关山重重，而20世纪70年代的航空、电子工业都不发达，情感的维系只能靠“鸿雁传书”了。即使上天给过他们一次机会，倩柳出差到深圳，范烟桥也无法请假去见倩柳，只能空留遗憾在心间。忧伤的情感回旋曲中流露出的是对内地泛政治化的“文革”和香港金钱化的商业社会的批判。沧海桑田，人到中年，陶然也已经成了老居民了，对爱情、人生的体味多了些旷达和沉思。爱并不一定长相厮守，彼此挂念也是一种爱，虽然蕴含着一种无言的痛楚。生命之火的撞击总是在不合适的时空发生，在永恒的时间面前，个人的生命又实在是太过渺小，过去不可能再倒流，比如风筝、时间、爱情。我们常常感叹年轻时不懂爱情只为成家，等到真正懂得并遇到了命运中的那一个，却已人到中年。

岁月如歌，时光不能倒流，宗声没有离婚的力气，竹瑗也有现实的羁绊，留给他们的只有沉醉之后更大的孤寂凄凉，和来世“非你莫娶、非你莫嫁”誓言的虚幻。《岁月如歌》中陶然以陆宗声在历史和现实之间穿梭闪回的内心活动作为叙事结构，把他与竹瑗的爱情描写置于回忆之中来展现，不注重爱情过程的发展，而注重于留下深刻印象的那些场面和细节。人物性格也不再是作者审美的指向，倒是将青春已逝、命运无常、人生短暂和前途迷茫的种种感悟放在了更重要的地位。人类的渺小就在于它无法与时间、岁月相抗衡。当你以为生活就这般平静如水时，忽然间真爱降临，可是两人总是相聚在不合适的时间，要么罗敷自有夫，要么使君也有妇，只能相约来生一定要彼此等待，把希望寄托在未知世界。岁月如歌，歌中带泪，泪眼蒙眬中是历尽沧桑的作者对爱情、人生、岁月的感悟。陶然曾说：“很多东西不是人力所能够控制的。你说宿命也好，或者是缘分也好，很难讲，包括事业、爱情、人的各种各样的东西，我觉得很多都有偶然性，这我们不能控制。”① 人生本是孤独的单行路，有去无回。爱情只能在梦幻般的记忆中回味、咀嚼，留下的是无尽的苍凉与伤感。《记忆尘封》中叶清良冒着酷暑和失业危险，远赴德辅道中老字号“龙记”去观看见证它的结业，因为那里留存了“一个青春时代的甜蜜记忆：今后恐怕再也没有一处更温馨的宝地，可以让他时空穿梭地回到跟晓岚眉目传情的梦境中去”了。对老字号“龙记”的怀旧，即是对过去情感的怀旧。现代商业竞争迫使“龙记”关门了，那么在物欲横流的香港，在时间的冲刷下他们的“爱情”还能留下多少痕迹？弥漫在小说里的是一层忧伤的云雾。正如《走出迷墙》扉页上所言：“现代都市的爱情神话，在灵与肉之间徘徊，时空的无奈，青春的老去，留下的只有满怀真情，一腔忧伤。”②

如何在流动的时空中阐明人类生存的意义与终极归宿，是文学存在的真正价值。经过人生历练的陶然，已经逐渐弥合了和香港的疏离感，不管人处何方，内地、香港还是其他地方，爱情也好，事业也罢，资讯时代空间的阻隔已经不是什么问题，重要的是人类无法与时间、岁月相抗衡，这是陶然超越中原心态和香港意识对人类生存的总体领悟，显示出一个成熟作家的世界视野。

从处女作《冬夜》（1973 年）开始，陶然的创作已经长达 46 个年头了。在香港南来作家群中，其创作数量之多、文体之丰富、质量之高有目共睹。更为可贵的是，他由“经典化叙述”向“个人化叙述”的创作转型，走出了一条不同于其他南来作家的路子，步伐稳健而从容。殊

---

① 曹惠民：《直面人生的无奈——访问陶然》，香港《文学世纪》2002 年第 9 期。

② 陶然：《走出迷墙》，上海：上海古籍出版社 2004 年版。

为不易的是，他已经逐步“突破了香港南来作家社会写实和文化批判的传统，而创造了新的美学品格”①，可惜的是，2019年病魔的突然袭击夺走了他创作力依然旺盛的生命，这无疑是香港文坛的重大损失。

本章小结

香港经过二十世纪五六十年代和内地的疏离，到70年代本土经济开始起飞，加上也斯等战后一代本港出生的香港人的慢慢成长，这些都有助于香港意识、香港身份的建立。因此当内地新文学受“文革”影响出现公式化概念化的现实主义文学之际，香港新文学真正与内地文学分流，开始出现真正意义上的本土声音，都市精神、商业语境中的人性异化乃至移居香港后的身份焦虑在陶然、白洛、巴桐等南来作家们个人化的叙述中得到充分展现，香港文学与内地文学明显出现分流，但此时的香港文学又恰巧弥补了内地“文革”十年文学过于政治化的不足，都市文学蓬勃发展，使得分流与互补成为内地与香港文学这一阶段极为巧妙的关系。

---

① 赵稀方：《陶然小说：穿行于抒情与魔幻的迷墙》，《中华读书报》2005年2月2日。

第五章
多元与互渗(1978—1997年)

第一节 众声喧哗、雅俗互渗的文学生态空间

改革开放的宽松政治环境迎来了自由的文艺环境，内地文坛一方面迎来了伤痕、反思、改革、寻根、新写实、新状态等现实主义与批判现实主义文学的浪潮，另一方面吸收了意识流、黑色幽默、荒诞派、弗洛依德性心理分析、魔幻现实主义等西方现代主义与后现代主义的营养，西方百年走过的文学发展之路内地文坛几乎在十年间就上演了一遍，形成严肃文学的众声喧哗。同时，金庸与梁羽生的武侠小说、亦舒的爱情小说、倪匡的科幻小说、梁凤仪的财经小说、李碧华的诡异言情小说等通俗文学的流行内地，反过来刺激着内地的文学市场和通俗文学研究，促进雅俗文学的互渗和文学观念的新变革。特别是1992年随着社会主义市场经济体制改革目标的确立，内地的文学生产流通传播也带有不同程度的市场化，通俗文学、大众文学潮流更是流行天下。

“如果说80年代前期雅文学与俗文学还有点相互对峙、相互疏离的话，那么80年代后期到90年代，出于生存竞争和发展自我的需要，雅

文学和俗文学则由疏离逐渐趋向合流。"[①] 需要说明的是，这里的俗文学是指通俗而不媚俗。虽然很多所谓高雅文学作家仍然坚持严肃不随俗的立场，面对日益变化的社会文化环境，已有越来越多的作家重新考虑读者和市场的存在，认为文学可以实现"雅俗共赏"。20世纪80年代中期，以《高女人和她的矮丈夫》出名的天津小说家冯骥才为了提高俗文学的品位，"把小说的民族形式与小说的现代意识相结合；把下层民间的口头创作与文人学士的精思博会相结合，把怪杰的人物、离奇的故事与深沉的哲理、精妙的情绪相结合"[②]，创作了融知识性、哲理性和趣味性于一体的《神鞭》《三寸金莲》等作品，不同年龄、不同文化、不同兴趣、不同需要的读者都可以从中得到满足，具有雅俗共赏和寓教于乐的意义。另外，先锋派作家在20世纪90年代的许多创作也可以看作通俗文学范畴，如以暴力抒写、冷漠叙事出名的余华90年代以来的《活着》《兄弟》等都是融入通俗文学笔法极好的成功案例。

反过来，许多通俗文学作者，为了提高艺术品位，打入严肃文学市场，他们一方面在作品中表现出对贪污腐化、徇私枉法、金钱崇拜、道德堕落、封建迷信等各种社会问题的关注和批判，体现了一定的社会责任感；另一方面借用高雅文学中的一些艺术形式和表现手法来营造某种高雅的格调和情趣，颇得20世纪上半叶张恨水的社会言情小说的真传。还有大量的历史题材作品，如冯育楠《津门大侠霍元甲》、唐浩明《曾国藩》、二月河《康熙大帝》等，不仅能给读者提供丰富的历史知识，

---

① 以下部分论述参见计红芳：《雅俗互渗：文学发展的动力和趋势》，《世界华文文学论坛》1999年第2期。

② 鲁枢元：《读〈神鞭〉琐记》，《传奇文学选刊》1985年第3期。

而且能够从中得到许多启示，其严肃性可见一斑。① 内地和香港文学演进所表现出来的雅俗互渗的趋势，虽然与文学的商品化密不可分，但要看清楚的是，这种现象绝不是商品经济大潮中高雅文学作家被迫应对的权宜之计，也不是通俗文学作家的投机取巧行为，而应该看作时代变化、读者需求和文学自身发展规律所共同作用的综合结果。吴亮说得好："未来的文学既是通俗的又是严肃的，既是共创的又是独创的，既是个性化分散化的又是普遍化统一化的。"②

20 世纪 80 年代香港通俗文学流行内地的潮流促进了内地雅俗文学的互渗合流，同时那一时期香港本土的生活方式已经慢慢取代对中华传统文化的感情，逐渐成为香港主体意识的基础。特别是 1984 年《中英联合声明》发表前后，反思香港自身的文化身份更成为热潮，身处商业大潮和后殖民语境中的香港文学开始更多思考本土发展的历史、思考港岛未来何去何从、思考人性的变异与发展的可能性等严肃意义的问题，因此商业化的通俗文学与深究历史沉重和人类命运的严肃文学并举，各种创作手法、各类风格的作品汇成众声喧哗的热闹局面，雅与俗在二十世纪八九十年代的香港文坛早已没有清晰的界限，本土作家李碧华的言情诡异小说在香港的流行就是雅俗小说合流较好的一个例证。

这个时期在改革开放潮流中出于各种原因移居到香港的南来作家颜纯构、王璞、程乃珊、蔡益怀、黄灿然、廖伟棠等，凭着各自对文学的感悟登上舞台，一方面依然延续着既疏离又认同香港的人生感悟和表

---

① 计红芳：《雅俗互渗：文学发展的动力和趋势》，《世界华文文学论坛》1999 年第 2 期。

② 吴亮：《文学与消费》，《上海文学》1985 年第 2 期。

达；另一方面，《中英联合声明》的签订所带来的新的历史机缘和文化环境使得大多数南来作家参与了香港文化身份的建构以及香港文学的建设，并开始对都市高度文明化的孤独等病症进行书写，以探求人性正常发展的需求；同时，本土作家李碧华的《胭脂扣》、黄碧云的《失城》，南来作家陶然的《“一九九七”之后》等关于“九七”回归的不同文学叙述，客观呈现了多元共存的汉语新文学空间。“九七”的即将到来，使南来作家的身份认同面临更加复杂的文化环境，是“留”还是“走”，成为南来作家也是本土作家共同关注的话题。一时间，“九七”书写成为热门话题，刘以鬯的《一九九七》、陶然的《天平》《天外歌声哼出的泪滴》、陈浩泉的《香港九七》、白洛《福地》、巴桐《雾》等都不约而同地演绎着面对“九七”港人心态的困惑。不仅是南来作家，本土作家也纷纷书写“九七”故事，反思着香港的文化身份，如梁锡华《头上一片云》、黄碧云《失城》、也斯的《剪纸》《烦恼娃娃的旅程》等，共同关注着港人的心态和香港的前景，表现出作为港人的属民意识，但两者又有所不同。

在“九七”来临之前，很多港人怀着对“港人治港”方针的怀疑移民国外，开始新一轮的放逐漂泊的旅程，另外一些则坚信“香港是福地，永远也沉不了”的信念留在香港，两种不同的姿态体现港人两种不同的身份认同，即西方和中国。“走”还是“留”成为南来作家“九七”题材作品的内在叙述模式。陶然的《天平》就是这样的一种叙事结构，它凭着对香港现实的热切关注引起了读者之间的争鸣。小说中，黄裕思和杨竹英的爱情受到“九七”移民潮强有力的挑战。女主人公杨竹英的天平在爱情（中国香港）与护照（美国）之间犹豫不决，最后的天平还是倾向于可以带她移民到美国的连福全那边。至于黄裕思，经历留港和移美的矛盾冲突后认识更加理性："美国就算再好，也是别人的国家。何况，到了美国，也未必如意，许多人去了，还不是那样潦倒，那样无奈？"他还是愿意留在香港，留在中国人居住的地方。《天外歌声哼出的泪滴》中的林先生，他感叹："走遍天下，还是香港最好！"萧宏盛目睹这一切，更加坚定地做"留港派"："外国地方再好，也始终是外国人的。"这也道出了大多数港人对香港的认同心声。在许多人眼里，移民意味着有好归宿，因此只要能移民，不惜采取任何手段，其中婚姻是能居留国外的最快捷方式，杨竹英就是如此，为了移民，宁愿舍弃爱情。但也有一些人移了民又跑回香港。作为国际商业大都会，香港以其高度的物质文明引起世人瞩目，虽有许多不尽如人意的地方，但香港人（包括从内地移居到香港的现已成为香港居民的那些人）对香港已经有了一种家园的认同感和自豪感。黄裕思、萧宏盛的心态不也正是陶然身份认同的表现吗？

相较于早先的"九七"创作，白洛的《福地》（1985—1986 年）更进一步，他把香港的未来与内地的开放联系起来，因此小说中张念祖这一形象乐观、进取，一扫过去形象之悲观、犹豫与观望，体现出港人的自豪与信心。小说主要是以张伯炎、张念祖父子两代在观念上、投资意向上的冲突为主线结构故事，暴露出青年和老一代港人对香港发展前景的不同心态。和陶然《天平》中以婚姻为跳板移民美国的杨竹英截然不同，张念祖在英留学期间，认识并爱上了珍妮花，但他不是为了留在英国才开始这段恋情的。他原本可以留在英国，但在爱情和回港之间，他选择了后者。他对香港的前景充满信心，认为"香港是块福地，沉不了"，于是带着对香港的身份归属感、使命感毅然回到了香港。为了强调张念祖的属民意识，作者还安排了父子两人在投资问题上的不同意见。儿子不仅对香港的前景大有信心，对内地的改革开放也充满信心，认为可以以内地为腹地，大力发展房地产事业，投资进军内地房地产。而父亲张伯炎却对香港前景不太乐观，准备“走资”。父子对内地和香港前景的不同看法以及由此而来的“走资”或“投资”的行为本身，传达出作者的情感取向和审美判断。

考察南来作家笔下的“九七”题材创作，我们发现作品主人公虽然在“走”与“留”之间徘徊犹豫，犹如一架天平，不知向哪边倾斜，但最后作者的情感指向和对人物结局的安排一般都是认同香港而留下来，或者去国外又再次回来，因为外国再好也是别人的。随着时代、历史的发展，南来作家已经有了强烈的“香港是我家”的身份认同感，他们非常关注“九七”与移居地香港的前景，与香港同喜同悲。

与张念祖等对“九七”的乐观不同的是，卓博耀显得有点犹豫悲观。本土作家梁锡华《头上一片云》的主人公卓博耀不是主义的信徒，也不是宗教的信仰者。他不愿意为了爱情而假装信教，也不愿意为了获取移民身份而跟他不爱的人结婚。正因为他没有一定的政治或宗教信仰，所以对“九七”香港的前途采取观望的态度，静观其变，这恐怕也是当时大多数港人的普遍心态。小说结尾卓博耀躺卧在温哥华一个公园的草坪上，望着天上的浮云，心里想着回香港教他的中国文学。那么到底他回来了吗？书中好像没有交代，诚如“九七”以后的未来留给读者去猜想一样。看得出来，作者通过不同人物的塑造传达出部分港人对“九七”以后回归的担忧，为此不惜“戏剧化”共产党的形象。就这点而言，有着内地和香港双重经验的南来作家要比他们成熟得多，其笔下的描写非常客观辩证，因为内地和香港都是“我家”，它们本身就是同一个中国。围绕着“九七”题材内地与香港作家的不同叙述再次说明了一个中国前提下的多元互渗、众声喧哗局面的逐步形成。

第二节　人性的精雕细刻者——颜纯钩

移民问题是香港的重要问题，新移民群像的生活也就成了很多作家感兴趣的题材。特别是那些有着同样移民经验的作家，他们将同样面临移居异地后的两种不同社会制度、不同价值形态的交锋，以及对人生的感悟和身份认同的焦虑。颜纯钩是1978年移居香港后才开始创作的，小说主要收集在天地图书有限公司出版的《红绿灯》（1984年）、《天谴》（1992年）里，从小说的题材和思想内容上说，颜纯钩的作品大致可分三类：一类是“文革”的历史悲歌；一类是“文革”后迁港“新移民”的血泪挣扎；一类则是港人的社会写真，人情写真。① 无论是“文革”知青、新移民还是香港普通平民，都承受着生命之重。三类作品中，写得最多也是最好的是第二类。以小说集《生死澄明》② 为例，20篇小说中只有《生死澄明》《昨日之日》《毛毛雨》《灯烬》《不平路》《割肉》6篇是描写香港本地人事的，其他都是以从内地移居到香港的新移民为主要描写对象，作者主要挖掘的是这些新移民的生存困境以及困境中人性的沉沦与挣扎，他们的身份焦虑和认同危机。③

---

① 袁良骏：《香港文坛的精雕细刻派——颜纯钩》，《达县师范高等专科学校学报》2000年第1期。

② 颜纯钩：《生死澄明》，桂林：漓江出版社1996年版。

③ 以下部分论述参见计红芳：《新移民的身份追寻——颜纯钩小说简论》，《韶关学院学报》2006年第8期。

一、新移民的身份追寻

颜纯钩在进行身份书写时不可避免会遇到中原记忆和香港情思错综复杂的纠结。刚开始创作的颜纯钩，特别钟情于新移民经验和“文革”经验描写，这本身说明了作者对移居地香港有某种陌生的情感。直至多年以后，颜纯钩对新移民题材还乐此不疲。这跟他本身辛酸痛苦的移民经历是分不开的。20多年后颜纯钩提起那时在北角的移民生涯记忆犹新。他回忆道，北角是他生命中一个冷暖可感的背景，一个永难磨灭的印记，便是为了北角这个缺乏鲜明的香港风味，却有一般内地城市的那种灰沉色调的新移民聚集地，曾以它的质朴与亲切拥抱一些像他这样的天涯倦客。那时候，大家都是新移民，都够土，囊空如洗，立志疯狂挣钱，对将来有朦胧的期望，离乡背井，精神苦闷。① 有着亲身移民体验的颜纯钩，笔端自然会流淌关于他们这一代新移民的酸甜苦辣。一旦创作，往往就要想自己经历过什么，身边的朋友、亲戚经历过什么，这些经历的事情常常激发作家的创作冲动。《背负人生》《失妻》《红绿灯》《橘黄色毛巾被》《眼睛》《螳螂》《团圆》《天谴》《彼岸》《心惑》等篇，作者用细致的笔触剖析新移民的生存困境，挖掘身份追寻的迷茫和焦虑，来探索人生的要义，成为那一时期香港“新移民文学”的代表作家。

到香港，首先面临的是找地方居住和找工作养活自己。满足了基本的生存需求，人才能追求更高层次的生命意义。香港并不是新移民所想

---

① 颜纯钩：《北角旧梦》，载《明报月刊》，2000年第4期。

象的遍地黄金的自由之地，新移民初到异地必然会面临窘迫的生存困境。《眼睛》中“文革”时的一场武斗，“我”失手戳瞎了好友振邦的一只眼睛，19 年后，他们在香港竟又戏剧般地重逢，可是人物的命运却是那般不同，一个是公司高级职员，住在高楼大厦，一个是该大厦的垃圾员，住在很小的一个厅房里。因着眼睛的残疾，振邦找不到好工作，住不起像样的房子。“我”出于内心的歉疚，每月偷偷给他妻子一点钱作为补偿，后被振邦发现，终于激发了他内心潜藏已久的仇恨，以同样的方式报复了“我”。振邦的这种行为看似残酷，但又何尝不是窘迫生存处境下身份焦虑的一种极端表现呢？为了减少租金，《背负人生》中三兄弟只能同居一室，兄弟三个挤一张碌架床，大哥睡上层，德明和二哥睡下层。后来大嫂和永军被批准到香港，德明只能在房东的大厅里搭尼龙床休息。

好的工作往往和好的居住环境联系在一起，因此，有一份好的工作，从浅层次上看，能获得较好的经济收入，最起码会有较好的居住环境；从深层次来看，是生命意义实现、身份建构的外在形式。没有了赖以生存的工作，也就没有了生命意义的最根本基础，更无从追寻生存的价值。《忌日》中宜彬的妻子没日没夜地工作，也只不过为了想拥有一个自家开的、能安身立命的小“士多店”。不管是谁，都是想通过改善窘迫的生存环境来对生命意义作出更合理的解释。

其次，选择和当地已有合法居民身份者结合，成为很多移民摆脱黑市户口而直接获得居留权的一种现实选择，因此，性、同居或结婚往往成为作家笔下移民身份认同的选择。《彼岸》中的阿秀不甘心在广州过清苦的日子，为了实现她的理想（拥有大量的港币、私家车、花园洋房等），偷渡到彼岸，可是她因黑市身份白天不能出去打工，作为没有什么一技之长但颇有几分姿色的女人，将会有什么样的命运可想而知。悲惨的是，她们沦落为同样是在香港卖苦力挣钱的男人们泄欲的工具，十几个男人，几个女人，挤在一个狭小的空间。为了摆脱这种困境，在邻居阿婶的极力劝说下，她找了个可以当她叔叔的木匠昌哥同居，帮他生了孩子，满以为可以获得政府颁发的身份证，可进展并非如此，只能再次面临早晚被解回广州去的命运。显然，阿秀的性活动与她想在香港摆脱黑市户口获得居民身份的简单欲求密不可分。性爱和居留都可以在不失人格自尊的前提下获取，但在特定条件下有些新移民却无法做到。如果说阿秀等偷渡客是用“性”来换取“居民身份”的话，那么已经取得居民身份的移民的性经验表达和想象性叙述又有什么含义呢？显然，“性”具有某种象征含义，它与移民的精神压抑、身份焦虑紧紧联系在一起。新移民身在异地的陌生感，居住空间的狭小，工作环境的恶劣，与亲人长期的两地分居，必会产生“失根”的郁闷，它常常会通过性压抑和适当时机的性放纵表现出来。

《天谴》（1992 年）中已婚的姐姐跟未婚的弟弟从内地到香港，同居斗室，睡上下格的碌架床。姐姐在内地的学历不被认可，于是只能白天在工厂打工，晚上念书，还跑补习班，只盼考个医生资格证，好改善生存环境，半夜还得洗两人换下的衣服。后来慢慢地终于发生了乱伦之事。[①] 身处异地的精神抑郁、身份焦虑和斗室里膨胀不安的情欲相纠缠在一起，人物似乎可以从这里寻求些许精神安慰。然而，以性爱的形式出现的对精神家园的茫然追逐，它将永远陷于“得”和“失”的二律背反之中，因为它只是通过性欲放纵来抓住个体存在的当下性，却不具有

① 颜纯钩：《天谴》，香港：天地图书有限公司 1992 年版，第 117—132 页。

永久性。人物无法摆脱边缘性的处境和身份认同的焦虑，所以当翔远（姐姐的丈夫）终于被批准来香港时，姐姐和宏弟的畸形性爱也就走到了尽头。

颜纯钩的小说常常表现出存在主义生命哲学影响下无根的、漂泊的性爱解脱和无尽的、孤独的死亡暗示。移民过程中的漫长等待，冒险偷渡未成的悲剧（《团圆》中女儿小妹偷渡时船翻溺死，题目本身是对倩萍全家团圆的反讽），侥幸偷渡成功后获取居民身份的辛酸（《彼岸》中阿秀的沦为"公妻"，及后来为昌哥生孩子却仍然被遣送回家的厄运），被批准的正式移民在港打拼的艰难生存和情爱压抑（《背负人生》中德明和大嫂的畸恋，《天谴》中姐姐与宏弟的乱伦，《红绿灯》中失业的哥哥迷离恍惚中的撞车等），这些新移民都面临着身份认同时的矛盾、定位的艰难和有关生活意义解释的困难。也许，作家把笔触伸向人类普遍的迷惘、困惑、绝望乃至死亡等非理性的生命体验，以此来揭示非常态下的人性扭曲，挖掘人的真正存在。

如前所述，当移民移居异地，面临不同的情景转换，他无法取得一种确定的身份，因而时刻感到恐惧、迷惑和焦虑。背负着乱伦之罪的宏弟终于无法忍受内心的焦虑和煎熬，在姐夫来香港之时割腕自杀（《天谴》）。德明的人生也是无法承受生命之重，大哥及家人的误解，再加上香港商业世界的逼迫，推着德明一步步走向"心的地狱"。和嫂子的同居给德明带来一些无情世界里的温暖慰藉，但同时却背负着沉重的人生，德明终因无法摆脱身份焦虑跳电车窗昏死过去（《背负人生》）。本已平静的心湖因着与"我"的异地相遇掀起波澜。因为那只戳瞎了的眼睛使得振邦面目奇丑而无法找到好工作，"我"出于愧疚的真心帮助激发了自尊心特强的振邦压抑已久的愤恨，以眼还眼，经历了眼睛事件的施暴者与受暴者内心焦虑终于得到解决，心头一片澄明（《眼睛》）。当居住环境、工作经历、性爱压抑对新移民产生身份焦虑并无法解决时，就必然会产生肉体的伤害或毁灭。而拥有合理稳定的自我认同感的个人，会感受到能掌握其个人经历的连续性，并且能在某种意义上和他人沟通。反过来说，当人与他人无法沟通，或者感到孤独、隔离的时候，他的自我认同就会产生危机和焦虑。新旧环境的转换过程中，因为无法调和分裂的元素以及经验断裂而造成心理混乱，都会变成一种身份认同危机。死亡及关于死亡的想象就成为摆脱身份危机和焦虑的一种途径，颜纯钩的小说对此作出了解释。

二、异化荒诞实质的揭示

鳞次栉比的高楼大厦、闪烁迷离的霓虹灯、行色匆匆的人群、疯狂的欲望世界、拥挤的生存空间、冷漠的人际关系等等，这些还只是浮在香港表层的东西，对于南来作家来说，这些在作品中的表现是他们体察香港社会的初步样貌。面对光怪陆离、变化莫测的都市，对其本质的体悟和揭示才是作家真正融入香港的标志。香港是现代性与后现代性混杂在一起的国际性大都市，和其他大都市同样的是，疏离、荒诞、偶然、颠覆、解构、异化、寻找、追问等是代表城市精神的一系列关键词，阅读颜纯钩的小说，我们发现，“城市”逐渐成为他的诉求对象和审美对象，从“文革”题材的内地经历，到新移民题材的香港底层社会生活，再到都市精神实质的揭示，城市意象愈益清晰和丰满。

经济的繁荣和文明的推进似乎表明人们生活质量的提高和生活方式的丰富多样，然而，对物质的片面强调却会使人性极度异化。恩格斯曾深刻地揭示过这种历史进步、文明发展与道德规范之间的矛盾，犀利地指出人类从原始社会进入有阶级的文明社会是一次历史的进步，同时也是一次道德的堕落。自私、贪欲和赤裸裸的物欲，毁灭了古老的一切，异化了人性。当无限膨胀的欲望落入冰冷的现实时产生巨大落差，以及各种束缚、怪圈都会使生存环境感到压抑和尴尬。因而也就有了现代社会人与人之间的互相提防、猜疑、不信任，真诚、关怀、帮助、同情在利益化的香港很难找到立足之地，于是就有《心惑》中主人公“我”的尴尬处境和荒诞结局。为了朋友君良的托付，“我”尽心尽力帮助被他抛弃的妻儿却屡次被人误解拿了“四两金子”，因而带来一系列的反应。“莫须有”的罪名使工厂将他调离出纳岗位，周围邻居的眼神开始闪忽起来，甚至妻子也开始怀疑丈夫，做了二十几年的夫妻“我的心她摸不清，她的心我也摸不着”，以致最后神经衰弱，竟怀疑自己真的拿了那“四两金子”。颜纯钩通过这个虚构的故事道出了城市的荒诞和人与之间的隔膜。

城市，对现实主义来说是物质的，对现代主义来说却是不真实的。真实的城市是物质支配一切的环境，是人类欲望和意志搏斗的整个战场，不真实的城市则是放纵和幻想奇特地并列在一起的各种自我活动的舞台。《心惑》的荒诞故事道尽了现代都市中人的心灵飘忽，虽荒诞，却有十足的内在可能性。在存在主义哲学中，荒诞是现代社会中人面临的普遍生存处境。现代人身处其中无处可逃，唯一可做的就是如何面对荒诞并在荒诞中生存。[①]《心惑》中“我”的处境极其荒诞，但“我”

① 朱立元：《当代西方文艺理论》，上海：华东师范大学出版社 1997 年版，第 131 页。

还得在其中挣扎生存，直至无力抗拒去看精神科医生。颜纯钩的近作《耳朵》更加具有荒诞剧的味道。其康的人生命运及家庭幸福竟维系在“耳朵”上，大到人生小到性爱质量。在作品中，“耳朵”这一意象被赋予了极其丰富的内涵和意义，因为美丽的耳朵能给其康带来性高潮。曼华嫁给了其康，这时他的事业蒸蒸日上，可是他却养成了捏耳的毛病，因此在公司以及妻子心目中的地位一落千丈，曼华甚至扬言要与他离婚，但他仍无法改掉恶习，终于导致精神崩溃，最后曼华为其修耳时他自残剪掉了半边耳朵。“耳朵”背后城市的荒诞和人生的无意义清晰地凸显出来，颜纯钩小说对城市荒诞性的揭示引起我们对未来更深的思索。

现实主义认为，文学应该通过想象性的叙事表达揭示生活的必然，然而虚构的艺术真实与现实的生活真实离得太远，何况作家面对的是充斥各种内在可能性的现代与后现代社会。米兰·昆德拉认为：“没有偶然，生存是难以想象的，生存就是偶然。”① 然而事情并不因它的偶然而失去原有的必然，相反，偶然往往和必然结合在一起。当个体面对现实社会时，人更加可以发现自己尴尬的生存处境，而偶然在人的命运和前途中扮演了至关重要的角色。《眼睛》中因为“文革”武斗时的一次偶然，“我”失手刺瞎了振邦的眼睛，从此在“我”的心里埋下了内疚不安的种子，19年后香港大厦电梯门外的走廊上的两人再次偶然相遇，就决定了两人必然的命运。《失妻》的悲剧也可以看作“偶然”与“必然”相互作用的结果。如果丈夫请假陪若冰一起见工，也就不会发生妻子被色情“康复中心”拉下水的事情，也就不会失妻，但反过来，浮华享乐主

---

① ［法］安·德·戈德马尔：《小说是让人发现事物的模糊性——昆德拉访谈录》(1984年2月)，见［英］乔·艾略特等：《小说的艺术》，张玲等译，北京：社会科学文献出版社1999年版，第79页。

义的生活方式对有美貌作为资本的若冰是一种无法抗拒的魔力，因此“失妻”也就是必然的了，于是就有了若冰的回家又出走的故事结局。

生活中充满荒诞和偶然，人物的命运常常会发生戏剧性的颠覆和解构。当个体落入强大的现实之网无力挣脱时，人生的意义追寻便成了一场无望的期盼，只能迫不得已对现实无奈认同。《生死澄明》（1996 年）中的“我”以为和东宇结婚就能忘掉和渝生的那段恋情，然而生活中到处顽强地出现渝生的影子，吃饭、散步、听音乐、睡觉甚至连肚子里的孩子也像是渝生的，“我”无力摆脱渝生的阴影，直至孩子意外流产内心才有所解脱，似乎还清了欠渝生的情债。但是“我”真的能从此“生死澄明”吗？这只是一种无奈的自我解脱而已。《彼岸》中的阿秀偷渡到香港以为从此能过上幸福的生活，没想到却沦为一帮打工仔的“公妻”，后来又采取和香港本地人同居生孩子的方法，试图获得特赦拥有合法居住权，可事与愿违，“彼岸”带给她的不是幸福，而是痛苦。《团圆》中倩萍夫妇满心希望 8 岁女儿来港团圆，不惜花巨资让蛇头偷渡，不料意外翻船失去女儿，永远无法“团圆”了，而老人的现身说法更是消解了“团圆”的意义：即使团圆了又怎样，有孩子和没孩子都一样，到头来都是孤家寡人，而且子女可能让自己活得更辛苦。颜纯钩的很多小说都表现为个人的无助感和驱逐意义后的无奈与失落，从中我们能够读出现代都市荒诞、偶然、无奈与孤寂的某些精神实质。

总之，当颜纯钩从内地文化语境移居到香港商业文化语境时，一方面深受内地“文革”经历和新移民经验的影响，抒写新移民的各种生存状态，努力进行新移民的身份建构；另一方面，香港经验逐渐渗入到他的创作，深入描绘香港平民生存状态，探寻人性的普遍困境，揭示都市荒诞、孤寂、异化的实质。

第三节　揭出都市病症的高手——王璞

二十世纪八九十年代众多的南来作家中，王璞是比较特殊的一位，因为她出生于香港，却在内地漂泊了几十年，后于1989年回到香港生活工作了很长时间，2005年又回到内地从事专业创作；同时，王璞又是一个在雅俗之间极力探索人性奥秘的孤独旅人。无疑，在读者和编辑眼里，居港近20年的王璞是个香港作家，居港多年的她在看问题的方式以及日常生活的习惯上，肯定会受到这个城市的影响。香港的风情人事、山水草木，这一切会不知不觉地进入她的笔下。但这只是她小说的背景，承载的大部分却是内地的记忆。而她自己对“香港”身份也不以为意，她的日常生活姿态以及小说叙事说明了她对香港的疏离。香港是她的根，然而回到香港的王璞却找不到“归人”的喜悦，动感、喧嚣的香港让她倍感迷茫，“孤独”成为王璞念念不忘的题材。①

在香港，王璞是位非常有个性的女性。艾晓明曾这样评价她：“血性，似乎是赞美男人的专用形容词”，“而王璞的散文先就叫我想到‘血性’、阳刚之气、男儿气”。② 她新出的散文集《呢喃细语》，就是柔中带刚的风格。王璞看上去优雅柔弱，然而骨子里却有一股狠劲，敢爱敢恨，很有个性。她会说粤语却拒绝说，只说普通话，不参加任何作家组

---

① 以下关于王璞的论述参见计红芳：《孤独的旅人——王璞短篇小说论》，《常州工学院学报》2007年第4期。

② 艾晓明：《血性女人——读王璞的散文集〈呢喃细语〉》，《香港文学》1995年6月号。

织如香港作协、作联等，因而媒体上很少见她的踪影。

在生命的长河中，她只想以一个纯粹的作家身份生存。也许是和徐讦“过客”的孤独心态的某种契合，王璞特别欣赏徐讦的小说，并以此作为研究的对象，其博士论文《一个孤独的讲故事人》已经出版。20世纪50年代香港的文学环境和上海有某种程度的相似性，香港自身的文学还没充分发展，而八九十年代时，香港的文学环境已经有了巨大的变化，特别是1984年《中英联合声明》签订以后，面对内地强势文学的冲击，香港文学特别注重文学的本土发展，并取得了相当大的成就。而王璞是在1989年香港本土文学发展势头正旺的时候移居香港的，理应迅速调整心态，从记忆中国的经验书写转入香港都市经验的表达。可是，在王璞的小说中，我们体会到的大都是沉重的内地记忆以及“孤独”情绪的表达。王璞说：“人们总以为城市充满了生命，其实却只有孤独，无法交谈，无人同游。”①

香港是王璞的出生地，虽然她出生后不到一年就回到了内地，但是按照当时人们对“故乡”这个词的某种定义来看，香港也确实应该算是她的故乡。那个从小城走出回到香港的“我”再也不想回去了，却“无法抑止自己不梦见它，每每从夜半梦醒，小城就如同一个活生生的人，清清晰晰，一丝不苟地站在我的面前”②。这种扯不断的情感依恋也是王璞自己的真实写照，内地是她割舍不掉的情结。“孤独”常使她回望过去。

---

① ［法］弗朗西斯·密西奥：《王璞印象记》，《香港文学》2005年4月号。

② 王璞：《我的小城》，见《雨又悄悄》，桂林：漓江出版社1996年版，第315页。

一、迷失于昨日往事

从1989年移居香港以后，王璞先后在《东方日报》和《星岛日报》任编辑，从1993年开始担任香港岭南学院中文系助理教授。居港已经有15年之多的王璞，应该深谙香港风物人情，可奇怪的是和徐讦一样，她主观上非常拒绝说香港常用的粤语，虽然随着居港时间的越来越长，她已完全能听懂粤语。语言是人进行交际、思维和表达的重要工具，虽然我们并不要求作家用方言来写作，但至少日常生活语言应该本土化，这样作家才有可能逐渐理解她所生活着的香港，触摸那些活生生的香港人物，从而表现出有滋有味的香港特色。但是王璞拒绝说方言，显然她只把自己当作暂时搁浅在香港的过客，主观上不想融入香港，对香港没有深厚的感情。虽然王璞出生于香港，但却成长在内地，她的爱恨情仇、辛酸往事都在内地上演，那儿有着她无法磨灭的美好和伤心的记忆。她是打算回到香港寻根，可是来到香港以后，刚开始的语言不通使她就好像在外国一样，加上饮食习惯、生活习惯等的文化差异，让她处在一群香港人中间往往不知所措，所以最终还是要回到内地。她说："我不会长期在香港的，我将回到那边，在这里我什么都欠缺。"① 当有人问她缺什么时，她的回答竟是"食物"。也许有人会笑，生活在整个亚洲佳肴美食大集的香港的她竟然缺乏食物，真是不可思议！也许这食物不仅指物质食粮，更主要的是指40年内地生活所赋予的精神依归，虽然那块土地没有给她留下多少温馨的

① ［法］菲利浦·拉宋：《香港，浮动的小岛》，《香港文学》2004年9月号。

记忆，但毕竟是给予她精神滋养的祖先的土地，那份沉重的记忆带给她无穷的思念和牵挂。果然，2005 年 6 月她辞去香港教职，又回到深圳从事专业创作。

当初移居香港对王璞来说一方面是生存策略上的考虑，另一方面写作已经成为她生命的一部分。在内地作家多如牛毛，要想脱颖而出并不那么容易，从 1980 年开始发表小说到王璞离开内地的 1989 年，文坛瞬息万变，潮流更迭频繁，王璞虽也有很多小说发表，也曾经在 1982 年因为小说《最漂亮的，是那只灯罩》获上海作协“萌芽”文学奖，但却少有知名度。一个作家的生命既然赋予了创作，那么为了生命的本体存在她会不惜代价。1989 年以后，为了寻求更多的发表机会，也为了回自己的出生地“寻根”，她毅然回到了香港。王璞自己解释说：“我想以作家身份生存。在中国内地，有大量的作家，但没有太多的地方发表。在这里正好相反。”① 确实如此，到港后的她在寂寞文苑继续耕耘，报纸上时常有作品发表，还参加各类创作比赛，收获颇佳。《补充记忆》得了第一届长篇小说奖季军（1996 年），《么舅传奇》得了第二届长篇小说奖冠军（1998 年），而后被出版商发掘，一下子成为香港知名度很高的作家，如果在内地发展，王璞恐怕很难达到今天这样的成就，这一点她看得很清楚。

虽然已经被认为是香港作家，但她却从没中断过对自己曾经生活了 40 年的内地的思念，这份沉重的记忆直接体现在王璞的创作中。有时在小说中直接流露出对香港的疏离，如《忆》中那个来港已经三年多的卢玲从来不看香港电视，也不到街上乱转，一共去了尖沙咀三次，对

① ［法］菲利浦·拉宋：《香港，浮动的小岛》，《香港文学》2004 年 9 月号。

香港的地形一点也不熟悉，以致有一次带领路过香港的朋友游览时竟迷了路。卢玲依然沉迷在往事里，正如那酒吧的菲律宾女郎所唱“让我们回首，把往事来缅怀，来寻求”，而昔日情侣凯里却很快适应新环境，竟像个来香港已经三百年的人，让卢玲觉得他们已是两个世界的人。显然，卢玲的不融入香港是主观情感拒绝的结果。如果说《忆》等小说中王璞通过主人公的行为和心理直接表露对香港的疏离，那么大部分时候王璞是通过回忆模式来间接表达对香港的隔膜的。她的创作大都是内地生活经验的表达，“回忆”是对故园的依恋，也是对香港现实的规避。小说中人与人之间沟通的徒劳正隐喻着人物对香港的疏离感。

王璞小说的背景大部分在内地，如《种树那一年》《周庄故事》《紫色的小梦》；或者是在香港由于某事某人的触发、回忆而在两地穿梭上演，如《扫墓》《辣椒的故事》《八月的迷失》《我的小城》。即使小说中不乏香港的地名、香港的角色、香港的风物，但谁都看得出来，重心不在香港。香港充其量只是背景，或是容器，他们承载的还是活在内地的那份沉重的记忆，如《梦非梦》《扇子事件》《旅行话题》《忆》等。

王璞小说里的人物，有很多是从内地移居香港的主角，这些人物往往活在过去的回忆里，如《话题》中的鲁岸、《扇子事件》中的妻子、《小岛的故事》系列中的小岛。只要某一事物引发往事的一点感想，就会浑然不觉现在而作出一些莫名其妙的事。他们迷失于往日的回忆中，依然活在过去的影子里，也许他们无法直接面对现实，他们想遮掩或逃避不能适应新环境、新关系的实况，如《相遇》和《红梅谷》①。《相

① 王璞：《知更鸟》，香港：基督教文艺出版社1998年版。

遇》中的小岛和麦地是在朋友客厅里第二次偶然相遇，凭着一首儿歌和依稀的儿时记忆认出了对方，一起沉浸在孩提时代的回忆中，以致聚会结束后，他俩谢绝了朋友送他们回家的好意，结伴而行，边走边继续他们的童年话题。分别时，麦地还在心里不断纠正记忆的细节，那个院子的漂亮小女孩梳的辫子不是小岛说的两条而是一条，而辫子上扎的也不是当初自己所说的红头绳，而是黑皮筋。《红梅谷》对往事的沉迷程度更深。只是因为在巴士上一眼瞥见新界某条路转角“红梅谷”的路牌，想起了《红河村》这首老歌，因而决心排除万难请假去那儿看看。为了寻找同去的伙伴，他竟考虑了一两个月，最后剩下三个合适的人选。靠老公养活的阿绿是首选，不用上班。并且他和阿绿之间有个永恒的话题，就是外币炒卖，即使他提出和她开房到酒店去讨论大概也不会遭到拒绝。可是阿绿的回电却引起妻子种种猜疑，为了消除妻子的疑虑，他打电话到阿绿家，弄巧成拙，又遭到接电话的对方老公的怀疑。次选阿木本来非常愿意去，并约好了时间，却因老板临时派他公干而失约。阿木还告诉他，“红梅谷”只是一个屋村，并非想象中那般富有诗意，这让他感到非常失望，并有点失落。那天，他按原计划独自一人去寻找谜底，可是当公共汽车经过那个“红梅谷”路牌时，他却纹丝不动没有下车，就跟他偶尔想起一个往日恋人似的，然后再次把它尘封在记忆深处。

往事无力挽回，现实无法面对，主人公就这样迷失于回忆和现在之间，从而造成一种戏剧性的张力。《旅行话题》和《扇子事件》都是女主角想重游旧地，追忆似水流年。这些主角无法摆脱往事的阴影，无法逃离“往日恋人”的情结。《旅行话题》（妻子、梁兄和丈夫）和《扇子事件》（妻子、洪夏和她丈夫）中女主角的感情、心神完全为“往日恋人”所控制，虽然和丈夫生活在同一屋檐下，但是丈夫却不了解妻子的心事。《旅行话题》中如果没有梁兄电话引起的黑龙江旅行计划，丈夫也许永远也不会发现妻子工作的角落里竟然是一片绿洲。“在那张书柜两用的工作柜上，一簇吊兰从柜顶垂下，旁边有一盆不知名的花草，清清雅雅的。”当她一谈起旅行话题时，“她那张平日看上去苍白抑郁的面孔，此刻显得容光焕发，神采奕奕，好像变了一个人似的”①，令丈夫大吃一惊。《扇子事件》中的妻子心中有个去不了的情结，那就是往日恋人洪夏离开时送给她的扇子，不幸的是它已经飘落到海里了，而若干年后，洪夏失踪在呼伦贝尔大草原上，有人把他的遗物带到香港交给了她。正因为此，妻子一直有个翻旧物、逛古董店的癖好。而丈夫对这些却漠不关心，只关心移民、投资、房地产之事，每次她翻检那些旧物时，丈夫从不去“打听这些东西的来历，也不问我在翻找什么”②，好像他对自己的丈夫地位具有绝对的自信（从另一面来说，可见丈夫对妻子的情感淡漠）。于是女主人公就一味沉迷在对“扇子”的寻觅与追忆中，对丈夫的移民温哥华计划没有丝毫热情，在寻觅那把包着紫边的绢纱圆扇无果的情况下还恍恍惚惚地对丈夫说想到呼伦贝尔大草原去看看。就这样，女主角迷失在温哥华和呼伦贝尔草原之间，迷失于现实与回忆之间。

明知靠回忆来逃避现实环境的压抑是一种鸵鸟策略，但作者还是沉迷于往事的回忆中。男主角鲁岸虽然身体跟新女友在一起，但他们的话

---

① 王璞：《旅行话题》，见《知更鸟》，香港：基督教文艺出版社 1998 年版，第 89 页。

② 王璞：《扇子事件》，见《知更鸟》，香港：基督教文艺出版社 1998 年版，第 45 页。

题却不时围绕着已经死去的前女友阿玲。只要提起阿玲，鲁岸就好像变了个人似的，滔滔不绝地说着关于阿玲的一切，“又是辩驳又是论证，又是打手势又是晃脑袋”①。“我”似乎只有通过阿玲才能走进鲁岸的内心，否则犹如一个局外人。事情似乎有点滑稽可笑，现实世界中的人与人之间竟可以这样冷漠，男女主角在沙滩上甜蜜亲吻，可女主角觉得自己平静得像一湾无风的池水。阿玲是鲁岸家共同的记忆，所以女主角在他家就像外人，爸爸、妈妈、姐姐一点也没有表现出对“我”的热情，相反，阿玲却被自然地经常提及。每一次关于往日恋人阿玲的话题就是对“我”情感的一次伤害，而“我”却只能无奈地通过这种方式来维系和男友的情感，人生的荒谬与寡情在这对现代男女身上得到了最好的体现。男女主角对往日恋人沉迷的程度反映出他们面对人生和命运的无能无助。小说中弥漫的荒谬感，很有“存在主义哲学”的况味。

沉迷于过去就是对现实的规避，说明人物对香港的疏离，同时也表明了作者的情感指向。王璞的《小楼的故事》也依然挥不去内地沉重记忆而带来的无法认同香港的疏离感。它写的是我初到香港租住的唐楼里发生的故事，主要人物有伊丽莎白大包租婆和杨太小包租婆，做地盘的租客刘先生和做文字工作的“我”。刘先生和“我”两人都是从内地来的，刘先生以前也是做文化工作的，但到香港后却只能做地盘，面临着生存困难。他感慨地说：“我在内地时也是做文化工作的。教师呀、编辑呀之类的都做过。到了这里没办法，教书要本地学历；编辑呢，人工又太低，做地盘虽说辛苦一点，只要勤力，收入还不错。”移居异地后

① 王璞：《话题》，见《知更鸟》，香港：基督教文艺出版社 1998 年版，第 41 页。

的身份确认的艰难，香港重金钱不重精神的特性，使得刘先生不得不放弃自己的精神活动，而从事体力劳动。来港快到 10 年了，只满足于讨个好生活。“在内地已经买好了一层楼，儿子也上了大学，再辛苦不了几年，就可以告老还乡了。”眼里流露出些许得意，可我们谁能体会出刘先生的辛酸与无奈呢！居港近 10 年，有一次由于一时疏忽忘了带上香港居民身份证，竟被当作黑市劳工抓进了警署。那种侮辱、那种委屈，难以忍受，“好像有种呜咽似的声音从他嘴里发出来”。被“我”保释出来后，阿 Q 式的自暴自弃心理，使得刘先生想以平时一向舍不得吃的龙虾、鲍鱼等物质食粮来消解内心的愤懑和酸楚。10 年底层打工生活，却依然得不到香港社会的认同，就连同样是底层平民的小包租婆杨太也看不起他，时常把他当作反面教材来教育她的儿子。新移民在香港立足的最基本的工作需求竟带上这许多辛酸的泪水，主人公刘先生饱尝了香港世态人情的冷暖，香港无法给予他家的温暖，最终他一定会回内地。

这篇小说发表于 2003 年 5 月号的《香港文学》，这时王璞到港近 15 年了，可是当她进行小说创作时，虽然已经逐步摆脱对往日人事的回忆模式，却依然无法忘怀内地移民初到香港的艰难生存经历，因此“移民”在她笔下依然占据重要的分量。再往前考察，她的长篇小说《补充记忆》① 和《么舅传奇》②，虽然故事发生的时空在香港和内地之间切换，但“文革”经历、儿时记忆、往日情事确是串起整个故事的媒介。所以某种程度上说，这是王璞小说创作的局限，身居香港的她应该考虑

① 王璞：《补充记忆》，香港：天地图书有限公司 1997 年版。
② 王璞：《么舅传奇》，香港：天地图书有限公司 1999 年版。

内地经验和香港经验如何融合，从而为她的小说创作开辟更广阔的天空。

二、荒诞的亲密关系

王璞小说所表现的“疏离”不仅在于地理的疏隔和心理的疏离，还在于人与人之间无法沟通的隔膜，任何努力都徒劳无益，体现在其作品中就是人物寻寻觅觅终无结果的徒劳过程。这恐怕是王璞和20世纪50年代到70年代来港的南来作家最大的不同。沉迷昨日往事，于是有了主人公寻找红房子、探觅红梅谷、买扇子、研究旅行广告、消灭蚂蚁、收集关于知更鸟的确切释义等一系列的荒诞行径。似乎主人公只有活在过往情境中，他或她的生命才有意义，一旦跌进现实情境，人物便失去了鲜活的光彩。现实中的人是那么难以沟通，夫妻、情人之间也是如此。

《话题》中可以看出王璞对现实人际关系和女性命运的思索。人与人之间的关系是如此冷漠，兄妹之间（阿惠对鲁岸所知甚少）、母女之间、父女之间没有正常的人伦情感，母亲只对报纸上的股票信息发生兴趣，而父亲沉浸在他的花鸟世界中，对其他人、其他事漠不关心，神情淡漠。而“我”也只能靠着往日恋人阿玲的话题才能勾起鲁岸心中的一点生机活力，否则男友就形同一具没有情感的躯壳。男女之间的情感到了此般地步，这叫什么爱情？现代高度发达的资本主义社会的爱情竟是这样的？这恐怕是王璞一直在深深思索的问题！“我”的被注视是建立在对另一个女人阿玲的情感伤害基础上的，“我”的话语是在对阿玲往日点点滴滴的叙述中才引起关注的。因为活在过去的情感氛围中，所以鲁岸无法与现实生活中的人沟通，即使是面对新女友“我”。《话题》虽然没有余华《现实一种》中的血腥与残暴，但引起的内心震荡却不亚于此，那平静得像一湾无风的池水的“吻”里包含着多大的悲哀啊。“吻”，多么浪漫并能引起男女内心情感激荡的一个动作，可是在王璞的笔下是这样描写的：“他把一大块鸡肉塞到我正好张开的嘴里，然后，他搂住我，吻了我嘴唇，一下，两下。”① 两张塞满食物的嘴吻在一起，无法想象会有美妙的感觉，所以当鲁岸的嘴唇压过来的时候，“我”闭上了眼睛，心里觉得有点悲哀。

情人之间的浪漫故事竟带着这样的辛酸、痛楚和荒谬。小说《一次目的不明的旅行》的最后，吃火锅的女主人公林妮因为出去上了一趟厕所回来找不到男友（大概15分钟，而男友事后一口咬定是一个钟头），于是她就在迷宫般的城市里兜兜转转了三天去找男友，没有找到，还被骗买了一根假虎骨（实际是狗骨）。当林妮出去时跟男友说是去洗手间，可是他“完全沉迷在涮羊肉之中了”，竟毫不理会，事后还责怪女友没有提过。三天后见面时不是热烈的拥抱，不是关切的话语，而是甩过来一句恶狠狠的话：“你还活着?”而后就是互相的责问。在这你来我往的争吵中，林妮受到的伤害最大。为了寻找男友，在城市转了两圈，买虎骨上当受骗，回来还受到男友的误解和责备，男女情感的沟通竟是这样艰难！林妮对此非常失望，转身走时身后却飘来一句话，“所以我们俩没缘，没缘”②。情人是如此，走进婚姻的夫妻也不见得彼此心心相印。

---

① 王璞：《话题》，见《知更鸟》，香港：基督教文艺出版社1998年版，第39页。

② 王璞：《一次目的不明的旅行》，见《知更鸟》，香港：基督教文艺出版社1998年版，第110页。

《旅行话题》中的那个丈夫因着对妻子与梁兄关系的怀疑，始终不积极支持妻子的黑龙江寻旧之行，力主去新西兰旅行，最后两个地方都没有去成，去了一趟泰国，买回一包假的蛇药膏。这个富有戏剧性的结尾是否意味着夫妻之间情感的虚假与沟通的徒劳？

如果说《旅行话题》中的丈夫对妻子的黑龙江旅行计划还若有若无地关注着（要不是潜意识里对梁兄的醋意以及朋友四萍的劝告，他俩就真去了黑龙江），那么在《扇子事件》中，丈夫对妻子的古怪行为（翻检旧物、逛古董店）简直就是漠视。虽然同眠一床，贴身却不贴心，形同陌路。丈夫满脑子都是他的温哥华移民计划，因此关注点全在房子、投资，而占据“我”脑海的全是旧日情人洪夏的影子，内心一直涌动着去呼伦贝尔大草原的热望。同床异梦，还有什么比这更无奈、更荒诞的夫妻关系？

也许在王璞看来，人生本来就是荒谬的，因此追寻身份和精神家园建构就显得徒劳无功。在王璞的小说中到处是迷宫般的游戏，充满着悲观主义色彩，王璞是个喜欢开玩笑的悲观主义作家，她常常用荒诞喜剧的手法来写人世间的悲剧，这种“含泪的幽默”更让人觉得辛酸悲苦。其实王璞并不是在开玩笑，她是一个非常严肃、善于思考的作家。也许是她曲折的情感经历使她感悟到男女沟通的徒劳与人生的无奈，并用形象化的语言对此作出形而上的诠释。《一篇小说的诞生》是一篇对男女相互理解、互尊互爱、独立平等的爱情的思考的佳作。文本中的“我”与丈夫的婚姻生活、爱情现实，与虚拟小说文本中造反派、播音员、秘书之间的三角恋爱故事相互推动、相互印证，它那平行式的互文结构涵括着整个自足而无奈的女人世界。

现实生活的庸常与残酷容不得一叶“爱”的小舟，爱情务虚，却不得不拘于实。女人终其一生搜寻爱的结果只不过是海市蜃楼，爱的浪漫与激情在梦中，醒来却发现依然躺在“满嘴烟味，睡眼惺忪”的丈夫怀里。虽说时不时吵吵闹闹甚至闹到要离婚的地步，但终究没有离成，男人女人都奉行着自己既定的职责，一丝不苟地活着。没有爱情，没有乔尔西，爱情已从浪漫传奇化为写实炭画，现实生活的习俗化与重复感麻木了圣洁的感情，扼杀了鲜活的生命。作者在小说中不仅哀悼女人与青春老去，也惋惜现实世界的庸俗对感情的扼杀。

读王璞的大部分小说，最强烈的感受是她对男人、女人之间关系的透彻理解：爱情、婚姻中理想与现实的强烈反差，主人公对爱情的无望追求，一切如在梦幻中上演。梦幻中的情感犹如美丽的彩虹。无疑，爱情是女人生命中瑰丽的一道彩虹，也是女人生命本体所在。当一切的表象被撕破时，爱就露出了狰狞的面目。在现代社会中，我们绝不否认“事业”也是女人生命中极其重要的部分，但女性生命本体意义追寻的天平显然倾向于“爱情”。没有刻骨铭心的爱的体验与滋润，女人也就失去了本体存在。但是，男女情爱关系应建立在情感的相互沟通与平衡上，而不是相互漠然、仇视和欺骗。《偶遇》中，要不是机场候机室里阿婷和阿芳的“偶遇”，谁会想到“他”在两个女人之间演戏作假？“他”的演技实在高超，妻子阿婷一直认为“他”是个好丈夫，只是“他”一时冲动让阿芳怀了孕，因为怕身败名裂所以不得不离开心爱的妻子。这次也是丈夫邀请阿婷坐飞机去马尼拉，说是把结婚戒指还给她。而情人阿芳根本就没有生育能力，哪来的用肚里孩子要挟之事？虽然现在阿芳也离开了“他”，但直到真相大白之前阿芳还在爱“他”，因为“他”曾经说过爱她胜过一切，可没想到这一切都是骗局。男女情感竟是这般虚假做作，面对真相，“这两个女人苦笑着对望，再也说不出一句话来"[①]。面对这样阴冷的男性世界，女性该如何诉说？难怪作为女性作家的王璞对女人的孤独故事如此着迷了！

三、徒劳的身份追寻

香港商业社会高度物质化的快节奏生活和工作，使人无法诗意地栖居，于是写作成了他们的精神避难所，某种程度上可以说文学创作并不仅仅是作家达到目的的手段，在本质上它是一种生存方式、生活态度、生活内涵，是生命赖以支撑的精神支柱。1989年王璞移居香港也许是出于经济上的考虑，但更重要的是香港有自由地写作、发表和出版的空间，可以更好地实现她的作家梦。写作已经成了她生命中不可缺少的内容，成为抚慰、安顿自己的方式。

王璞小说所要追寻和建构的"身份"，并不是浅层次的香港身份，而是类似于爱情、精神家园、生命本体、自我存在等一类的东西，有时是抽象的，有时又是具体的。其实不管是具体的物象还是抽象的心象，都承载着主人公的心神和情感，是主人公存在价值的投射物。在追寻身份的过程中，人物不是在迷宫中迷失，就是不知自己所要寻求的是什么，人物的行动茫然无目的，正说明了人生的漂泊不定，也许人生就是一场永远也无法到达终点的梦。王璞通过对人物行动的细致描绘和行动背后心理的深刻剖析，表达出一种人生永远无常、悲欢永远演绎、人与人之间永远无法沟通的悲观情绪。正因为如此，她被黎海华称作"回不

---

① 王璞：《偶遇》，见《雨又悄悄》，桂林：漓江出版社1996年版，第371页。

了家的旅人”①。

王璞的小说主要不是讲故事，而是借助于故事表达出某种感觉，某种人生体验，或某种处境，可以称为情境小说，也可称为心理小说。作者写出了世纪末现当代人的生存困境——灵魂的漂泊，意义的荒诞。小说中的夫妻、情人几乎都是感情的漂泊者，找不到回家的路。寻寻觅觅、兜兜转转却始终无结果，或者根本就不知寻觅的目标所在。王璞自己说道："我是想写出答案来的。无奈总是没有答案。这难道不也是一种真实吗？没有答案也是一种答案。"② 她在《一次没有目的的旅行》《不要说你都知道》中表达的就是这种世纪末失落的一代真实的生存状态。虽是如此，人物还是在不断努力寻找着精神家园并建构自己“是其所是”的身份。

借用《涨水那一年》中的一句话："我在人丛中钻着、挤着、撞着、碰着，连我自己也不明白，我究竟在寻找一个隐身之处呢？还是在寻找一条出路？"③ 这不妨看作王璞小说人物寻找身份的总体隐喻。以《红房子》为例。小说中的叙述者由于某种神秘的力量和隐约的感情，想去找寻红房子。经过几番犹豫，终于下定决心去了，却在找寻的过程中迷了路。"越是接近目的地，我就越是清楚自己是在干一件蠢事，我的心也就越跳越急。"④ 也许是“近乡情更怯”，也许是怕苦心搭建的精神家

① 黎海华：《回不了家的旅人——王璞、黎海华对谈》，《文学世纪》2002 年第 8 期。

② 黎海华：《回不了家的旅人——王璞、黎海华对谈》，《文学世纪》2002 年第 8 期。

③ 王璞：《涨水那一年》，见《雨又悄悄》，桂林：漓江出版社 1996 年版，第 14 页。

④ 王璞：《红房子》，见《雨又悄悄》，桂林：漓江出版社 1996 年版，第 28 页。

园在即将建成时轰然倒塌，她有点害怕接近目的地，但是冥冥之中有一种神秘的意志驱动“我”的脚步向前。可是，这样的寻找却没有结果，我在找寻“身份”的路上迷失了。这里，“红房子”是“我”心中的期盼，它或许是乔大林这个引起“我”遐思的男性实体，或许是凝聚着我心中所有梦想和精神家园的所在，找寻“红房子”就是要寻找和确证自我身份，迷路结局的安排，可以看出主人公的身份困惑和真正危机。

对那些经历过“文革”而后移居到香港来的角色，他们肯定会有身份的危机。《雨又悄悄》写了妻子米丽因为偶尔看到丈夫大明和一个名叫晓玫的年轻女人亲密谈话的样子，就开始捕风捉影地猜疑他俩的关系。为了报复丈夫，妻子坦然说出自己有情夫的事实，令晓玫和不期然回家听到真相的丈夫大明大吃一惊，结果不仅伤害了丈夫和晓玫（其实他俩只是比较要好的朋友），同时也伤害了自己和丈夫的情感。“她看见大明猛然一个转身冲出了门去，又看见身边这个女孩也跳起身在门口那儿消失不见。而她还是像一台坏了的录音机那样兀自讲下去，讲下去，一泄为快。她已停不下来，她只想要打破沉寂，打破障碍，道出一切的真相，也知道一切的真相。”① 显然，导致米丽反常举动的是她对自己妻子身份的不自信。晓玫年轻漂亮，有着一副清纯的面孔，一双若含秋波的眼睛，而米丽虽没有那么老，但与晓玫相比，目光游移无神，形容憔悴。她对自己的相貌没有自信，再加上对丈夫日益加重的猜疑，使她感到妻子地位的岌岌可危（虽然在外面她有一个五年之久的情人）。尽管妻子的角色扮演得不那么称职，但这个角色对她来说非常重要，失去

① 王璞：《雨又悄悄》，见《雨又悄悄》，桂林：漓江出版社 1996 年版，第 161 页。

“妻子”这个身份表面上看来意味着女人婚姻的失败，实际上却是对女人“身份”的否定。所以米丽极其看重这“身份”，然而她却自己挖坑跳了进去。

到往事中去寻找情感的寄托、追寻“身份”是徒劳的举动。因为人生是一趟回不去的旅程，况且往事也并不都是那么美好的。留在人物记忆中的只有那巷子口的酸辣粉，除此之外，那“小巷隐藏在那一片模糊的暗绿中，是那种被千万只脚践踏得陈旧不堪的脏兮兮的绿，一切的悔恨一切的呻吟都模糊在那片绿里。尔后，就是白茫茫的空虚”①。既然如此，倒不如把往事忘得干干净净，《风又飘飘》的女主人公夏之，在她死时，竟“没有留下一张日记，一份信件，她抹去了她存在的一切痕迹，她甚至销毁了她的所有照片”。也许是因为伤心，也许是因为愧疚，夏之选择“斩断一切”来保护自己。当她的儿子李思凭着妈妈夹在《圣经》里的一个电话号码从哥本哈根来到香港，试图发掘母亲的过去、寻找自己的身世时，一切也都是徒然。“你母亲已尽了她的能力为你做了一切了，难道你仅仅是为了满足你自己的好奇心，就忍心打破她苦心为自己编织的宁静吗?”② 李思最终放弃了对自己身份的追寻，又踏上了去欧洲的流浪之途。

寻找身份的旅程艰难而迷离，就感觉好像一不小心闯入迷宫的人，面前的每一条路都可能是出口，但它们又都不是，只是一个个美丽的幌子，面对自己的身份他们不无表现出焦虑和危机感。《一次目的不明的

---

① 王璞：《我的小城》，见《雨又悄悄》，桂林：漓江出版社1996年版，第324页。

② 王璞：《风又飘飘》，见《雨又悄悄》，桂林：漓江出版社1996年版，第142页。

旅行》中，策划了五年的旅游终于成行了，男女主人公反而有些茫然。过关时，林妮被问及来干什么，竟以一句“吃火锅”把五年辛苦筹划、准备的旅行的重要意义喜剧化了。除了吃火锅，还真想不出比这更重要、更为紧迫的事情，于是坐“的士”满大街找正宗的重庆火锅，结果转了几圈没找到，随便找了一家火锅店进去享用，环境、卫生、服务态度等非常一般。不仅如此，林妮出去找厕所失踪，造成男女主人公在迷宫般的城市里互相寻找，终究未果。《扇子事件》中妻子明明看见过那把绢扇，并跟店主讨价还价过（店主开价要5000元，贵得离谱），可是两个星期后等到妻子和丈夫再次到那个店里意欲买下时，店主却矢口否认有过这把扇子，并且竟然不认识这位女主人公，好像得了健忘症。一切好像是女主人公做的一场梦，醒来镜花水月一场空。而《红房子》中的“红房子”并不是一个具体的存在，它只是一个公共汽车站的站名，但“我”希冀真的有那么一座红房子，里面有她的梦中情人乔大林，所以有了寻找“红房子”的执着而又荒谬的举动。“红房子”“红树林”也好，“扇子”“知更鸟”也罢，这些都是代表“身份”的象征物，虚虚实实，缥缥缈缈，若有若无，喻示着“身份”的不可捉摸和难以寻求，“精神家园”建构的路途极其遥远。

小说中的迷宫游戏常常显示出主角追寻身份的迷茫。他们进也不是，退也不是，老是在迷宫、歧路中转圈子。事和人之间老是飘荡着一层迷雾，使得他们始终无法到达彼岸。王璞善于为她的主角设置思想和行动的迷宫，“徒劳无获”是他们身份追寻的结果，等待他们的是一片空白。“你知道空白在什么时候出现吗？多次失望堆积而成的挫折感，会在时间的流逝中转换成无奈……生命的空白和戏剧的停顿性质其实完全两样。戏剧的停顿之后是更大的活力，而生命的空白之后，也许就是死亡。”① 在王璞的小说中，迷宫的背后隐藏着身份的焦虑和人性的困惑。“路漫漫其修远兮，吾将上下而求索”，道路虽然遥远且艰险，但王璞依然孜孜以求，这是很需要“西西弗斯推石上山”的勇气的。

王璞对英国移民作家三雄之一的奈保尔非常敬佩。奈保尔一直对他有色人种的身份耿耿于怀，那种无法割舍的流亡情结，使他对自己笔下的那些有色人物既恨又爱，他们是其小说中永远的主角。奈保尔主要写的是有色人种在白人中间寻求那种突围的孤独的悲剧，一个个苦心搭建的精神家园都在即将建成时倒塌，他们最终还是作为流亡者在荒漠的人群中徘徊。最值得敬佩的是，不论情况如何令人失望，他们绝不放弃，屡败屡战，永远在寻觅。从某种意义上来说，这不也正是大部分人的人生吗？虽然王璞不是流亡作家，只是从内地移居到香港，文学行旅的想象空间发生了变化，但作家通过叙述为作品主人公和自己搭建精神家园的目的是共同的。王璞以为回到了香港就找到了根，从此就可以安心住在这个地方，书写这个地方，但她发现自己错了。香港在她的小说里充其量只是容器，它们承载的还是活在内地的那份沉重的记忆。

与她小说中的人物一样，他们一次次地努力，这种努力有时悲壮得近乎滑稽，有时认真得令人捧腹，但结果总是一场空，甚或一场闹剧或一个笑话，人物的身份追寻总是以徒劳而告终。王璞虽然看到自己创作行为的黑色幽默成分，却还是在继续她的文学旅程。寻找纯真的爱而不可得，寻求自我身份的建构徒劳而无功，这就是王璞寻找身份的结

---

① 王璞：《一日长如百年》，见《知更鸟》，香港：基督教文艺出版社 1998 年版，第 131 页。

局。白先勇《纽约客》系列的主人公如李彤、吴汉魂等则不同，他们在异域文化里左冲右突最终依然无法摆脱身份危机，只能以“死”来完成自我身份的建构，结局非常沉重，令人深思。王璞的小说中人物往往做无用功，兜兜转转间好像找到了迷宫的出口，却发现人物又兜回了原地，一切探索、寻找都是无功而返。这种“徒劳”的结局相较于“死亡”来说显得轻松一些，但却更能引起读者对人本体存在的思索，也许人生就是一场徒劳的拉力赛，人一直在路上漂泊着，没有最终的目的地。

对王璞来说，身份的追寻和建构是一场徒劳无功的迷宫游戏，犹如她自己的人生行旅。王璞是一个无根的人，一直在人生旅程中漂泊着，从香港到北京，从北京到大兴安岭，从大兴安岭到长沙，从长沙到上海，从上海到深圳，再往南挪一条河，又回到了香港，似乎已走完了人生的圆圈，但又没有终结。在一次次的迁徙流转中，一切都陌生、暧昧起来，无根的感觉始终缠绕着辗转迁徙的王璞。内地和香港，虽互为两极，又难分彼此，一直纠缠着存在于作家的普通生活里。王璞无法与过去告别，也很难一下子跻身香港都市中心，只能在内地和香港之间游走，与此相伴的是失落、怀疑、疏离、对抗，是永无止境的对生存的叩问和精神家园的建构。

总之，不管是王璞的生活态度和生存方式，还是作品中主人公的内地记忆和身份追寻都带有对香港一定程度的疏离。虽然如此，那挥不去的内地记忆和都市的孤独感，却使王璞对人生多了一份领悟。她在雅俗互渗、多元共存的二十世纪八九十年代文学大环境中对人性的体察、对世纪末失落的一代真实的生存状态的揭示、文学观念和表现手法的趋新等方面确实高出一般的南来作家，而她自身在香港与上海等内地之间的频繁往来和各种文学活动正好也成了那个时期内地与香港文学的某种沟通互动。

第四节　敦厚纯粹的诗意栖居者——黄灿然

在诗歌界，徘徊于内地与香港的诗人黄灿然的创作可以说是香港商业化王国中的一抹清凉。1963 年，黄灿然出生于福建泉州，1978 年移居香港，打工为生，夜校充电，并勤奋自学成才。1988 年，黄灿然毕业于暨南大学新闻系，后进香港《大公报》工作，2014 年辞去任职近 25 年的《大公报》国际新闻翻译工作，迁居深圳洞背村，专心从事翻译和诗歌创作，抵抗俗世的商业化环境和庸常的生活。主要作品诗集有《游泳池畔的冥想》《我的灵魂》《奇迹集》《发现集》《洞背集》等。

黄灿然代表性的诗歌作品收录在他 2011 年出版的诗集《我的灵魂》① 中，这本诗集收录了黄灿然从 1987 年到 2007 年 20 年间创作的主要诗歌精华。可能是他长期从事诗歌翻译特别是现代主义诗歌翻译的缘故，黄灿然的诗巧妙地融入了许多现代主义诗歌技巧和意象，暗含某种批判主义锋芒，但同时他的诗朴素从容，淡定稳健，仿佛和内心的自己对话，保持着某种纯真与淳朴，姿态虔敬。他常常以生活中具体可感的细节来将抽象的思想具象化，继而对人生、生命、人性等进行严肃的思考。也正因此，黄灿然凭借诗集《我的灵魂》获得了华语文学传媒大奖年度诗人奖。授奖辞这样写道：“黄灿然的诗，温柔敦厚，雅俗同体，既得语言之趣，亦明生活之难，词意简朴、高古，引而不发。他本着对

---

① 黄灿然：《我的灵魂》，重庆：重庆大学出版社 2011 年版。

常世、常情的热爱，留意小事，不避俗语，从日常叙事中发掘义理、经营智趣，曲中有直，密处能疏，平实之中蕴含灿烂，低处独语也常让人豁然开朗。他出版于二〇一一年度的诗集《我的灵魂》，精粹、朴直，魂游象外，以通达体悟人生无常，以谦卑分享凡人苦楚，以雅语淡言旁证世事沧桑，诗心机智，境界从容。他的诗，有着一种与颓废、刻薄之风相区别的厚道性格，尤其是他的潇洒、专注、诚心，更是对数量庞大的俗世哲学的践行者及其受难者的真切抚慰。”这段长文把黄灿然诗歌的主要内容、风格特征以及他为人处世的个性色彩概括得极其精确。请看他的《祖先》一诗：

枝繁叶茂的河流，黄昏的皮下
长出油灯的伤口，文字的火焰烧毁了
心中的坟墓和寂寞。木船小小的力量
浮游着——当河流苏醒过来，我们也

应该回家，把洁白的道路留在背后
鱼的小嘴，水的薄唇，我们祖先的脸
掩埋在热泪之下。他们生根而我们落叶
他们开花而我们不结果，不能结果。

在文字的热泪下，土壤掩藏了血脉。
我们祖先的脸靠着舟楫的潮湿倾听
枝繁叶茂的河流，他们伤口的经验
是我们的油灯，他们文字的灰烬将我们埋没。①

---

① 黄灿然：《我的灵魂》，重庆：重庆大学出版社 2011 年版，第 27 页。

这首诗的语言并不复杂，但在简朴雅淡的语言中我们可以感受到的是生活的艰难和无奈，商业化城市对传统、美好的侵蚀，带着温柔敦厚的淡淡批判。正是这种了悟后的絮语直抵人心柔软之处，让读者对习以为常的现代社会反思。

诗歌本来就是极其小众的艺术产品，然而黄灿然在生活极其艰难的情况下依然执着于诗歌创作，这本身就是抵抗庸俗和虚无的一种姿态。其实，早在 20 世纪 80 年代末就读于暨南大学期间，黄灿然就开始诗歌创作，并很快被骆一禾、孟浪、杨滔等诗歌同仁发现其创作的潜力，佳作频频亮相于各大重要诗刊。回到香港后的他强烈感受到经济腾飞的香港繁荣的背后却存在大量的个人失业现象，加上妻子、女儿的移居申请迟迟没有通过，让他越来越对商业化的香港产生隔膜，时常怀疑自己为何待在香港。孤独敏感的黄灿然越发接近加缪、艾略特等现代派大师的灵魂，他的诗歌自然而然带有存在主义者抵抗城市生活的荒谬、无常与绝望感。例如，《我的灵魂》《奇迹集》《发现集》就是 20 世纪 90 年代以来香港颇有代表性的城市诗。黄灿然喜欢柏拉图，喜欢尤利西斯，喜欢布莱希特，喜欢布罗茨基，文学的榜样和力量使得他犹如柏拉图努力挣脱束缚走出洞穴一样，不断求索、追求真理。同时，黄灿然也喜欢雨果、叶芝、杜甫，他的诗歌是多向度的，有城市诗（如《发现集》），有山水诗（如《洞背集》）；有现代主义诗歌，也有浪漫主义、现实主义风格的诗歌。历尽人生磨难、看透世间红尘俗世的黄灿然，宁愿清贫，大胆辞职，从香港迁居深圳洞背，沉迷于自己的诗歌王国，如果没有为文学献身的执着精神是不可能做到的，但也正是有了像黄灿然这样的纯粹诗人，世界才会变得越来越美好。

黄灿然不仅是极具个性的诗人，同时也是声名远扬的翻译家。对于内地和香港读者来说，黄灿然的名字几乎是和苏珊·桑塔格、布罗茨基、里尔克、聂鲁达、米沃什、巴列霍、卡尔维诺、亚当·扎加耶夫斯基、曼德尔施塔姆等一连串知识分子和诗人的名字联系在一起的。他有大量的翻译作品集，如《聂鲁达诗选》《里尔克诗选》《巴列霍诗选》《布罗茨基随笔集·小于一》《卡瓦菲斯诗集》《阿巴斯诗集》《古波斯诗集》等。在很多读书人的阅读经验中，卡尔维诺、里尔克、聂鲁达、辛波丝卡等的中译本他们只认“黄灿然”，读者们从黄灿然译本中获得各种世界文学大师的风采和精湛的描写技艺以及睁眼看世界的本领，可以说黄灿然的译作影响了几代人，而那些被他影响的人正在改变着世界。

黄灿然性格沉默寡言，喜欢并安于孤独，在他看来，孤独是最好的精神产品创造状态，然而在商业化语境中，诗歌创作和诗歌翻译是最没有人看的东西。面对这种困境，黄灿然如何应对呢？借用他喜欢的克尔凯郭尔的话：很认真地工作，觉得它根本没意义，但你做，是个笑话，你还是继续做。黄灿然就是这样的一个诗人、诗评家、翻译家。从喧闹浮躁的香港离职、隐居内地洞背以后，黄灿然终于找到了生命价值存在的意义，认清了生活前进的方向，继续他喜欢的文学翻译、诗歌评论和诗歌创作，执着地遨游于自己营造的精神王国。黄灿然通过自己的文学活动联结了内地与香港的文坛，同时通过文学翻译等活动把影响力辐射到全国乃至全球有华人的地方。世界如此之大，全球化让人与人的距离越来越近，我们看似拥有了城市化、全球化带来的各种便利，但却深陷惯性之中作茧自缚，人类失去了自己的本真。而黄灿然可以说是让很多人不断反思自己，原来我们可以这样自足而精神地度过一生。

本章小结

这个阶段的文学发展由于《中英联合声明》的签订所带来的新的历史机缘和文化环境，使得大多数南来作家一方面带有过渡期的身份焦虑与自我追寻，另一方面积极参与香港文化身份的建构以及香港文学的建设，并开始对都市高度文明化带来的孤独抑郁、人性异化等病症进行书写，以探求人性正常发展的需求；同时，本土作家李碧华的《胭脂扣》、黄碧云的《失城》，南来作家刘以鬯的《一九九七》、陶然的《“一九九七”之夜》等关于“九七”回归的不同文学叙述，客观呈现了多元共存的汉语新文学空间；各种门类的通俗文学开始走出香港、冲破内地严肃文学的壁垒，使得内地文学的雅俗互渗成为可能。特别是以金庸为代表的新派武侠小说引起了内地、香港乃至全世界华人研究者的关注，北大著名学者严家炎给予高度评价，称之为自“五四”新文学革命之后的又一场静悄悄的文学革命。由美国夏志清的《中国现代小说史》引发的内地文坛对钱钟书、张爱玲、沈从文等作家的重新评价和港台通俗文学浪潮在内地的蜂拥出现再次使香港与内地的文学紧密相连，互渗互透、互根互进、多元并存是这一阶段最主要的文学关系形态。

第六章

互动与共享(1997—2019 年)

第一节　中国香港、内地与世界文学文化的多元融合

1997 年 7 月 1 日，当英国国旗从维多利亚湾畔香港会展中心降下的时候，香港长达一个半世纪被英国殖民统治的历史终于结束了。随着香港回归祖国，两地文学交流全面铺开，频繁互动，“南来”香港的新老作家如陶然、潘耀明、张诗剑、梅子、林曼叔、王璞、蔡益怀、廖伟棠、黄灿然、周洁茹、葛亮等频繁来往于两地，共享文学空间，共同关注人类精神家园的建构。

回首香港回归后新文学 20 多年走过的历程，当年很多文化人对内地文化政策会推行到香港以及行政干预文学正常生产的忧虑显然是多余的，香港文学多姿多彩的今天就是一个明证。就作家队伍来说，人数非常庞大，南来北往、东去西迁、土生土长、留港建港、移民回流，甚至定居国外把作品寄回香港发表的都可以看作香港作家，特别是南来作家和本港作家两大作家群体的裂缝渐趋弥合，创作势头都很旺。就年龄结构来说，老中青三代甚至四代同堂，特别是新生代的崛起给香港文学注入了新的质素。就创作本身来说，虽然由于“九七”回归而引发的“香

港意识”一度高涨，但几年后不仅漂流异乡的故事几乎没有了，而且从政治角度感慨此处是他乡的小说也明显减少了，可见“一国两制”政策和《中华人民共和国香港特别行政区基本法》的深入人心。香港作为国际金融贸易中心的地位和中西方文化交流的桥梁的作用非但没有变，而且随着与内地关系的进一步紧密，反而进一步加强，两地作家频繁往来交流互动。

在这点上，《香港文学》起了极大的桥梁作用。该刊的办刊宗旨就是“立足本土，兼顾海内海外；不问流派，但求作品素质”。陶然从2000 年接手主编职位以来，继承刘以鬯先生的办刊宗旨，身体力行地从事发展香港本土文学、营造多元文化氛围、沟通世界华文文学、传播中华文化的伟大事业，另外，在文学创作之余增加了文学评论的空间，使得创作与评论两翼齐飞。不管创作还是评论，陶然先生都兼顾内地与香港本土作者的文章，同时海纳百川，吸收台港澳文学之外各大洲优秀的华文文学作品及其评论，使得《香港文学》不仅成为内地与香港互动联结的纽带，也成为名副其实的世界华文文学沟通的桥梁。他的继任者周洁茹也一如既往地沿着老一辈的足迹稳步前进。巧的是，三位主编刘以鬯（从上海到香港）、陶然（从印尼到北京到香港）、周洁茹（从常州到美国到香港）都是南来作家，他们自身与内地和世界华文文坛的密切联系带动了两地文学的多边互动，而杂志的整体运营模式更是把香港与内地的文坛紧密地连接在一起；同时，三位主编又利用香港自由港的文艺环境，容纳来自全世界各地的、不同风格、不同流派的华文作品。香港这种多元开放、兼容并包的独特的文化氛围，加上“南来”与本土作家的共同努力，互动共享，互利共生，逐步实现了香港文学与内地，以及世界文学文化的多元融合。

除了创刊以来持续时间最长的《香港文学》，《文综》（潘耀明主编）、《文学评论》（林曼叔主编）、《香江文坛》（汉闻主编）、《文学世纪》（古剑主编）、《城市文艺》（梅子主编）、《香港作家》（周蜜蜜、蔡益怀等主编）等重要的文学性和理论性刊物主编大多是南来作家，其稿件来源、编辑出版形式等本身就是内地与香港的互动共享。例如《文综》是香港南来作家潘耀明主编，但组稿和执行是北京的白舒荣，且稿件面向全世界的华文文学以及有关华文文学的评论。这个杂志在沟通内地和香港文学的联系时起到很大作用。其主编潘耀明更是不得不提的重要人物，他在文学组织、出版界、刊物编辑等方面极有分量，在两地文学的互动交往中起着极重要的作用。

在香港的报纸杂志中，《文汇报》和《大公报》等也是沟通内地与香港文学极其重要的报刊媒介。著名报人、作家曾敏之曾是《文汇报》的总编辑，他于1978年受命到香港主持《文汇报》工作，一边编辑报纸，一边积极创作，另外还致力于向内地推介港台及海外华文文学，积极推进文化交流。繁忙的工作之余，曾敏之身体力行，写了很多散文、杂文，1980年至2005年间出版了近30部文集，可谓著作等身，重要的有《望云海》（散文集）、《文史品味录》（散文集）、《观海录随笔集》、《观海录二集》、《文苑春秋》（杂文集）、《听涛集》（杂文集）、《遇旧》（散文集）、《望云楼诗词》（诗词集）、《绿到窗前——望云楼随笔》（散文集）、《书与史》（散文集）、《空谷足音》（散文集）等等。由于他的文学成就及其影响力，1988年曾敏之被推选为“香港作家联会”首届会长。2003年，曾敏之获颁香港特别行政区政府的荣誉勋章，表彰他在文学创作上的成就与推动华文文学的突出贡献。虽然曾敏之不是真正的香港居民，但是他长期在香港报界工作，南来香港北往广州，从事的又是推动内地与香港文学交流互动的重要工作，因此谈到内地与香港新文学之关系曾敏之不可或缺，他为香港新文学与内地乃至世界文学文化的交融发展作出了重要的贡献。

从创作的南来作家群落来看，“九七”以后活跃于香港文坛的有好几代作家。第一代以刘以鬯等为代表，他们在20世纪50年代前后来到香港，经过半个世纪的奋斗，已在纯文学领域里坐稳了江山，代表着现代主义小说的最高成就。第二代是20世纪70年代来港的那一批作家，如陶然、梅子、白洛等，他们大多是从东南亚等地返回祖国求学的海外侨胞，经历了内地“文革”风雨后移居到香港，其作品一方面带有传统的批判现实主义精神，另一方面又并不缺乏艺术上的创新求变。第三代是20世纪80年代来港的一批作家，如王璞、陈娟、蔡益怀等，他们一方面延续着书写疏离香港、漂泊异乡的主题，同时更多思考香港都市的人性迷失、“我城”的身份意识以及对人类命运的终极思考和探索。第四代是出生于20世纪70年代、90年代以后来港的葛亮、周洁茹等，他们以其更开放的观念、更新颖的形式探索而更增添了现代主义的况味，同时也依然坚守传统的现实主义、古典主义的韵味等。

就小说创作而言，南来作家陶然是香港新文学创作力较为持久的老作家，“九七”以来，陶然继续其颠覆和重煮经典的故事新编。那些在《水浒传》《西游记》《三国演义》等古典名著中为人熟知的英雄好汉，被作家陶然用超时空和超逻辑的文学游戏方式放置于现在的商业社会，如《惑》《反》《连环套》《一笔勾销》《再度出击》等，主人公从前的生活世界和他转世的当下世界构成一对矛盾。犹如穿越剧，小说中的人物穿越时光隧道一头回到古代，一头联结现实，陶然常常通过古代经典人物在当代商业社会的无所适从来揭示现实世界的荒诞罪恶，用寓言的方式阐释人性法则与商业法则之间的激烈矛盾，从而拓展了小说的物理空间和心理空间。这样的作品还有很多，如伊凡的《女娲织网》、洛谋的《创世纪》、陈宝珍的《改写神话的时代》等，都试图借古讽今来委婉曲折地表达香港现实。

除了回归历史，更多作家回归成长记忆，这些具有私人化形态的写作，被称作“成长小说”。成长小说在21世纪的香港文学舞台上占据了不小的比例，“南来”与本土作家都有优秀之作。例如也斯的《爱美丽在屯门》，王璞的《么舅传奇》，余非的《第一次写大字报》，王良和的《鱼咒》，关丽珊的《猫儿眼》，黄虹坚的《出远门》，韩丽珠的《壁屋》《回旋游戏》等，都是大家公认的代表作。又如韩丽珠笔下的“壁屋”，它既指父亲被囚的实体即监狱，也象征着人类的一种困境。伴随着双生姊妹对“壁屋”每一阶段的不同理解，也就意味着她们成长的不同阶段。父亲在双生姊妹刚出生时就进了“壁屋”，因而他在孩子成长过程中的缺席导致了双生姊妹对“壁屋”的最初向往。虽然那里是“一栋面面都是墙壁的房子，无论走到哪里，面前都是一堵墙壁”，但还是觉得墙壁能领她们到该到的地方去。父亲的缺席再加上母亲的暴躁易怒，使得成长中的双生姊妹把“壁屋”想象成能够逃避冷酷现实的乌托邦王国，在她们的想象中，“壁屋”是一个冬暖夏凉的地方，住在里面的人看见的是一堵虽然沉默但却是有趣的、温柔的墙壁。当双生姊妹看到父亲从那里最终出来后，对“壁屋”又有了更新的理解：虽然壁屋是一个四面都是墙壁的冰冷的地方，但每当一个人进去住上一段日子之后再次走出来时，便会面对一个全然不同的新的世界。在这里，“壁屋”是冰冷的，而现实却是新的，双方位置发生了置换，其中原因颇令人思考。尽管如此，双生姊妹一个奔向令人向往的“壁屋”，另一个则留在四面是墙的现实里。又如王璞的《么舅传奇》是从一个小女孩的视角观察么舅传奇的一生，伴随着么舅悲剧命运的起起落落，也是“我”曲折成长的过程。成长小说是异常个人化的，但它提供了富于质感的细节和个人经验，为“九七”以后的文坛留下了许多内在化的香港经验。

很多作家如叶辉、董启章、罗贵祥、郭丽容、廖伟棠、黄灿然、周洁茹、葛亮甚至老一辈作家昆南等执着于艺术王国的形式探索，以此来抵抗日益商业化、边缘化的文学。就小说而言，有魔幻小说、后设小说、装置小说、对写小说、接龙小说、寓言小说等不同类型，形成了香港文学的一道风景线。本土老作家昆南老骥伏枥，采用装置小说形式写出了名篇《天堂舞哉足下》。这篇小说截取小说的任何一段都可以独立成章，正如作者所说，本书每一个情节可以独立发展，甚至随意肢解，然后拼凑装置之后，仍能够生长，就算夭折，也会出现弹性的夭折。袁兆昌、黄敏华的《对写》则以男女双方对写、对想的方式来表达对对方的感受，有时又极力偏离对方的话语模式，呈现出后设文本的魅力。再如董启章的《天工开物·栩栩如真》《溜冰场上的北野武》，韩丽珠的《输水管森林》《林木椅子》，罗贵祥的《有时没口哨》，郭丽容的《两个城市的女人》等等，或形式实验，或冷漠叙事，花样翻新，体现出本土作家对小说艺术追求的热情，以此反衬出他们对时代的冷漠。南来作家周洁茹继续采用独特的短句表达、反复等修辞手法写了《到香港去》等一系列的空间地理小说，借此对复杂人性、男女情感等话题进行深入的描绘和透辟的分析，以此来与日益冷漠的商业法则做抗衡。某种程度上，当香港进入 21 世纪初期经济高度发达阶段，人性的变异、荒诞就成为作家们艺术探索王国中一道独特的风景线，“南来”与本土作家艺术探索精神的一致性使得文学对话和互动愈益成熟。

就区域合作来说，“大湾区文学”概念的提出以及一系列发展措施可以说是内地与香港互动与共享文学空间最好的例证。

2017年开始，随着“粤港澳大湾区”建设的启动及港珠澳大桥的开通，大湾区的建设进入新时期，香港、澳门与广东、深圳、珠海等九个城市之间的经济贸易、人才流动也日益频繁，而粤港澳大湾区的地区差异性以及文化同源的相似性是各方面合作交流互动的前提。经济领域上的变化必将导致社会、文化上的变化，“大湾区文学”的概念应运而生。这不仅能带来新的文学视角，也有利于粤港澳大湾区的文学交流、融合与创新。因此大湾区文学的产生、发展以及随之而来的研究，更是把香港与内地的文学糅合在一起，共享文学时空，互动互进，一起为人类命运共同体的美好明天奉献精神力量。粤港澳大湾区的建设和发展需要依靠人才流动、文化交流等互动共赢，如举办多种形式的学术研讨会、进行文化文学的交流等活动。早在2015年末，《广州文艺》《香港文学》两刊总编鲍十、陶然共同策划商议两地文学的明天。2017年3月，举办了首届深港两地书评征文大赛、深港手牵手和深港文化漫游等“深港零距离”文化交流系列活动，促进了两地文学创作的繁荣发展，也增进了深港两地的文化交流。2017年5月，以青年文学为主题的“粤港澳青年文学研讨会”召开，“探讨文学代际，谋求构建多元包容的文学生态，在全球化、网络化、娱乐化时代重新赋予本土书写积极意义”①。2017年底，参展项目“异质沙城”把建筑展示、文学创作与小剧场表演联结在一起，实现了跨界的多种联合。香港潘国灵的长篇小说《写托邦与消失咒》构筑了“沙城”与“写托邦”两个世界，香港中文

① 凌逾：《香港文坛：共同记忆与共生时空》，《华文文学》2018年第1期。

大学建筑学院教授钟宏亮带领其建筑系研究生萧敏，利用香港北角的异质空间，把文学风景呈现在布阵、纸团、临时的竹棚工地上进行展览，烹煮出文学与建筑的跨界融合大宴。① 期间，每天都有一场仪式性的体验式剧场演出，将小说外化为剧场演出呈现出来。广州大剧院每年都策划“港澳台演出季”系列，邀请香港的话剧团、管弦乐、芭蕾舞、中英剧团、同流剧团、绿叶剧团、演戏家族、非常林奕华等各大院团参与演出，盛况空前。2017 年又推出“香港文化展演月”系列，上演了话剧《偶然·徐志摩》《最后晚餐》《最后作孽》，舞剧《倩女·幽魂》等，一方面有很多反映香港都市民众的内心焦虑的演出，另一方面也有内地文化名人的心路历程的表演，两地文化交流日益增多。接着，粤港还首次联手制作了融合两个城市文化特色的音乐剧《朝暮有情人》，打破了传统引进采购项目的模式。内地出版香港文学的数量也急剧增多，广州花城出版社推出了一套“香港文学新动力”丛书，其中包括唐睿的长篇小说《脚注》、麦树坚的散文集《琉璃珠》、陈苑珊的短篇小说集《愚木》和谢晓虹的短篇小说集《雪与影》等；内地其他出版社也纷纷印刷出版香港的代表性作家西西的《飞毡》《手卷》《胡子有脸》等作品，使得内地对香港的文学有了更深、更广的了解，同时也更好地促进了内地的香港文学研究。

为了加强粤港澳文化合作，提升大湾区的文化氛围，2018 年 11 月 4 日，暨南大学隆重举行了“首届粤港澳大湾区文学研讨会及葛亮文学创作研讨会”，广州市作家协会、广州市文艺评论家协会、广州文学艺

---

① 凌逾、刘倍辰、刘玲：《2017 年香港文学扫描》，《苏州教育学院学报》2018 年第 6 期。

术创作研究院、暨南大学中国文学评论基地、暨南大学华文文学与华语传媒研究中心联合主办了这次会议，大会还成立了“粤港澳大湾区文学工作坊”，葛亮、阿菩、蒲荔子等首批作家入驻工作坊；花城出版社也在此策划启动了《粤港澳大湾区文学地理从属暨手绘文学地图集》项目，进一步延展了工作坊的内涵。在此次活动中，移居香港的南京籍青年作家葛亮备受关注，被广州人民政府授予人才绿卡，这是新时代的广州在粤港澳文学领域加强深度合作的一个标志性探索，走在全国地区文学合作的前列。广州市委宣传部副部长朱小燚表示：“我们将以精品创作和人才建设为抓手，采用柔性引入方式，使所有对中华文化有情怀、对粤港澳人文湾区有热情的优秀文艺人才齐聚广州，共建平台、共享信息、共献智慧。”① 在粤港澳大湾区文学研讨会上，文学评论家潘凯雄认为，大湾区文学绝不仅仅只是指向生活大湾区“9+2”区域里面的作家作品，也不要只强调大湾区文学的交流功能。大湾区文学更本质或更核心的东西在于提供了新的中国经验、体验方式、观察视角和思考模式。大湾区这样一种新的社会经济生态必然会给我们的文化、文学带来变化，包括人与人的关系、人们的思维方式等都会出现新的因素，这对未来大湾区作家来说既是一种挑战，也是一个巨大的机遇。

再如 2019 年 6 月 29 日举办的“大湾区文学对话”盛会，此次活动由香港《香港文学》杂志、深圳《特区文学》杂志及广州《作品》杂志联合主办。与会主办方领导有《香港文学》杂志社社长周锋、《作品》杂志社社长杨克及《特区文学》总编辑朱铁军等，主讲嘉宾为香港作家

---

① 宋金绪、徐佩雯、沈凡佳：《以新视野促进粤港澳文学融合》，《南方日报》2018 年 11 月 6 日。

联会副会长蔡益怀、广州华南师范大学教授凌逾、深圳市作协副主席于爱成，就大湾区文学概念的内涵与外延，香港、广州、深圳三地文学的历史与现状、成果与不足，粤港澳大湾区文学的前景，世界三大湾区的文学经验等进行了对话与探讨。袁勇麟、凌逾、陶然、蔡益怀、周洁茹、费新乾等著名作家、学者五十多人参加盛会。在“大湾区文学”的构想与运作过程中，年轻的“南来”香港作家葛亮（1978 年生于南京）成了广州与香港文学之间联结的纽带，也是中国南方大湾区倾力打造推出的重要作家。南京大学本科毕业的葛亮于 2000 年到香港读书，香港大学中文系博士毕业后一直在浸会大学任职。21 世纪初就开始登上文学舞台的葛亮至今已经发表了《浣熊》《谜鸦》《七声》《朱雀》《北鸢》《问米》等多部小说和《小山河》等散文集，在内地、香港等地获得了多次文学创作的奖项，是一个极富创作潜力的作家。

2019 年 7 月 6 日，“粤港澳大湾区文学周”在广州隆重开幕，这次活动丰富多彩，包括粤港澳大湾区文学联盟成立签约仪式、粤港澳大湾区文学发展峰会、“粤港澳作家进校园、进企业、进图书馆”以及粤港澳三地新中国成立 70 周年采风等内容。与会作家和学者围绕如何梳理挖掘粤港澳大湾区文学传统与资源、加强文学创作指导，如何打造并缔造世界级城市群文学发展的“湾区典范”，如何发挥粤港澳语言相通、文脉相亲的优势推动粤港澳文学界融合发展等问题进行了热烈探讨。这次活动预示着“粤港澳大湾区”这一区域板块文学的合作联盟已经基本成型并取得初步成绩，在此过程中，葛亮等内地南来作家发挥了重要联结作用。“粤港澳大湾区文学”的这种互动与共享的新的文学运作模式以及取得的突出成绩，将会给内地与香港两地互动共享的文学空间提供一些新的经验，同时也会提供很多建设性的意见。

第二节　集多种身份于一身的潘耀明

潘耀明（笔名彦火），中国香港知名作家、编辑家、出版家、社会活动家。1948 年生于福建省南安县，20 世纪 50 年代末移居香港。早在 1977 年起就担任过香港纯文艺杂志《海洋文艺》执行编辑（1977—1980 年底），积累了较为丰富的编辑经验。1983 年，潘耀明赴美国爱荷华大学语言系进修，后于 1984—1985 年入美国纽约大学攻读出版杂志专业，获文学硕士学位。1985 年夏返港后，潘耀明任三联书店（香港）有限公司董事兼副总编辑，策划出版了《历代诗人选》《历代散文选》《沈从文文集》《郁达夫文集》《台湾文丛》《香港文丛》《西方文库》等十多套丛书。有了丰富理论和实践编辑出版经验的潘耀明先后担任过香港中华版权代理公司董事经理，南粤出版社总编辑，明河、明报、明窗等出版社总编辑兼总经理，现任《明报月刊》总编辑兼总经理、文学杂志《香港作家》社长、《文综》社长兼总编辑、香港作家联会会长、香港世界华文文艺研究学会会长、世界华文旅游文学联会会长、世界华文文学联会执行会长、香港艺术发展局艺术顾问、中国作家协会会员等。从他的这些身份名头我们就可以看出潘耀明在文学创作、出版编辑、文学组织等方面的贡献。

就文学创作而言，在繁忙的各种事务之余，潘耀明还不断从事创作研究，在内地（大陆）、港台及海外出版发表评论、散文二十多种，如《枫桦集》《人生情》《大地驰笔》《醉人的旅程》《那一程山水》《旷古的印记》《爱荷华心影》《生命，不尽的长流》等，其中《当代中国作家风貌》① 是

① 彦火（潘耀明）：《当代中国作家风貌》，香港：昭明出版社 1980 年版。

一本研究内地现当代作家的重要的资料性著作。它既是文学性较高的散文集，也是真实性极强的史料集，甚至还可以说是一本角度独特的文学评论集。

早在 20 世纪 70 年代，潘耀明就开始从事当代中国作家的研究。他利用杂志编辑的身份率先对内地（大陆）和港台现当代著名作家进行采访，记录了他们的真实生活及创作情况。书中阵容庞大，收入的作家有："五四"新文学时期活跃在现代文坛的巴金、曹禺、俞平伯、叶圣陶、沈从文、艾青等，有新中国成立以来活跃于文坛的丁玲、秦牧、何为、蔡其矫、王蒙、陈登科等，有粉碎"四人帮"拨乱反正以后异军突起的张洁、戴厚英、舒婷等，还有白先勇、陈映真、聂华苓等港台及海外作家，全面展示了中国文坛大家的真实样貌，极具史料价值。

《当代中国作家风貌》不同于一般的作家访谈录，如以对巴金、沈从文、白先勇等作家的采访为例，潘耀明不仅对人物的近况，乃至其整体的创作轨迹和人生道路做了梳理和评述，还将笔墨聚焦于作家文学创作的关键问题和人生命运的转折点，并细致入微地描写每位作家的生活环境和心理活动，这些对内地（大陆）和港台的研究者来说都是中国当代文学史弥足珍贵的史料。潘耀明的《当代中国作家风貌》根据每一位采访对象的特点采用合适的写作方式和问题来呈现，有新闻采访报告，也有小说描绘与学术探讨，有作者的精彩点评，也有采访对象的自述，各种形式和手法交汇在一起，使文章显得精彩纷呈，耐人品味。可以说，《当代中国作家风貌》是中国文学史研究者必读的一部力作，因为其中有不可多得的第一手实证材料和珍贵的影像资料，随着时代的流逝和某些作家的老去，这些资料的价值将不可估量。

1997 年以后，他在香港与内地新文学的联动发展、共享未来的文学进程中发挥的作用越来越大。之所以把 1980 年香港昭明出版社出版的《当代中国作家风貌》的分析放在这里，是为了说明，潘耀明很早就有比较超前的内地与香港新文学关系的密不可分的远见卓识，这是其他大部分香港作家所无法比拟的。从 20 世纪 80 年代一直到 21 世纪上半叶，潘耀明对两地新文学关系各方面的苦心经营，厚积薄发，成绩非凡，2021 年作家出版社出版的新作《这情感仍会在你心中流动》更是他与内地现当代文学名家彼此交往的真情文章，书中还同时配上了这些名家与潘耀明交往过程中的书信、手稿、照片等珍贵资料。严家炎先生曾盛赞："这部丰富而厚重的著作，在现当代文学史上应该是独一无二的。"[①] 这也再次证明了潘耀明在内地与香港新文学关系史上的重要地位。

我们不可否认的是，香港作家很大程度上是受中国文化传统滋养而成长起来的，在潘耀明看来，为内地文学与香港文学、世界文学交流牵线搭桥，推动中国文学走向世界，是香港作家对内地义不容辞的反哺。回眸 20 世纪 80 年代以来的当代文学的发展，特别是"九七"以后，我们更是无法忽视香港这个特殊的窗口对推动内地文学的世界性对外传播等方面所发挥的巨大作用：一方面，它向世界展示了中国文学创作丰富多彩的面貌；另一方面，内地作家可以从中汲取新信息、新思潮，活跃思想，开拓新的创作旅程。

潘耀明不仅用他自己的文学创作和文学性研究向大家证明了内地与香港文学之间的互动共享、共同发展，同时他还编辑报刊、组织各种活

---

① 严家炎：《序》，见潘耀明：《这情感仍会在你心中流动》，北京：作家出版社 2021 年版。

动，为两地架起交流的各种桥梁。就出版编辑而言，明报出版社以及他主编的报刊《明报月刊》，不但是香港也堪称是整个华文出版业界的翘楚，还有他主编的文学性杂志《文综》，更是成了连接内地与香港乃至世界华文文学之间的又一座桥梁（毋庸置疑，《香港文学》是最重要的桥梁）；就文学组织而言，他组织领导的“香港作家联会”“世界华文旅游文学联会”“世界华文文学联会”等在香港文学、内地文学以及世界华文文学的发展史上都有极其重要的地位。为了推动世界华文文学事业的建设和发展，他策划组织了“世界华文报道文学”和“世界华文旅游文学”等大型活动，把繁荣世界华文文学创作纳到他的文化理想和实践之中。

在居于香港的40多年中，潘耀明在文学创作、编辑出版、文学社团、国际文化与文学交流等领域孜孜不倦，付出极大心血，获得世界华文文学界的高度认可。有鉴于潘耀明对世界华文文学的突出贡献，韩国世界华文文学协会和中国现代文学学会等在韩国首尔和济州等地筹划举办了“潘耀明与世界华文文学”国际研讨会，中国作家协会主席铁凝、著名作家白先勇、哈佛大学文学评论家王德威等会议的顾问团成员纷纷表示祝贺。中国作家协会主席铁凝高度赞扬潘耀明对文学的热情，并认为他几十年为文学事业耕耘奔走，为团结凝聚香港、内地、海外作家，为发展繁荣香港文学、世界华文文学作出了独特的贡献，铁凝的评价再次肯定了潘耀明在两地文学的互动中所起的作用。纵观潘耀明的人生经历，他还担任国务院侨务办公室专家咨询委员会委员，撇开其中的政治性因素，我们清晰地看到香港文化人与内地的重要关联，正是像潘耀明这样的有突出贡献的“南来”香港文化人，两地文学的互动与共享才越来越密切，共同发展，南来作家与本土作家尤其是新生代作家共同谱写香港新文学的现在与未来。

第三节 双城记的书写者——葛亮

葛亮是“九七”以后移居香港的南来作家中创作力极其旺盛的青年作家。他文学创作描写的地理坐标主要是双城记——南京和香港，同时扩大到内地其他城市，如天津、上海等地，主要内容涉及南京记忆、民国想象、移居香港的新移民生活等。葛亮的南京记忆书写以他的《朱雀》为代表，《北鸢》则是民国文化想象的代表作，而《浣熊》可以视作他观察香港新移民生活的代表。加入“粤港澳大湾区文学工作坊”的葛亮，其创作题材将会越来越宽广，不仅会从他的故土“南京”扩大到内地其他城市，还会从内地、香港延伸到全世界。

《朱雀》（2009 年 12 月发表于《作家》）是一则关于南京历史的神话。小说横跨了三个时代，从 20 世纪 20 年代一直描写到“文革”结束，其间经历了 30 年代的抗日战争、50 年代的“反右”斗争、60—70 年代的“文化大革命”，葛亮将自己对历史与现实、时尚与传统、人性与宿命的思考凝结在这三个时代，叶毓芝、程忆楚、程囡等三代人曲折丰富的人生传奇之中，写下了属于他自己的南京叙事。而连接历史与当今的正是那神秘的朱雀，犹如六朝那跨越秦淮河的“朱雀航”，连接着南京的昨天、今天甚至未来。

“南京”是葛亮魂牵梦绕的故乡，即使身在香港生活、工作多年，也始终忘不了这座说着南京方言的六朝古都。葛亮的小说叙事反复诉说着他的“南京”，《朱雀》里有南京生活细细碎碎的生活日常，有司空见惯却温暖人心的元素与景致；那里有南京血统的苏格兰籍华人许廷迈生命与情感的青春勃发，也有南京遗少雅可的颓废与堕落；有传统文化浸染的古都的辉煌大气、厚重雅致，也有现代文明侵袭的都市的喧嚣时尚、声色犬马；有人性的温暖与伤害，也有母女三代情感的宿命……所有的一切都围绕着那只朱雀及其同样形状的金饰展开，而朱雀本身就是古都“南京”的象征。

由于资讯的发达、交通的便利，回家乡南京探亲的葛亮虽未必近乡情怯，但还是会生出些许踌躇，因为城市的变化实在太大了。这种感觉也许和带有南京血统的苏格兰华裔许廷迈有些相似，初到南京的许廷迈在一睹秦淮风光后难免失望与气馁：桨声灯影里旖旎浪漫的秦淮河如今看来却是有点浑黑发亮，新立的夫子庙牌坊堂皇气派，匾上的“天下文枢”尽管字体庄重，但还是有些轻和薄，浓郁的商业化气息掩盖了六朝的脂粉气，许廷迈眼中所见的南京早已不是祖辈、父辈口中描述的历史南京了。葛亮透过许廷迈的心眼去察看现代的南京、体会历史的南京，带着节制和隐忍从容地书写着南京的历史传奇。

《北鸢》是葛亮另一部重要的书写内地生活的小说。如果说《朱雀》是书写南京历史的传奇，那么《北鸢》（2015 年 12 月发表于《人民文学》）则是葛亮通过家族叙事进行民国想象的成功之作。陈思和认为，《北鸢》是一部表现民国文化想象的代表作，也是对传统中国礼仪道德式微的追怀之作。葛亮的小说“以家族记忆为理由，淡化了一部政治演化的民国史，有意凸显出民国的文化性格”①。不管是南京记忆还是民国想象，葛亮的书写都离不开六朝古都的生活和家族文化的影响。南京

---

① 陈思和：《此情可待成追忆》，见《北鸢·序》，北京：人民文学出版社 2016 年，第 10 页。

是他的家城，那里的烟火味道、历史气息、秦淮灯影、江淮方言……都是他割舍不掉的丝丝缕缕。如果说南京记忆是塑造葛亮文学之躯的外壳，那么他的家族背景和文化教养则是流动在躯体内的血液。说起陈独秀、邓稼先，他们的名字真是如雷贯耳，不承想他们却与葛亮的家族关系密切，陈独秀是葛亮的太舅公，而邓稼先则是他叔公。这些先辈的足迹和史事是祖父和外祖父传给葛亮的巨大精神财富，特别是他的祖父——书画家、美术史学家葛康俞对他的影响最大，教给他许多为文、为人的尺度。对一个作家而言，家乡情怀和家族记忆未必能够成就他的文学之旅，但对葛亮来说，南京记忆和家族传承融于他的血液中，虽细微，但无处不在。葛亮说："每次触摸祖辈留下来的信札、手记或作品，都能感受到那个时代的温度。"① 他希望将这种温度呈现给读者，而《小山河》《北鸢》中浑厚的历史深远感和那个时代的温度，就是得益于葛亮家族传承的力量。

在香港生活工作多年的葛亮不可能不关注香港本土，他观察香港的视角主要聚集在"新香港人"也就是外地移居到香港的新移民身上。他曾说，南京是非常重要的写作温床，而香港则是他写作的磁场。六朝古都的烟火气让他沉淀，而多元化文化碰撞交汇的香港则激发他无限的写作欲望。

《台风》中的女主人公所住的狭窄的房子，是 15 年前政府为安置新移民而建的公屋。《逃逸》中西港的"他"，也是十几年前偷渡来的。这十几年的时间，和葛亮待在香港的时间差不多。至于《台风》中的影星谢嘉颖，8 年前从台湾来香港，要先从语言关练起。《街童》中的宁夏

① 葛亮：《小山河》，艺术人文频道《今晚我们读书》，星文化，2016-10-14。

一看名字就知道来自内地，她来香港的时间更短，双程证都要到期了。这些外来者如何在香港落脚，如何融入这个城市，是作者所关心的。这个过程颇多艰辛，有艰难、有悲凉，甚至有生离死别，它们化成故事构成了葛亮的小说。《浣熊》中的女主人公为了能够离开这间公屋，参与了一桩敲诈活动，最后入狱。谢嘉颖傍上了一个富豪的儿子Ann，得以发迹然而也被出卖。《街童》中的宁夏为生存沦落风尘，因为爱上了"我"，她想放弃这职业，然而欲罢不能。对于新移民来说，香港就是这样让人惶惶不安。然而，作者不愿意就此作罢，就像侦探小说一样，最后总有一个出乎意料的结局让你惊喜。《台风》中的警察卧底虽然将女主人公送进了监狱，但却爱上了她，并在她出狱后娶了她。葛亮的小说相当精练，前面的气氛一直紧绷，不动声色，结局却出人意料，给人留下巨大的想象空间。在语言上，葛亮刻意学习中国古代笔记小说的笔法，这正好应和了小说的格式。香港逼仄的生存环境和快节奏的生活演绎出一个个活色生香的故事，特别是那些内地或者中国以外移居香港的居民，如何在异地立足并活出滋味，其本身就是一个个故事。而葛亮善于观察香港小岛形形色色的居民，用笔描摹他们的生存状态，用心感受其中的香港色彩。虽然这些作品和书写内地生活的相比显得还有些稚嫩，但随着葛亮居港时间的推移，相信他会写得越来越从容。

游走在港岛与内地、特别行政区和粤港澳大湾区的年轻作家葛亮凭着他卓越的作家才华，常常出现在世界各地重要的华文文学创作研讨会上，特别是在内地与香港文坛的各种文学会议上，其本身就形象地说明了内地与香港新文学之间的互动、互生、互进。

第四节　孤独的漫游者——周洁茹

如果说香港年轻作家葛亮主要是以学者的身份行走在内地与香港的文坛，那么女作家周洁茹则主要是以《香港文学》总编辑的身份进入两地新文学评论家的视野。

周洁茹 1976 年生于常州，2000 年赴美，2009 年定居香港。2013 年回归写作，佳作频出，2018 年出任香港文学出版社《香港文学》总编辑。颇有写作天赋的周洁茹年少就已经成名，20 岁获萌芽新人小说奖，24 岁就成为中国作家协会会员，有小说集《你疼吗》《我们干点什么吧》，随笔集《请把我留在这时光里》《天使有了欲望》和长篇小说《中国娃娃》《小妖的网》等。2000 年，正当周洁茹的写作生涯处于巅峰时，她却选择出走美国近 10 年，一边积累生活素材，一边回归家庭生活，2009 年之后又悄悄地移居香港。其间她曾于 2008 年发表了几篇小说，但没有多大声响。代表周洁茹真正回归文坛的大概是 2015 年，从这年她开始密集地发表作品并引起香港和内地文坛的又一次关注，特别是她的《到香港去》《到直岛去》《到深圳去》《到广州去》系列，虽然已是中年姿态和心态，但是艺术风格基本延续了她上世纪末创作的《到南京去》《到常州去》中在用词习惯、语言体式、修辞选择等方面的特点，“分别折射出作者对小说喧嚣世界的刻画特色、灵动独特的写作气质、营造小说情绪的成熟技巧和对生命自由的探寻精神，它们从表层和深层共同形成了周洁茹颇有特色的文体风格”①。

① 刘春芬：《中年姿态　旧时风格——论周洁茹“到……去”系列短篇小说文体特色》，《常州工学院学报（社科版）》2019 年第 4 期。

周洁茹在香港写的第一篇小说，是发表于《上海文学》2013年第5期的《到香港去》。这篇小说从内地视角观察香港，以此处理她的香港经验。女主人公张英买到了假奶粉，为了孩子，她被迫无奈参加旅行社的双飞团去香港买奶粉。一路担惊受怕，例行的景点游览显得非常灰暗，太平山到处有人抽烟，行程上的浅水湾也取消了。小说中的香港是负面的，然而这负面其实并非来自香港本身，而是来自内地移民的感受。初到香港，周洁茹的确有过此种写作，例如父母对于香港快节奏生活的不适应，新移民在香港生存的艰难等。不过，定居香港10年左右的周洁茹并不擅长于此，其特点在于从不同空间的角度书写香港。她与内地南来作家不同的是，她是从美国去的香港。居港之前，她有过10年的美国生活经历。在她的小说中，主人公常常想到的是美国，而非内地，这就使她的空间流转不限于内地与香港，而是在世界范围内离散、漂泊。

对周洁茹而言，中国常州、香港，美国加州、纽约的生活经历带来一种有别于其他香港本土作家的游历者视角。作为一个在香港居住只有10年左右的中年作家，虽然处理的是香港经验，但她并不想在写作中去揭露或批判香港某种社会现实，其主要原因是周洁茹本身对香港还没有深入的了解，无法深入香港的肌理，很难写出具有真正香港色彩的作品。周洁茹自己也说，她目前只是在香港这个地理空间写小说，还没有到写香港本土小说的自觉阶段。从周洁茹的香港小说来看，其故事发生的地点在香港，但主角说的都是江苏方言，《旺角》就是极好的例证。除此之外，由于周洁茹她“游历者”的自我定位和游走世界的国际性视野，她希望自己的写作只是以一个相对客观公正的角度和身份进行叙述，去还原社会热点、反映当下。

回顾20世纪70年代以来西西的《我城》、黄碧云的《失城》、也斯的《烦恼娃娃的旅程》等，香港的本土书写经过了几十年的发展，大多围绕历史、时代与城市变化中香港文化身份焦虑与归属问题的探求。随着"九七"香港回归，各层面的建设越来越与内地相接轨，20世纪90年代特别是"九七"以后南来香港的、不妨称之为第四代南来作家的代表葛亮、周洁茹等主要以旁观者和游历者视角写香港故事，竭力淡化文化身份认同问题上的纠结，更多关注来往于香港城市的各种人的生活状态，描绘特定时代背景下各色人物的生存样貌。这是他们不同于其他南来作家创作的姿态，也可以看作香港本土书写的一个重要转向。"九七"以来，香港一方面保有自己机制运行的特色，另一方面在各个层面上越来越与内地互动、融合、共生。香港就是中国不可分割的一部分，且已经回归祖国母体，早已成为中国血液里的重要部分，如果这个历史阶段的香港文学再次突出文化身份认同问题显得不合时宜，因此，此时南来作家的创作不再是以前徐讦、刘以鬯、陶然、潘耀明、王璞、蔡益怀等几代更多表现疏离香港的焦虑与认同香港的艰难，而更多客观关注人性的冷暖、生命的探索、终极价值的追求等全球性的命题。

某种程度上说，中年女作家周洁茹之于香港，不是真正意义上的"南下"，而是"漂泊"。在美国，她有刻骨铭心的漂泊感受，这种感受同样延续到了香港。在采访的时候，被问及在两地的生活体验有何不同，周洁茹回答："空间距离对我来说没有任何差别，飞十三个小时和飞三个小时都是一样的。""我们都是飞来飞去的，不需要一个地方。"①

---

① 周洁茹：《我们都是飞来飞去的》，见《吕贝卡与葛蕾丝》，深圳：海天出版社2018年版，第198页。

《到香港去》与《到广州去》《到深圳去》《到常州去》《到南京去》是一样的，不同的是地理空间的位移，而依然不变的是内心的漂泊无依、女性的敏感孤独、人性的省察体悟。显然，周洁茹的小说自有她的标签，我们不妨称之为地理写作，其主人公“到……（地方）去”的行动轨迹犹如孤独漫游者的行为艺术。评论家马兵说：“周洁茹的作品，空间感的突出是最直观的感受，清晰地标志出她对空间的敏感和对空间所表征的文化身份的多重指涉意义的敏感。”① 邵栋也认为：“地理概念在周洁茹的小说里一直作为城市符号的一部分，对于小说人物的漫游者的身份带有确认的作用。”② 可以说，这几位评论家的分析切中肯綮。

周洁茹的小说有时尽管在写香港，但并非刻意呈现香港的地方性历史，也非处理香港与内地的关系，而是表现都市疏离，特别是从女性角度感知男女情感的各色状态，体悟复杂多样的人性。周洁茹自己说：“当然，我完全没有觉得我是一个香港人，但是我写了香港人的生活状态。就冷漠到残忍的人与人之间的关系来说，这一点确实也是没有地域的界限的。”③ 周洁茹在少女时代就以独特的语言风格和艺术个性一鸣惊人，成为内地最年轻的专业作家之一，她的小说并不在意结构的完整，也不刻意经营故事，她更注意情绪的传达，以及人物的对话碰撞所产生的张力和美感，有时甚至不惜把故事割成碎片。总之，“对话体”、

---

① 马兵：《游牧者周洁茹——周洁茹香港小说读记》，《南方文坛》2016年第5期。

② 邵栋：《时空尽头的漫游者——周洁茹香港小说简论》，《创作与评论》2017年第6期。

③ 周洁茹：《我们都是飞来飞去的》，见《吕贝卡与葛蕾丝》，深圳：海天出版社2018年版，第201页。

偏离常规、反复比喻等修辞的运用构成周洁茹小说的独特的文体风格，使得她在战后第四代的南来作家群体中独树一帜。

除了作家身份，周洁茹还是一位新晋的编辑。从 2018 年起，她开始出任《香港文学》总编辑，接过老一辈文学家刘以鬯、陶然等的接力棒，继续坚守“严肃文学”的立场，一方面传承“立足本土，兼顾海内外”的宗旨，另一方面开始以崭新的姿态进入编辑的阵营，以她女性独特的魅力和青年作家的号召力展开多种栏目，力图在前人的基础上有所创新，为内地与香港新文学的联结开启新的篇章。

本章小结

“九七”回归给内地文学和香港文学带来了巨大的生机，“南来”香港的老作家如陶然、潘耀明、张诗剑、王璞、蔡益怀、廖伟棠、黄灿然等频繁往来两地，他们中如陶然、潘耀明、蔡益怀等已经成为中国作家协会会员，他们的文学活动本身联结着内地与香港的文学，而他们的创作不仅仅具有香港的商业化、后殖民化等本土性特征，也有中国“五四”新文学一贯承继下来的为时代发声的传统，同时又能清醒辩证地处理文学与政治的关系，而主要关注人类精神家园的世界性建构。对于葛亮、周洁茹等年轻一辈的南来作家来说，他们算得上第四代南来作家中的佼佼者，凭着自己的创作以及一为学者、一为编辑的主要身份在香港与内地之间来回流动，再加上前面几代南来作家的共同努力，未来的香港与内地的文学将长期紧密联系在一起，既有如大湾区文学一样的区域合作，又有开阔的世界文学视野，两者互动互生，共同发展，走向更广阔的文学世界。

结 语

我们都知道，只有互补互渗、互动共享，内地与香港的新文学才能彼此促进和发展，但这并不意味着抹去各自特色。香港作家联会副会长蔡益怀认为："尽管香港文学同属华文文学这个大板块，延续着中原文化的血脉，特别是五四以后新文学的传统，却又有着自己的文学特色，形成了一个融汇古今、贯通中西的文学话语系统，具有包容的气度，又有多样的形态，在地的情怀。"① 蔡益怀的观点可以代表大部分香港作家和学者的观点。总之，香港新文学在不同的时期都有其自己独特的样貌，但同时香港新文学与内地新文学之间总有剪不断的丝丝缕缕，有时它是内地文学在异地的延伸，有时又补充且扩大了内地文学表现的疆域，丰富了中国现代文学的内容与类型，有时又互渗、互进、互生，你中有我，我中有你，相属、相交、相离等各种形态均有。在这种关系中，南来作家无疑是一根重要的连接纽带，那么如何看待他们在两地新文学关系史上的作用显得尤为重要。历来香港的南来作家与本土作家之间虽没有激烈的冲突，但彼此互相有矛盾却是不争的事实。我们不必抹

① 虫主：《大湾区文学对话》，见《特区文学》2019 年第 3 期。

杀南来作家在香港文学发展史上作出的贡献和推动作用①，也不宜夸大他们对香港文学的主导或指导作用。

回顾以上各个阶段的两地新文学关系，且不说抗战爆发后和内战期间香港作为南来作家群体的临时文化中心，其文学可看作内地新文学的延展。就 1949 年以后的香港文坛来说，面对文艺不景气、商业经济为主的 50 年代，南来作家凭着对文学的满腔热忱努力创作，同时还创办或主编大量的报纸杂志，在培养香港文学新人方面确有贡献。那一时期的刊物有：力匡 1952 年创办的《人人文学》、夏果 1957 年创办的《文艺世纪》、徐速 1965 年创办的《当代文艺》、1960 年刘以鬯主编的《香港时报·浅水湾》文艺副刊等。徐速认为："香港文艺性杂志不多，也不稳定，综合性杂志的文艺作品只是点缀而已，至于报纸的副刊则是地盘主义，新人根本无法打进去……缺乏鼓励，尤其对年轻的作者。"②因此在他办刊期间，始终不忘培养年轻的文艺接班人，夏果、刘以鬯也做着同样的工作。这些当时被徐速、刘以鬯等培养的文学人有的已经停笔，有的已经成为香港文坛上的重要作家，如崑南、彦火、羁魂、也斯、李英豪、叶维廉、黄国彬、西西、吴煦斌、李国威等。③ 二十世纪六七十年代来港的"南来"文化人，经过数十年与香港的磨合，心态逐

---

① 参见石迎春：《浅析外来作家对香港文学的贡献》，《西南民族学院学报（人文社科版）》1997 年第 4 期。他认为："不同时期的香港外来作家群，无论在严肃文学，还是在通俗小说领域；无论是作品的思想内涵，还是艺术特色及表现技巧等各方面都极大地影响和震撼了香港文坛，为香港文学的成长、发展、繁荣作出了不可磨灭的贡献。"

② 徐速：《迎春三愿》，《当代文艺》1968 年 1 月号。

③ 黄继持、卢玮銮、郑树森：《追迹香港文学》，香港：牛津大学出版社 1998 年版，第 124 页。

渐稳定，他们努力体悟和描写香港，并和 1949 年前后来港的南来作家一样，创办文学期刊（如周蜜蜜的《香港作家》、古剑的《文学世纪》、梅子的《城市文艺》等），努力经营出版社，并举办各类文学座谈会。更重要的是发起成立了作家组织“香港作家联谊会”。该联谊会于 1988 年 1 月成立，曾敏之为首任会长，刘以鬯、何紫等被选为副会长，1992 年 1 月开始改为“香港作家联会”。虽然作联成员不分“南来”与本土作家，只要对文学怀着一片赤诚，都可自愿选择参加，但大部分会员是南来作家却是事实。由此可见，20 世纪 50 到 70 年代的香港文坛上创办的风格多样的报纸杂志以及香港本土文艺的稳定发展离不开那时期南来作家的支持，但据此片面夸大南来作家在香港文坛的主导地位，显然不太符合香港文坛的实际情况。因为那阶段香港本土文学已经逐步发展起来，都市文学特质已经显现无遗。

某种程度上，内地学者对香港新文学研究的兴趣源自“九七”回归的历史契机。在很多学者看来，香港新文学是边缘小岛上从属于中国新文学的文学。既然南来作家是从内地移居到港岛的作家，有些还有明显的左翼背景，那么对香港文学起主导或指导作用也就理所当然的了。显然这是由于内地中心主义作怪的结果。香港学者张咏梅经过对二十世纪五六十年代香港左翼小说的详细考察分析，指出内地学者周文彬在专著《当代香港写实小说散文概论》中“对香港左翼小说的评论忽视了香港文坛的实际情况，明显站在国内文坛的立场推论，是从中原中心主义立场出发的文学论述”①，因而得出错误的结论。黄继持、陈德锦、王宏

① 张咏梅：《边缘与中心——论香港左翼小说中的“香港”（1950—1967）》，香港：天地图书有限公司 2003 年版，第 6—7 页。

志等也对这种中原心态的文学论述进行过批评。① 对于香港学者提出的批评，内地学者应该正视并虚心接受，在今后的香港文学研究中力求客观公正，尽量避免中原心态的论述。

反之，我们也要清楚地看到，香港学者或作家对于南来作家的抵触和排外情绪也是不公正的。自二战以来，特别是20世纪70年代香港经济腾飞后，香港文学确实有不同于内地的发展轨迹，都市性是香港文学最根本的特性，这跟本土作家的成长与逐步成熟有很大关系。20世纪80年代初，中英谈判及《联合声明》的发表，又进一步掀起了对香港自身文化身份探究的热潮。出于对香港“五十年不变”政策的担忧，文学创作也开始越来越注重对香港本土意识的表现，香港本土文学蓬勃发展起来，也斯、西西、黄碧云、李碧华、董启章等作家抛出了一部又一部好作品，这令读者大加赞赏。在香港殖民统治的历史上，对外来移居者历来有所歧视，本土作家对南来作家的排斥也是有迹可循。比如二十世纪四五十年代这批南来作家中徐讦的“过客”心态跟香港本土文化人的门户之见有极大的关系。虽然徐讦身居高位，是浸会学院文学院的院长，但由于没有博士学位不能获得教授资格，只能是讲师；在香港出生内地成长，后又回到香港寻根的王璞，移居香港16年后却于2005年辞掉香港岭南学院的教职又回到内地从事专业创作，恐怕也跟她在岭南学院的不被认可有关，香港本土人的排外情绪可见一斑。

另外，那种贬低甚至否认南来作家的文学创作与文学活动对“香港

① 黄继持、卢玮銮、郑树森：《追迹香港文学》，香港：牛津大学出版社1998年版；陈德锦：《文学，文学史，香港文学》，香港《文艺报》（双月刊）1995年第3期；王宏志：《否想香港——历史·文化·未来》，台湾：麦田出版股份有限公司1997年版。

文学”发展有促进作用的论断也显得有点偏激。本土学者王宏志认为南来作家“确实对部分香港作家有积极的影响，不过，相较于这些人的其他活动来说，他们对香港本土文学作家的帮助，只占极小的部分，甚至可以说是微不足道”，“不能说因为他们的种种文学活动，香港文学被推上一个新的高潮，他们可能确是把中国现代文学推到另一发展阶段（例如抗战文学），但却与香港文学发展无关”。① 从以上的论述中我们不难发现王宏志对南来作家的莫名敌意，站在本土立场的他不由自主地走向了学术评论的另一个极端。对于内地文学史中提及的抗战时期和内战时期的香港文学对中国革命作出的贡献的肯定，王宏志竟意气用事地说“香港文学或香港的作家，实在不敢掠美”之语，这实在有违学术公正。还有周蕾的叙述姿态也值得商榷。她还进一步分析认为，香港已经走在中国现代化最前线，是中国未来都市生活的范例，同时指出香港是既不同于英国殖民者又不同于中国民族主义的“第三空间”。周蕾的“第三空间”学说虽然说的是香港人边缘性的两难困境，也就是既不可能回归中原本土文化，也不可能走向彻底的文化内殖民，但周蕾的论述语言流露出强烈的“文化北上”的香港本位主义的优越感，也即不是内地新殖民香港，而是香港北上文化殖民内地。卢思骋在《北进想象——香港后殖民论述再定位》中对此做过详细的论述，他认为：“从 80 年代中期开始，资本家在工业再结构的口号下开始将工厂和资金大量北移，利用微薄的工资、不人道的工作与居住环境，剥削珠江三角洲以及南来民工的廉价劳动力，从而榨取巨大的剩余价值；此外，香港文化工业不单成为东亚和东南亚地区普及文化的霸权，在北进的洪流下亦乘势攻占了内地

① 王宏志：《我看“南来作家”》，《读书》1997 年第 12 期。

市场。”[①] 周蕾（香港出生的美国学者）的学术立场可以看作排斥内地学术研究中心主义话语而努力保持其边缘性立场的姿态，但这种姿态明显带有长期受美国文化霸权主义影响后的优越感，而她的观点可以说基本代表了英国殖民统治下的香港本土学者和作家的立场。如果说以上代表的是香港回归前港人的矛盾心态对学术研究客观性的影响，那么回归后的香港本土人对“南来”人的排外就显得有点过分了。“南来”和本土作家同是中国人，不应存在什么对抗，特别是回归后的香港同内地之间更应该是相互依存、相互促进、共同发展。如果说“九七”之前的香港文学与内地文学之间的关系显现出即时性特征，那么“九七”回归之后两地文学的关系应该保持长期的互动互生的关系。

到底如何看待南来作家和香港文学之间的关系呢？朱崇科曾把“南来”与本土之间的关系形象化地比喻为足球世界中外援与本土之间的关系。他认为：“考察足球强国的发展规律，外援球星依旧要请进来，从长远来看对于提升球员的素质功不可没，但同时也要培养本土天才球星。南来作家对于香港文学的作用与外援球星的作用何其相似！我们是要培养、维护和发展香港文学的香港性，但我们不必因良药苦口而讳疾忌医。”[②] 这个论断中朱崇科指的是20世纪50年代以前的两批“南下”作家，但同样适用于50年代至今不断移居香港的南来作家。蔡益怀对南来作家和本土作家创作观念和创作心态的矛盾并不因为自己本身是南来作家而有所偏颇。他说：“一些南来作家多少存在着一种‘拒绝移民’的过

---

① 卢思骋：《北进想象——香港后殖民论述再定位》，见陈清侨：《文化想象与意识形态——当代香港文化政治论评》，香港：牛津大学出版社1997年版，第4—5页。

② 朱崇科：《我看南来作家》，《香港文学》1999年第1期。

客心态，固守自己所接受的文学理念，抱着文学上的‘大国沙文主义’态度，以正统自居，造成作茧自缚，使自己的创作停留在僵化的小说模式上，不能摒弃过时的叙事文法，而不被读者所接受，只能在小众的范围内孤芳自赏。另一方面，本土作家也多少保有大香港心态，对接受内地教育的作家心存鄙夷，对洋人的创作又盲目追捧，这同样是一种井底蛙的表现。"① 的确如此，南来作家与本土作家本不应该有身份的高低贵贱，经过长时间的磨合，南来作家也可以成为本土作家，刘以鬯、陶然、蔡益怀等就是极好的案例；而本土作家如果浮于都市表面，不扎根本土描写，也算不上是具有香港意识的本土作家，两者应该互相学习，取长补短。

就创作本身而言，由于经验和身份的多元与混杂，不同于本土作家的香港书写，南来作家横跨内地与香港之间的跨界书写反而提供了一种"边际人"的双重视角，因此它必将丰富香港文学与世界移民文学的经验。对于土生土长或久居香港的作家来说，种种现象都是当然，然而对于外来作家而言却是事事新鲜，光怪陆离。南来作家的文学创作正是如此，他们往往能以清新的不同视角来看待问题，而这往往是真正的香港人习以为常而且不怎么重视的。另外，南来作家对内地经验的书写恰好是其身份建构的一个重要方面。回顾 20 世纪以来的南来作家的文学创作，有些虽已逐渐融入香港经验，但内地记忆却始终占据重要地位。我们不必为小说中的内地记忆而遗憾，而应该认真探讨记忆和想象的内涵，比如叶灵凤、刘以鬯、陶然等笔下的内地想象比某些缺乏内地经验、对内地进行异质化或美化想象的本土作家要客观、自然得多。因此

① 蔡益怀：《想象香港的方法：香港小说（1945—2000）论集》，北京：中国社会科学出版社 2005 年版，第 224 页。

南来作家的文学经验和本土作家的文学经验同源、互补、互进，这样才能构成完整的内地和香港想象的文学图景。

就南来作家整体来说，他们是香港文学极其重要的一翼，和本土作家、外来作家（主要指从中国台湾、海外等地短暂移居到香港，对香港有一定认同感、创作出有香港色彩作品的作家，如施叔青等）的创作共同构成香港文学的美丽图景。南来作家在港的各种文化活动如主编报纸杂志、创办或主持出版社、举行各种演讲和文学座谈会等，都是香港文学事业发展极其重要的部分。而南来作家由于其特殊的多元身份成为内地与香港之间重要的连接纽带，促成内地新文学与香港新文学互动互进、互生互渗、互融共享，既有催化促进与萌芽发展、打通与融合、疏离与拓展、分流与互补、多元与互渗、互动与共享等阶段性特点，又有同属于“五四”新文学源流的长期性特征，阶段性与长期性的辩证交融共同构成了两地新文学的整体观和系统观，而不是互相割裂、单向发展的关系。

历史已经进入 21 世纪，曾经的南来作家身份早已模糊，“九七”以后移居香港的作家也基本没有香港人的优越感，对于这些南来作家来说，香港也好、内地也好、国外也罢，只不过是换了一个地方写作而已。如今内地的政治、经济、文化等生态环境越来越好，内地与曾经的亚洲四小龙之一“香港”的差距越来越小，甚至内地的消费反过来促进了香港的发展，因此就文学角度来说，香港与内地也在谋求合作、共同发展，前面提及的“大湾区文学”合作模式就是由葛亮等南来作家为代表的新世纪的香港文学与内地文学的一种合作共赢设想，目前正在实施过程中，并有可能进一步扩大文学合作范围。我们要进一步厘清两地新文学同源异流、此消彼长、互补共生的相互关系，并期待内地与香港新文学这种互动、互进、互补共享的生产机制和理论机制愈趋完善。

参考文献

1. 卢玮銮：《香港的忧郁——文人笔下的香港（1925—1941）》，香港：华风书局1983年版。

2. 卢玮銮：《香港文纵——内地作家南来及其文化活动》，香港：华汉文化事业公司1987年版。

3. 吴义勤：《漂泊的都市之魂：徐訏论》，苏州：苏州大学出版社1993年版。

4. 黄康显：《香港新文学的发展与评价》，香港：秋海棠文化企业1996年版。

5. 周蕾：《写在家国之外》，香港：牛津大学出版社1995年版。

6. 卢玮銮：《香港故事：个人回忆与文学思考》，香港：牛津大学出版社1996年版。

7. 刘以鬯：《香港文学作家传略》，香港：市政局公共图书馆1996年版。

8. 王赓武：《香港史新编》（上册），香港：三联书店（香港）有限公司1997年版。

9. 王宏志：《历史的偶然——从香港看中国现代文学史》，香港：

牛津大学出版社 1997 年版。

10. 古远清：《香港当代文学批评史》，武汉：湖北教育出版社 1997 年版。

11. 黄继持、卢玮銮、郑树森：《追迹香港文学》，香港：牛津大学出版社 1998 年版。

12. 郑树森、黄继持、卢玮銮：《早期香港新文学作品选（1927—1941 年）》，《早期香港新文学资料选（1927—1941 年）》，香港：天地图书有限公司 1998 年版。

13. ［英］安东尼·吉登斯：《现代性与自我认同：现代晚期的自我与社会》，赵旭东等译，北京：生活·读书·新知三联书店 1998 年版。

14. 钱理群、温儒敏、吴福辉：《中国现代文学三十年》（修订本），北京：北京大学出版社 1998 年版。

15. 洪子诚：《中国当代文学史》，北京：北京大学出版社 1999 年版。

16. 刘登翰：《香港文学史》，北京：人民文学出版社 1999 年版。

17. 郑树森、黄继持、卢玮銮：《国共内战时期香港本地与南来文人作品选（1945—1949）》，香港：天地图书有限公司 1999 年版。

18. 袁良骏：《香港小说史》（第 1 卷），深圳：海天出版社 1999 年版。

19. 黄维樑编：《活泼纷繁的香港文学——1999 年香港文学国际研讨会论文集》（上、下册），香港：香港中文大学出版社，香港中文大学新亚书院 2000 年版。

20. 胡从经：《鲁迅、胡适、许地山——1930 年代香港新文化的萌蘖与勃兴》，《文学世纪》2000 年第 3 期。

21. 曹惠民主编：《阅读陶然——陶然创作研究论集》，北京：北京师范大学出版社 2000 年版。

22. 张咏梅：《边缘与中心——论香港左翼小说中的“香港”（1950—1967）》，香港：天地图书有限公司 2003 年版。

23. 赵稀方：《小说香港》，北京：生活·读书·新知三联书店 2003 年版。

24. 蔡益怀：《想象香港的方法：香港小说（1945—2000）论集》，北京：中国社会科学出版社 2005 年版。

25. 饶芃子：《世界华文文学的新视野》，北京：中国社会科学出版社 2005 年版。

26. 白杨：《文化想像与身份探寻——近五十年香港文学意识的嬗变》，长春：吉林人民出版社 2006 年版。

27. 黄万华：《战后二十年中国文学研究》，北京：人民文学出版社 2008 年版。

28. 侯桂新：《文坛生态的演变与现代文学的转折：论中国现代作家的香港书写（1937—1949）》，北京：人民出版社 2011 年版。

29. 乐琦：《20 世纪上半叶香港文学场与作家南来空间的生成》，《小说评论》2014 年第 6 期。

30. 陈国球总主编：《香港文学大系 1919—1949》（十二卷），香港：商务印书馆有限公司 2014—2015 年版。

31. 黄万华：《百年香港文学史》，广州：花城出版社 2017 年版。

32. 赵稀方：《香港文学研究：基本框架还需重新考虑》，《文艺报》2018 年 7 月 6 日第 4 版。

33. 李浴洋：《重探“香港文学”——陈国球教授访谈录》，《文艺研究》2018 年第 8 期。

34. 赵稀方：《报刊香港：历史语境与文学场域》，香港：三联书店（香港）有限公司 2019 年版。

35. 黄万华：《跨越 1949：战后中国大陆、台湾、香港文学转型研究》（上、下），南昌：百花洲文艺出版社 2019 年版。

后 记

耗时多年的国家社科基金项目课题终于告一段落，欣喜中又有不安。这几年，注定坎坷跌宕，我前后住过两次医院，身心煎熬，疲惫不堪，自知研究成果离当初设想有些距离。但欣慰的是，自博士论文研究阶段开始一直关注香港南来作家的相关情况，有不少前期研究成果，因此为课题的按期完成奠定了基础。其间，老师的鼓励、家人的理解、朋友的支持、课题组成员的默默相助都给予我无穷的力量，使我在治病疗养之余能够一次次鼓起勇气，思考并坚持写作，才有了今天这个课题的完成。在此还要感谢所有我写作过程中用到的参考文献的作者，正是有了他们付出艰辛劳动得来的新研究成果，才能使我在思考内地新文学与香港新文学之关系时不断拓宽视野。此课题试图从不同时期南来作家的代表性人物的文艺活动和文学作品切入，探讨在这些文人活动的连接纽带下内地新文学与香港新文学之间的关系，时间跨度较长，几乎横贯整个 20 世纪至今，因而难以全面涉及。不同时间段的南来作家在整个两地文学关系史中所起的作用各不相同，此课题试图分析不同阶段的南来作家面对中原文化心态和香港本土经验冲突时所采取的叙事策略，厘清南来作家们在香港新文学发展史上所起的真正作用，以及他们在两地文学交流互动中所处的地位和文学史上的价值，并由此证明内地新文学与香港新文学互动互补、互渗共生的密切关系，具有即时性与长期性并存的特征。

从课题结项到正式出版，又听取了多位专家的意见，不断修改、补充、完善，才有了今天书稿的最终完成，在此一并表示衷心的感谢。还要特别感谢“苏州工学院中国语言文学省重点建设学科”的部分经费资助，以及南京师范大学出版社领导、编辑们细致认真的工作，使书稿得以顺利出版。随着研究的深入，我越来越发觉还有很多问题需要在广度和深度上展开进一步论证，这将是我未来继续努力的方向。